長編新本格推理

ナイフが町に降ってくる

西澤保彦

祥伝社文庫

現代数学入門講座

オイラー関数について

杉沢芳明

啓文社出版

目次

一章　ハイパー・タウン――時のない町

そういえば昔、「時間よ止まれ」とか何とか御詠歌《ごえいか》みたいに唸《うな》ってた歌手がいたっけ――真奈《まな》はそんなことを考えながら周囲を見回した。

その歌手の名前は忘れちゃったけれど。なかなかうまいことを言うもんよね。たしかに、叶《かな》うことならば時間よ、しばし止まっておくれ、と真剣に祈っちゃうこと、あるものね。テストの前夜、徹夜で勉強するつもりが、気がついたら机に突っ伏して眠り込んでいて、夜が白々《しらじら》と明けている時とか。憧《あこが》れの杉本《すぎもと》先生と話している時とか。

人間はいつでも〝執行猶予《ゆうよ》〟を求めている。嫌なこと、苦しいことはでき得《う》るかぎり先送りしたいし。逆に楽しいこと、幸せなひとときは、なるべくなるべく持続させたい。でも時間は止まってくれない。何ごとにも、そして何者にも平等に、淡々と過ぎ去ってゆく。通り過ぎてゆく。

あ、そうそう。「疲れを知らない子供のように」と時間を表現した歌手もいたっけ。真奈は、ぼんやりと考える。ほんと。作詩するひとって、うまいこと言うよね。でも歌手の名前は憶《おも》い出せない。なんなんだ。冷静さを欠いているせいだろうか、いま何かを憶い出そうとしても、あたし、なんにも頭に浮かんでこない。

それはともかく。

時間よ止まれ。そう命令してほんとうに止まってくれるのならば、こりゃ便利この上なしよね。きっと思い切り有意義な人生が送れるはず。ただし、あくまでも当方の意志に基《もと》づいての話であって。こちらの都合も顧《かえり》みずに節操なしに止まられたら、たまりませんがね。

しかし現実に、こうして時間は止まっていた。真奈の思惑《おもわく》なぞお構《かま》いなしに。

たとえば真奈のすぐ横で、サラリーマンふうの男が歩いている。いや「歩いている」という表現は、いまや正しくない。その中年のおじさんは、ほんのついさっきまでたしかに歩いていたのだが。しかし、いまは止まっている。ポケットから出したハンカチで首筋を拭《ぬぐ》う恰好《かっこう》のまま。固まってしまっている。暑さに辟易《へきえき》しているかのように閉じた片眼、そして端《はし》っこだけ捲《まく》れた唇は動かない。微動だにしない。まるでディスプレイ用のマネキン人形みたいに。

だが、もちろんマネキンではない。もっとも顕著な相違点は皮膚から汗が噴《ふ》き出しているところだ。その汗の粒《つぶ》が停止しているところだ。

停止しているのだ。空中で。

おじさんの鼻から垂《た》れ落ちたばかりと見られるその汗は〝糸〟なぞ引いておらず、しっかりと、おじさんから離れている。離れているのだ。あとはアスファルトの地面に落下する瞬間を待つのみ……なのに、房《ふさ》が重たげに下を向いた楕円《だえん》の粒は、空中で凝固《ぎょうこ》したまま。

それはかりではない。右足を踏み出した恰好のまま停止しているおじさん。よく見ると、そのズボンの裾《すそ》が、足の動きの勢いで後ろになびいた形のまま固まっているのだ。まるで前衛芸術のアブストラクトさながらに。

道路に眼を向けると、車も止まっている。「停《と》まって」いるのでは、決して、ない。まさに「止まって」いる。

真奈がいま佇《たたず》んでいるのは商店街のアーケードの入口。そのすぐ前に横断歩道が在《あ》る。ついいましがた信号が変わって通行人たちが横断をやめたばかりだ。当然自動車の群れはいっせいにスタートする。というか、スタートしたはずだが、いまは全部止まっている。

そのうちの一台は腹の下に白い斑《まだら》模様を敷き込んでいる。つまり横断歩道の上を通過する途中だ。運転手はサングラスを掛けた若い男。通話中だったのだろう、携帯電話を耳に当て大口開けて笑った表情のまんま固まっている。

多分、普段はなかなかいい男なのだろう。しかし一連の動作が淀《よど》みなく続いてさえいればその連続体の中に埋没していたはずの表情は、その一瞬を切り取られて固定されたがゆえに、驚くほど滑稽《こっけい》に、軽薄に、そしてある意味、醜《みにく》くさえ見えた。

その間抜けな顔から眼を逸《そ》らした真奈は、車の鼻面《はなづら》が、黄色い帽子を被《かぶ》った三歳くらいの男の子に、いままさに触れんとしていることに気がつく。男の子本人は我が身にふりかかろうとしている事態を認識していないのか、いたましいほどあどけない笑顔を浮かべたまま。

横断歩道の反対側を見ると、多分男の子の母親だろう、両腕を伸ばして前のめりに倒れ込んできそうな姿勢で固まっている若奥さまふうの女性がいる。我が子を救おうと必死の形相《ぎょうそう》が痛々しいばかり。しかし、真奈が見るかぎり、状況は手遅れである。運転手のサングラス男はお喋《しゃべ》りに夢中で、自分が男の子を轢《ひ》きそうになっていることには、まったく気がついていないからだ。

可哀相《かわいそう》に、とは思ったものの、この時の真奈にはまだ、自分がこの事態を何とかしてあげなければとか、そんな発想はまったく湧《わ》いてこなかった。そんな余裕はなかったのだ。ただひたすら周囲の状況に茫然自失《ぼうぜんじしつ》して。

時間が止まってしまった風景の中で、もっとも異様な眺《なが》めのひとつが自転車だ。アーケードの通路上で、おばさんが自転車を漕《こ》ぐ恰好のまま固まっている。たまたま股が大開きになった瞬間が固定されているためにスカートの中が丸見えというおぞましい要素も相俟《あいま》って、ほとんど悪夢めいた光景ですらある。補助輪もないし足を地面につけているわけでもない。それなのに自転車は「止まって」いるのだ。乗用車が「止まって」いるのは、見ようによってはまだ「停まって」いる状態とあまり変わらないが、自転車がひとを乗せて「止まって」いるのは、どう見ても「停まって」いるのとは異質で、見れば見るほど変である。

当初の衝撃が薄れてくると、真奈は、ようやく焦《あせ》り始めた。変な話だが、驚いている間は、どちらかといえば現象を面白《おもしろ》がる気持ちが、どこか根底にあって、あまり慌《あわ》ててはいなかったのだ。しかし、ふいに何の音も聞こえてこないことに気がつき、怖《こわ》くなった。

いや、考えてみればそれは、あたりまえのことなのかもしれない。なにしろいま、すべてのものは停止している。何も動かなければ音だって発生しようがない。しかし、その理屈は判《わか》っても、無音の世界は真奈をひどく不安にさせた。はっきりいって、ひとや物が停止している状況よりも、そちらのほうが怖い感じすらある。

そしてさらに真奈は、耳に痛いほどの沈黙を意識すると同時に、自分自身が通常どおり動いている事実にも、ようやく気がついた。怖いといえば、現象としては、これが一番怖かった。

なぜ、あたしは動いているの？　他のものはみんな止まってしまっているのに。なんで？　なんで、あたしだけが？

己《おのれ》もまた停止して風景の一部に溶け込んでいれば、まだしも納得できる……真奈は、そんな気持ちだった。しかし彼女は動いている。動けるのだ。まちがいなく。

ためしに声を出してみた。小さく。おどおどと。遠慮がちに。

「え、えーと……」

かぼそい声であることを割り引いても、普段とは異質な〝頼りなさ〟が耳を衝《つ》く。まったく反響しないのだ。

真奈の通う高校にはＬＬ教室が在る。そこに設置されている完全防音の録音室の中で友だちとお喋りしたことがあるが、ちょうどあの感覚に似ている。掃除当番で入ったので扉は開けたまま。完全な密閉状態ではなかったのだが、それでも特殊素材の壁に囲まれていると〝音の源《みなもと》〟たるべき自己が危《あや》うくなるかのような、何とも不思議な感覚を味わったことを憶《おぼ》えている。自分が発する声や音、そのことごとくが、どこへともなく吸い取られてゆき、それに伴《ともな》って自分の存在自体が空気中に霧散《むさん》してゆくかのような、そんな心細さ……。

「……どういうことなの？」

今度は少し大きめの声を出してみた。しかし、やはり何の反響もない。むしろ大きな声を出せば出すほど、自分の存在が虚無《きょむ》へと吸い込まれてゆきそうな不安と恐怖が募《つの》る。

「ね……ねえ」

真奈は周囲を見回した。

小学生くらいの女の子が、ソフトクリームを舐《な》めている。というか、舐めている恰好のまま固まっている。

横にいるのは、そのお母さんだろうか。多分、女の子の舐めているソフトクリームの代金を支払ってお釣りを小銭入れに仕舞《しま》おうとしていたのだと思われる。小銭をうっかり手からこぼしてしまい、慌てた表情（そのなんと間抜けなこと）のまま固まっていた。こぼれた小銭は、地面に一旦《いったん》落ちて一センチほど跳《は》ね上がったところで、これまた停止している。

真奈はためしに、女の子にさわってみることにした。もしかして自分がさわった途端《とたん》、みんな動き出すんじゃないかしら……そんな気持ちを抑《おさ》えられずに。みんなして彼女を騙《だま》そうとしているのではないかという疑念ゆえに。

ほら。よくあるドタバタ喜劇みたいに。みんないっせいに止まったふりをしているだけなんじゃないの？　空中で停止する汗の玉も小銭も何かのトリックで、さ。

そうにちがいない、というか、そうであってくれという気持ち。だって、こんなばかなこと、ありっこないじゃない。合理的に説明するとすれば、彼女以外の人間たちが芝居をしている、としか考えられない。

だから、ためしにさわってみる相手は慎重に選ばなければいけない。うっかり男性に触れた途端、世界が動き出したりしたら、こちらは狼狽《ろうばい》する。その点、この小さな女の子なら大丈夫だろう。いきなり世界が動き出したとしても言い訳がきく。母親も、まさか女子高生である真奈が誘《ゆう》拐《かい》犯人などとは早とちりしないだろうし。

おそるおそる真奈は、女の子の二の腕に触れてみた。何とも言えない感触。たしかに温《ぬく》もりといい柔らかさといい、まちがいなく人間の肌なのだが、どことなく違和感がある。

首を傾《かし》げながら真奈は、ふと、女の子の手首に触れる。脈をとってみた。

感じない。何も。

脈が止まっているのだ。

しかし、これはいってみれば、あたりまえのことなのかもしれない。すべてが止まっているのなら、人間の呼吸や血液の流れなども、すべて止まってしまうのが道理で……。

真奈は混乱した。腹立たしい気持ちになる。何が「いってみればあたりまえのこと」だ。こうして時間が止まってしまうこと自体、あたりまえなんかではあり得ないのに。

真奈は、慌てた表情で固まっている母親の口もとで掌《てのひら》を拡《ひろ》げた。そのままじっと待つ。しかし母親が呼吸をしている様子はない。

その母親のTシャツから伸びている、主婦的に逞《たくま》しい腕に触れてみた。先刻の女の子と同様、やはり独特の違和感がある。人間の肌であることはまちがいないのに、どこかちがう。根本的な部分で人間らしくないような。

もしかしたら……真奈は気味の悪い想像をしてしまった。死んだ直後で、まだ体温が残っているひとの肌って、こんな感触なのかもしれない。生前とほとんど変わらない状態なのだけれど、細かいレベルでの生命活動、たとえば皮膚呼吸などが停止してしまっている。それが微妙な違和感の正体なのではないか、と。

真奈は空を仰《あお》いだ。雲ひとつない青空。降《ふ》り注《そそ》いでくる陽光すら固まったように見えるのは気のせいだろうか。普段は意識していない揺らぎのようなものが、まったく見受けられず、世界が固まっているとしか表現しようがない。

ふと見ると、街路樹から飛び立ったばかりと思われる蟬《せみ》が羽を拡げた恰好で宙に浮かんでいた。落ちてくる気配はない。

町は死んでいた。

いや……真奈は、うつろな気持ちで思いなおす。死んではいない。もしも死んでいるのなら、あの汗を拭《ふ》いているおじさんも、自転車を漕いでいるおばさんも、みんなみんな、そこら辺《あた》りにばたばたと倒れ込んでいるはずだ、と。

だから死んではいないのだ。多分、生きている。生きてはいるが活動が止まってしまっている。

しかし、なぜ、なぜ？

なぜ、よりによってこんな日に？　もしかして、あたし、呪《のろ》われてるのかしら。真奈は気が滅《め》入《い》る。交差点の角にある銀行の建物を見た。つい二時間ほど前、カードで〝軍資金〟を引き出してきたばかりの支店だ。

建物の横に小さい路地があり、総合警備会社のロゴ入りのワゴンが停まっている。いまそのワゴンに向かってネクタイにワイシャツ姿の銀行員ふうの男がふたり、警備員に付き添われ、台車を押す恰好のまま固まっている。台車には銀色のジュラルミンケースが二個、載《の》っている。あの中に、いったい幾《いく》ら入ってんのかな、などと思いながら真奈は、正面玄関の横に掛かっている電光掲示板を見上げた。

午後二時五分。

真奈は自分の腕時計を見た。二時五分。耳を当ててみる。音が聞こえない。これも止まってしまっている。自分自身は動いていても身につけているものはこの不可解な〝停止モード〟の影響下に入ってしまっているらしい。

今日は七月二十八日。

真奈の通う女子校はいま夏休み。彼女にとって憂鬱《ゆううつ》な季節である。夏休みばかりではない。真奈は長期休暇は嫌いだ。といっても、学校を休めること自体はもちろん嬉《うれ》しいのだけれど、杉本先生に会えないのが辛《つら》い。

杉本涼間《りょうま》は学校で一番カッコいい先生だ。学校だけじゃない、日本で、いや、世界で一番ステキだと真奈は思っている。若くて独身。だから当然、生徒たちに人気がある。なにしろ女子校である。バレンタインデーなどは例年、ひと騒動。熾烈《しれつ》な女の戦いが日々くりひろげられている。

しかし真奈は、他の生徒たちを押さえて一歩、いや十歩くらいリードしているという自負があった。他の娘たちとは、ひと味ちがうもんね、あたし。なにしろライバルは多いのだ。ただ、きゃあきゃあ騒ぐだけでは目立てない。虎視眈々《こしたんたん》と逆転ホームランを狙《ねら》っていた真奈は、高二になった今年、一計を案じて、杉本と〝交換日記〟を始めることに成功したのである。

もちろんストレートに〝交換日記〟をしてくれと頼んだわけではない。真奈は先《ま》ず入試用の英語問題集を買ってきて、コピーした問題を大学ノートに貼《は》り、ノートを開いた左側が問題部分、右側が回答欄という様式をつくった。そして数ページ分の問題を解《と》いてから杉本のところへ持ってゆき、こう頼んだのである。「添削《てんさく》してください」と。別冊の解答例集を預かってもらい、これから定期的に添削してもらう約束をとりつけた。いうまでもなく杉本は英語教諭である。

ふっふっふっふ。どうだどうだ。あたしって冴《さ》えてる。高二の彼女が受験の準備をしなければいけない身であることは杉本だって判っている。だから、このお願いは、すごーく自然だ。疚《やま》しいところなんかない。も、ぜんっぜん。

もちろん実情は疚しい下心《したごころ》の塊《かたまり》である。添削をしてもらうのはいいとして、なぜ問題集本体を使わないのか。別に、使い終わったら売るつもりで綺麗《きれい》にしておくわけではない。もっと、ちゃんとした理由がある。

ポイントは大学ノートだ。前述したように、見開きの左側に問題のコピーを貼り右側のページに回答を書き込む様式なのだが、一般的に英語問題の回答は、それほどの分量にはならないから、右側のページには余白がたくさんできることになる。そこに受験勉強の留意点とか彼女の弱点とか、何でもいいから、アドバイスやコメントをしておいてくれるよう頼んでおく。そこで、ひとことでもいいからコメントを書いてもらえば、もうこっちのものである。そのコメントに対して真奈のほうも、次回にノートを提出する際に、ひとこと書いておくわけだ。もちろん、あからさまな恋心を訴えたりはしない。さりげなく受験勉強の悩みなどから始めて、少しずつ個人的な話題に移行しようという戦略。

はたして杉本は乗ってきてくれた。表面的には受験のための添削ノートでも、実質的には、これはもう完全に〝交換日記〟である。少なくとも真奈は、そう思い込んでいる。

真奈は昼休みや放課後、堂々と職員室に出入りして杉本に接近した。それを見た他の生徒たちの何人かが彼女の思惑に気づき、早速真似《さっそくまね》を始めたが、この展開も真奈にとって計算済みであった。おーほっほっほ。無駄よ。いまごろ始めてみても。無駄。あんたたちの負け。〝交換日記〟は先にやったもん勝ちなんだい。なぜなら生徒を個人的に添削指導するには、ひとりの教師では限界がある。何人かは引き受けても、それ以上は時間的に無理。人数が増えると否応《いやおう》なく他の教師に回されてしまうわけだ。杉本に断わられた生徒は「不公平」と文句を言うことはできない。「添削してくれ」という口実で頼んでいるんだから、他の先生では嫌だ、なんて理屈は通らないのよん。

結果的に大半の者が退散し、杉本の添削メンバーに残ったのは真奈も含めて三人。でも、あとのふたりも所詮《しょせん》あたしの敵じゃないわ。だって、この前ノートを覗《のぞ》いてみたら個人的なコメントはしてもらっていなかった。ま、それが当然よね。真奈には自信がある。先生はね、あたしとの〝交換日記〟が一番楽しいの。その証拠に、あたしがノート持っていったら、すっごく嬉しそうな顔するんだもん。あれって、もう教え子を見る眼じゃない。あたしたちふたりの間では、いま何かがっ。何かが確実に燃え上がりつつあるのだわっ。

真奈の自信の根拠のひとつに己の容姿がある。といっても学校には、オマエいったい何歳なんだと突っ込みたくなるようなアンニュイな美人や、アイドルタイプの可愛い娘が掃《は》いて捨てるほどいる。その中で真奈が特に傑出した造作《ぞうさく》を持っているわけではない。まことに遺憾《いかん》ながら、その事実は彼女自身も認めざるを得ない。

でもね。問題は杉本先生の趣味でしょ？　先生って、あたしみたいなタイプがお好みなの。真奈はそう思っている。というか決めつけている。あたしみたいに、なんていうの？　傷ついた心を必死で隠して泣き言《ごと》を洩《も》らすのを我慢しているかのような、けなげで、はかない〝被害者顔〟に先生、弱いと思うんだ。うん。絶対。

真奈の自慢は透《す》き通るような白い肌。それがこの季節、軽い陽焼《ひや》けで、うっすらとしたピンク色に染まる（これが、これがまた男のひとには辛抱《しんぼう》たまらないのだわ、色っぽいのだわっ）。栗色の長い髪をポニーテールにした純情路線はロリータ趣味にも訴え、かつアンバランスに滲《にじ》み出るようなお色気もある（と真奈は思っている）。こんなあたしに勝てる娘なんかいて？　いえ。決して自惚《うぬぼ》れでいうんじゃないの。だって、これが先生のお好みなんだから。仕方ないじゃない。

というわけで、杉本にコメントを書いてもらったノートを受け取りに職員室にゆく度《たび》、熱射病のような優越感に、くらくらと浸《ひた》る真奈なのであった。ああ、先生の心を独《ひと》り占めにするなんて、ちょっと罪なあたし。うふ。

真奈は杉本の〝本妻〟気取りだった。その自信の根拠は、これだけ大胆に彼に接近している彼女を、他の生徒たちの誰も妨害したり、あるいはいじめたりしないという事実にある。

しかし、これは真奈の完全な勘《かん》違いだ。他の生徒たちが彼女に対して〝寛容〟なのは、単に杉本の追っかけが学校では〝主流〟でないからに過ぎない。

女子校とは、いうまでもなく生徒は女の子ばかりである。気をつけているつもりでも、同世代の異性の価値観や批評眼に、どうしても疎《うと》くなる。それゆえ、彼女たちの恋愛観は、学校という閉鎖社会内でのトレンドに左右される場合が多い。たとえば、大学生の彼がいることがステータスとされる〝時代〟もあれば、社会人と付き合うことが大人とされる〝時代〟もある。特定の高校の男子生徒が（何の根拠もなく）ブランドとされる〝時代〟もあり、そのパターンは無限だ。一般社会での流行と同様、何が〝主流〟となるかは誰にも予測がつかない。

杉本涼間は確かに、教師の中では一番人気があった。したがって「先生と恋仲になるのがお洒落《しゃれ》」とされる〝時代〟であれば真奈も、もしかしたら妬《ねた》みからくる陰湿な苛《いじ》めの対象になっていたかもしれない。しかし（幸か不幸か）現在学校では「すてきなお姉さまの〝妹〟になる」という、何世代かのサイクルで必ず甦《よみがえ》ってくる、女子校に於《お》いては普遍的ともいえる（それでいて〝短命〟なケースも多い）トレンドが〝主流〟であったため、真奈は自分で思っているほどには目立っていなかったのである。というよりも、一部の例外を除いて、ほとんど黙殺されているといったほうが正しい。真奈はそれを自覚しておらず、自分が杉本の〝本妻〟なのは全校的なコンセンサスであると有頂天《うちょうてん》になっていた。

学校にいる間、彼女は（主観的には）スターであり、スターとして振る舞えない長期休暇は彼女にとって苦痛だった。杉本に会えないことも辛かった。

当然、杉本に、夏休みも添削を続けて欲しいと頼んだ真奈だったが、「でも僕、学校に出てこないからね」と、やんわり断わられる始末。杉本は一応ペンパルクラブの顧問なのだが、さしたる部活動がないため、補習期間が終わってしまうと、もう夏休みに学校に顔を出さなければいけない日は、ほとんどないらしい。

あん。も、最低。あたしの栄光の日々が九月になるまでおあずけだなんて……と、がっかりしていた真奈だったのだが、夏休みに入る直前、信じられないような幸運に巡《めぐ》り合う。杉本の〝住居〟を突き止めたのだ。

杉本を含めて教職員の住所や電話番号は名簿を調べれば簡単に判る。しかし杉本は、独り暮らしをしている（らしい）のに、名簿には両親の家の住所しか掲載されていなかった。ま、それは当然よね、だって、そうしておかないと不作法《ぶさほう》で自信過剰な生徒がお部屋に押しかけてきかねないもの、などと真奈などは勝手に得心していたのだが、実情は単に、杉本が独り暮らしを始めた際に総務に住所変更届を出し忘れただけ。

杉本のすべてを把握《はあく》しておかなければ気の済まない真奈は一度、彼が職員室の机の上に出し忘れていた名刺を、こっそり掠《かす》め取ってきたことがある。だが〈聖《セント》ベアトリス女子学園英語教諭 杉本涼間〉という肩書及び学校の住所と電話番号が記《しる》されていただけ。自宅の連絡先は明記されておらず、がっかりしたものである。

その杉本の新住所が、ひょんなことから判ったのだ。ある日の夕方、真奈は母親に急な買物を言いつけられ自転車で近所のスーパーに走った。ところが臨時休業だったため仕方なく、隣町のこの商店街まで足を伸ばしてくる羽目《はめ》になる。醤油《しょうゆ》くらい、ちゃんと買い置きしといてよね、んとにもう。ぶつくさ母親への文句を垂れたれ。

アーケードの中に在る〈セット・マート〉というコンビニに入ろうとした、その時。なんと杉本が店から出てきたではないか。真奈は慌てて物陰に隠れた。杉本は短パンにTシャツという、学校では一度も見たことのないラフな恰好である。

さては近所に〝住処《すみか》〟があるにちがいない。そうピンときた真奈は、気づかれないように彼を尾行し始めた。そして商店街を抜け、踏み切りを渡った先の住宅街に在るワンルームマンションを突き止めたのである。ここか。ここだったのね。先生の〝隠れ家《が》〟は。

よし、決めた。真奈は小躍《こおど》りしたものだ。この夏は絶対、先生のマンションに上がり込んでやるんだい。もちろん、ただ遊びにゆくわけじゃない。スタンダードに手料理でもつくってあげて。わ。きみって意外に家庭的なんだね。なーんちゃって。通っているうちにいいムードになるのだわ。先生も辛抱たまらなくなって、あたしの肩をぐっと。岡田《おかだ》。僕はね。ぼくはね。きみのことを。あ。先生。だめ。あたしたち教師と教え子なのよん。そんなことかまわないじゃないか。ね。真奈。真奈って呼んでいいだろ。ね。ね。あ。先生。だめ。だめだったら。などといっている間に。ぐふふ。独り夢想に悶《もだ》えつつ、一方では新しい下着を買う予算をどうやって工面《くめん》するか真剣に考えたり。

しかし、はたと現実に返ってみれば、どうやって杉本のマンションに出入りするきっかけを得るか、という大問題が眼の前にぶら下がっている。いきなり押しかける、なんて野暮《やぼ》な真似はしちゃダメ。なにしろあたしには、はかなげで純情という大切なイメージがあるんだ（と真奈は思っている）し。ごく自然に向こうから部屋に招待してくれるような展開に持ってゆかねば。

どうやら杉本は、この商店街を生活基盤にしているらしい。ならば話は簡単。しばらく、この隣町に通って彼の生活パターンを観察する手だ。夏休みに入るや真奈は早速、行動に移る。

その結果、杉本は夏休み中、あまり外出しないらしい、と判ってきた。夜に関しては真奈の父親が門限に厳しいため〝監視〟対象外なのだが、少なくとも昼間は、いつも午後一時ごろ、商店街を抜けて繁華街《はんかがい》へ向かう以外は、ほとんどマンションの自室に籠《こも》りっきり。では昼間いったいどこへ行っているのか。尾行して突き止めようかとも考えた真奈だが、彼のラフな服装からして、そんなに遠出はしていないと判断し、とにかく自宅近辺での行動パターンを見極《みきわ》めることを先決とした。杉本はたいてい一時間足《た》らずで戻ってくる。どこの店のものなのか不明だが、いつも同じ緑色のビニール袋を手にしている。そしてコンビニ〈セット・マート〉で買物をしてからマンションに戻る。

以上が、どうやら杉本の夏の日課であるらしい。何日か〝監視〟してみたが、彼は、ほとんど毎日、昼の一時ごろにアーケードを抜けて繁華街へ向かい、そして一時間足らずで戻ってくる。必ず緑色のビニール袋を携《たずさ》えて。

このパターンはしばらく続くと判断した真奈は、いよいよ本格的な〝出会い〟の演出を練《ね》る段階へと移る。計画の主旨《しゅし》としては、彼女のほうから杉本に声をかけてはいけない。あくまでも彼が真奈を見つける形に持ってゆくこと。

先ず真奈はどこかの飲食店で〝待機〟する。杉本が現われたら店から出る。その姿を彼に目撃させるのだ。彼女は杉本の存在には気がついていないふりを装《よそお》いながら。真奈の通う学校では、生徒が父兄の同伴なしに飲食店に出入りすることを校則で禁じている。したがって杉本がそんな彼女を見咎《みとが》めて呼び止める可能性は高い。といっても彼が本気で自分を叱《しか》るとは真奈は思っていない。彼女に声を掛ける機会を得られた〝偶然〟を、むしろ喜ぶはずだと決めつけているからだ。

計画のための〝待機〟ポイントは、ふたつ押さえてある。先ずWマークの〈ワッコドナルド〉というハンバーガーショップ。この店を選んだのは、建物がガラス張りでアーケード内がよく見渡せるという点以外に、もうひとつ重要なメリットがある。

アーケードの裏側には別の通りが伸びており、杉本は時々、気分転換のためだろうか、この裏通りを利用することがある。この裏通りに〈エンジェル〉という、これまた〝待機〟には打ってつけの喫茶店が在るのだが、この店の建物が実は〈ワッコドナルド〉と背中合わせになっている。

商店街から裏通りへ行くためには一旦アーケードを抜けて入りなおさないといけないと、地元の人間ですら勘違いしているようだが、実は一方からもう一方へ短距離で移れる近道が在るのだ。暇《ひま》と杉本に対する情熱にあかして商店街近辺を研究し尽《つ》くした真奈は、その近道を、なんとふた通りも発見してしまった。どちらの〝待機〟場所を使うかは、その時になってみないと判らない。臨機応変に〝舞台〟を変更するためには、近道の存在は真奈にとって重要であった。

——とまあ、ここら辺りまでは彼女の計画はいたって順調に進んだ。

ところが今日、計画そのものが頓挫《とんざ》しかねない事態が起きる。普段どおり午後一時に杉本が繁華街へ向かったことを確認した真奈は、アーケード内に在る〈硝子《がらす》堂書店〉という店に入った。杉本が戻ってくるのは約一時間後だが、それまで〝待機〟場所で粘《ねば》るには本か雑誌か、何か夢中になっていると店員に見せつける〝小道具〟があったほうがいいと最近、気がついたからだ。荷物にならないよう文庫マンガを一冊選ぶ。〝監視〟がおろそかになってはいけないから、ほんとうに読むつもりはない。タイトルもろくに見ずにレジで代金を払い、店を出ようとした。

その時。店に入ってきたばかりの高校生らしき男の子と、ぱちん、と眼が合ってしまったのである。陽焼けした耳にしたピアスが全然似合っていない。ただでさえ締まりのない軽薄な顔が真奈を認めて、お、という感じで眼を剝《む》き、白い歯をこぼして薄ら笑いを浮かべる。

真奈は嫌な予感に襲われ、そそくさと彼のわきをすり抜けた。予感は当たった。少年は、入ってきたばかりだというのに、くるりと踵《きびす》を返し真奈の後を追ってくるではないか。

げ。やばい……まっすぐ〈ワッコドナルド〉へ向かうつもりだったが、こんな奴につきまとわれた状態では〝演出〟も〝待機〟もない。早くコイツをまいておかなきゃと真奈は、あちこちを徘徊《はいかい》。

しばらくすると姿が見えなくなったので、ホッとして〈ワッコドナルド〉へ入った。お腹《なか》が減っていたので、窓際の席に陣取ってチーズバーガーのダブルをたいらげ、ほっとひと息つく。

――と。

「ねえねえ」と背後から声をかけられた。驚いて振り返ると、まいたはずのあの少年が白い歯をこぼして笑《え》み崩れている。「独りかい？　ここ、座ってもいいだろ？」

だめ、と言いたかったが真奈は声が出ない。彼女は予想外の出来事というやつに弱い。こんな場合、冷たい態度を取ったら相手に逆恨《さかうら》みされやしないかしら、という心配が先に立つのだ。といって、うっかり甘い顔を見せて、つけ込まれるのも嫌。いまどきの若いモンって（真奈本人も、いまどきの若いモンなのだが）無軌道だもん。度を失ったら何をやらかすか判ったもんじゃない。

迷っているうちに、どんどん相手に押されてしまう。こんな時、真奈としては精一杯、嫌な顔をしてみせるしか為《な》す術《すべ》がない。運がよければ功を奏することもあるが、今日は不発だった。

少年は白い歯を剝き出した笑顔のまま、真奈の前に、どっかりと座り込む。「あれえ。何にもないじゃん。食べるもの、要《い》らないの？　何か買ってきてあげよっか？」

要らないわよ、何にも。ポテトも何もかも、いま食べ終わったばっかりなんだから。そう冷たく一蹴《いっしゅう》したかったが、やはり声が出てこない。我ながら歯痒《はがゆ》いかぎり。

少年は頬杖《ほおづえ》をつくと、掬《すく》い上げるみたいな眼で真奈の顔を覗き込んでくる。「見かけない顔だね。この辺に住んでるの？」

真奈はイライラする。時計を見ると、もうすぐ二時だ。杉本が繁華街から戻ってくる。

「きみ、センジョだろ？」

センジョというのは、真奈が通っている〈聖《セント》ベアトリス女子学園〉を短縮した通り名だ。しかし、どうして判ったのだろう。いま彼女は制服を着てはいないのに。

動揺が顔に出たらしい。少年は鬼の首でもとったみたいに肩をそびやかして、はしゃぐ。「そりゃ雰囲気で判るさ。何年生？」

危うく、二年、と答えそうになる。真奈は、ちょっと怖くなってきた。このままでは相手のペースに巻き込まれる。

真奈はレジの方を見た。学生のバイトとおぼしき女子店員たちが並んでいるカウンターの前は、長蛇《ちょうだ》の列である。お昼どきは過ぎているのに親子連れの客足《た》が絶えない。

店員たちは仕事にてんてこ舞いだし、客たちは客たちで、お喋りと食事に夢中。誰も真奈の苦境には気づいてくれそうにない。

仕方がない。とりあえず今日の〝待機〟は諦《あきら》めるしかない。

真奈は、そう観念して立ち上がった。店から出ると吐息《といき》が洩れる。

「今度はどこへ行くの？」

そう声がして飛び上がった。振り返ってみると、あろうことか少年は、ぴったりと真奈にくっついてきている。

何とか振り切ろうと小走りになる。しかし、でたらめに歩き回るというのも、これでなかなかむつかしい。あるいは、今日の〃待機〃を完全には諦めきれない気持ちが無意識にあったのだろうか、真奈の足は自然に〈エンジェル〉に向かっていた。近道に入りかけて、ようやく自分でもそれと気づき、しまったと悔《く》やむ。

しかし、もう遅い。

「へえ？　こんなところに、抜け道があるんだ。知らなかったな」少年は物珍しそうに、〈ワッコドナルド〉の三軒隣にある洋品店と時計店との間の狭い路地を見回した。「てことは、きみ、もしかして地元？」

少年の、へらへらとした笑い声が背後に迫ってくる。真奈は、殺人鬼に追いかけ回されるスプラッタ映画のヒロインばりの心境。

やばい。本格的にやばいよ。滅茶苦茶《めちゃくちゃ》、焦る。このままだと、この界隈《かいわい》での彼女の行動パターンを憶えられてしまう。そうなったらコイツ、ひと夏じゅう、あたしをつけ回すわ。

普段ならば、それでもいい。ここは隣町だ。真奈にとって本来の〃テリトリー〃ではない。顔を合わせたくない相手がいれば、もう通《かよ》ってこないだけの話。

でも。でもでも。この夏は。この夏だけは、そういうわけにはいかないのよ。あたしはここへ、このアーケードへ通ってこなければいけないのよ。一日も欠かさず。杉本先生のために。

それなのに。くそ。この、へらへら男。何さ、自信満々に。女の子、ナンパしてんじゃねえ。

その余裕の根拠は何なんだ。ばかやろー。鏡見てからものを言え。

少年を振り切る妙案が浮かばない口惜《くちお》しさと腹立たしさで、真奈は泣きたくなってきた。混乱して頭がぐちゃぐちゃになる。

あ。ダメ。このまま〈エンジェル〉へ行っちゃダメよ。行っちゃダメだったら。〈ワッコドナルド〉にいるところを押さえられただけで最悪だっていうのに。この上、あそこへ出入りしていることまでコイツに知られちゃったら、もう〝待機〟なんかできなくなる。

しかし、そう焦れば焦るほど、足は勝手にずんずんと、そちらに向かう。さらに頭は混乱し、それによって歩調は加速するという悪循環。

これって、蛾《が》が自《みずか》ら火に飛び込んでしまうようなものかしら……真奈は小学生のころ、前方から来た自転車が、せっかく彼女を避けてくれたのに自らその進行方向へ寄ってゆき、前輪に激突してしまった一件を憶い出した。自転車を漕いでいたおじさんは、どうして避ける方へ来るんだと呆《あき》れていたが、真奈だって頭では、そっちへ行っちゃいけないと判っていた。それなのに足は理性を裏切り、彼女を災厄《さいやく》へと吸い寄せる。

あの時と同じだ。いまも。行っては駄目だという理性の叫びをよそに、真奈は〈エンジェル〉の敷居《しきい》を跨《また》いでしまった。

仕方がない。こうなったら……。

真奈は窓際の席へ座る。少年も当然のような顔をして彼女の前に腰を下ろした。

「俺、アイスコーヒー」少年は、注文を取りにきたウエイトレスに向けた白い歯を、今度は真奈に向けて、「きみは？　同じものでいいね」

絶対にコイツには反応したくないと思っていた真奈だが、これが最後の屈辱《くつじょく》と割り切り、かろうじて頷《うなず》いて見せた。

我慢しきれず、すぐに立ち上がる。男の子が眉《まゆ》を上げた。かまわず、立ち去ろうとしたウェイトレスを呼び止める。

「あの、トイレ、どこですか？」

奥に入って左です——そう教えてもらうまでもなく真奈は、トイレがどこに在るか知っている。買ったばかりの文庫本が入っているバッグを、しっかりと持って店の奥へ向かう。

さすがに少年も、追ってこないようだ。ようだ、というのは、振り返らなかったからだ。振り返ったらヤツは、あたしが逃げようとしているのに勘づくかもしれない。

真奈はまっすぐ女子トイレに向かう。しかしトイレには入らない。女子トイレのドアのすぐ横には、男子トイレ側からは死角になっているが、実は裏口が在る。そして実は、これがもうひとつの〝近道〟なのである。この裏口を出ると、眼の前には〈ワッコドナルド〉の裏口が在る。

つまりアーケード内に在る〈ワッコドナルド〉から裏通りに在る〈エンジェル〉へと移動するためには、アーケードを一旦出て裏通りへ入りなおさなければいけないと普通は思われている。だが実際にはさっき通ってきた狭い路地と、そしてこの向かい合わせになった裏口という、裏技《うらわざ》的近道がふたつも在るのだ。

路地はともかく、この直接裏口から裏口へと抜ける裏技を知っている客は地元でもあまりいないようだ。〈エンジェル〉側は裏口のドア自体が目立たないし、〈ワッコドナルド〉側も裏口が厨《ちゅう》房《ぼう》のさらに奥に在るからだろう。

そうやって、こっそり〈ワッコドナルド〉へ〝ワープ〟した真奈は、そのままアーケードへと飛び出した。背後を振り返って誰もついてきていないことを確認し、ようやく吐息をつく。

やれやれ。助かった。

しかし安心している場合ではない。真奈に逃げられたと、すぐにアイツも気づくだろう。女子トイレはどこかと店員に訊《き》けば、裏口の存在がばれてしまう可能性も大いにある。

そうなったら一巻の終わりだ。せっかく確保した絶好の〝待機〟ポイントが台無し。そりゃアイツに必ず遭遇するとは限らないけれど、どうも地元みたいな雰囲気だったし。顔を合わせたくなければ、どちらの店にも、もう近寄らないほうがいい。

やれやれ、だ。どうしよう？　って。決まってるじゃないの、そんなこと。新しい〝待機〟ポイントを開発するのよっ。諦めちゃダメ。ひと夏の経験は眼の前なのよっ。

でもねえ。実際問題、新しい〝待機〟ポイントを開発しても、またあの、白い歯これ見よがしのへらへら野郎に見つかったりしたら……。

「あーあ。最悪」

時計を見る。二時を過ぎている。

商店街を抜けて大通りへ出る。この時、信号はまだ青だったが、点滅を始めていたので、真奈は横断歩道の手前で足を止めた。もう先生、自宅のマンションへと戻っているころかしら。そんなことを考えているうちに信号が赤になり。そして。

　時間が止まってしまった――というわけだ。

　完璧《かんぺき》だったはずの〝ひと夏の経験計画〟の雲行きが怪《あや》しくなってしまった上に、この不可思議現象とくる。呪われてるんじゃないかしら……そう真奈が嘆《なげ》いても無理はない。

　だが嘆いてばかりいても仕方がない。気をとりなおした真奈は、ふと先刻のソフトクリームの女の子を見た。つと手を伸ばして指先でソフトクリームを抉《えぐ》り取ってみる。冷たい感触。ごく普通のソフトクリーム。舐めてみた。ひんやりと甘い。味覚に関するかぎり、それほど異質なものは感じない。ちょっぴり嬉しくなる発見である。

　指に残ったソフトクリームを、今度は別の指で、こそげ落としてみる。指に弾《はじ》かれた勢いでソフトクリームは、放物線を描いて飛んでゆく。そして唐突に、ある一点で停止した。地面から約十センチほどの空中。そこに白い塊は停止している。弾かれた勢いで、たなびいた形のまま。

　ふーむ。これまた、真奈にとっては興味深い現象である。

　どうやら彼女は、止まっているものに対して〝干渉〟ができるらしい。つまり、停止しているひとや物たちも、真奈が手を下《くだ》して動かせば動くのだ。ただし〝干渉〟の効力を及ぼす手などが離れると、それは再び停止してしまう。

　ということは……真奈は、横断歩道上で、いましも車の鼻面に激突しそうになっている黄色い帽子の子供を見た。このままだと、あの子は車に轢かれてしまう。悪くすれば死んでしまうかもしれない。しかし、ここであたしが、あの子を抱き上げて歩道に戻しておいてあげさえすれば、悲劇は避けられるはずよね。

そう希望を抱きかけた真奈は、はたと別の問題に直面する。たったいま、ごくなにげなく「このままだと」という表現を使った。しかし、よく考えてみると、厳密には「このまま」の状態であれば、あの子が車に轢かれることは永遠にない——そういう理屈になるではないか。

あの子が轢かれるとすれば、それは「止まっていた時間が再び動きだすから」である。それは、この特殊な状況下では〝異変〟を意味し、決して「このままだと」ではない。

では……真奈は悩む。では、はたして時間が再び動き出す、ということはあるのだろうか？

もしかしたら……真奈は、ぞっとする。もしかして、ずっとこのままなの？ 時間は永遠に止まったままなの？ 再び銀行の電光掲示板と自分の腕時計を見比《みくら》べる。時刻は、あれから一分も、いやおそらく一秒も、動いてはいない。

永遠にこのまま……なのかもしれない。少なくとも、そうではない、という保証がどこにあろう。うわあ……。

どうなっちゃうの？ あたし、どうなってしまうの？ ほんとうに、ずーっとこのまま？ 何も動かない、何も聞こえない世界で、独りぼっちで朽《く》ち果ててしまうの？ 杉本先生にあげちゃう前に？ 処女のまま？

と、そこで真奈は変なことを考えてしまった。この現象がワールドワイドなものならば、先生だって止まっているはずよね、今ごろ。多分、マンションの自室で。てことは、あたし、先生の身体《からだ》に〝干渉〟できるんだから、部屋にさえ忍び込めれば、あとはこっそり先生のほにゃららを。その。こっちで勝手に。ほにょほにょと。すれば。うん。とりあえず心残りはナイかも。

平常時であれば自分でも赤面《せきめん》しそうなくらい、はしたない妄想に真剣に浸る真奈の視界の隅《すみ》で、ふと黒いものが動いたような気がした。彼女は慌てて、そちらを向く。

男が立っていた。この炎天下（といっても時間が止まったせいだろうか、あまり暑くない）葬式の帰りだろうか、黒いネクタイ、黒いスーツの上下に痩《や》せぎすな身体を包んでいる。なかなかの美形だ。普段の真奈ならば、ちょっぴり浮わついた興味を抱いただろう。しかしいまは、それどころではない。

なんと黒ずくめの男は動いている。腕を組み、長い髪を掻《か》き上げ、そして顎《あご》を撫《な》でている。そればかりではない。男の視線を追ってみると、そこには、もうひとり別の男がいる。こちらは動かない。地面に横たわっている。

あれは……何？

真奈は我知らず、ふたりに近寄ってゆく。炎に魅入《みい》られた蛾のように。地面に倒れているほうの男の腹部から、何か棒のようなものが、にょっきり生《は》えている。その物体から眼が離せない。

あれは……何？

やがて何なのか判った。

ナイフの柄《え》だ。

二章　ハイパー・ケイス——時のない男

真奈は悲鳴を上げた。

悲鳴を上げながら走り出した。交番を探す。

たとえ交番が見つかったとしても時間が止まっている状況下では警官を呼んでくることもできないという事実は、たったいま目撃した光景の衝撃で消し飛んでいる。

ひ、ひひ、ひと殺し……。

ひと殺しだ。

ど、どうしよう。

ひと殺しだよう。おまわりさあん。

交差点に飛び出した。きょろきょろ周囲を見回した。しかし交番の影も形もない。

ど、どうしよう……涙ぐみながら真奈は必死で考える。その場で、やたらに足踏みする。

と。公衆電話ボックスが眼に入った。そうだ。電話よ。電話。困った時の、ひゃくとおばんっ。

ボックスに突進する。もちろん、電話なんかしても何の意味もないという事実も、真奈の頭からは綺麗《きれい》に吹っ飛んでいる。

あと一歩でボックスというところで、

「おい」

腕を掴《つか》まれた。

ひえええええっ。真奈は金切《かなき》り声。

「いやだあっ」

男の腕を振り払ってボックスの扉《とびら》を開けた。

中へ飛び込む。

男が入ってこれないよう、叩き閉めた。

「来ないでっ、たっ、たたたっ、たす……」

受話器を取った。一一〇番をプッシュしようとする。がくがく震《ふる》えて指がプッシュボタンに当たってくれない。無我夢中で電話機を指で、ぼこぼこ、突っつく。

「あいたっ」

突き指をしてしまった。

「きみ、ちょっと」

黒ずくめの男の手がボックスの扉に掛かる。

ひーん、と指を押さえて呻《うめ》いていた真奈は、慌《あわ》てて扉を押さえようとした。間に合わない。がたん。大きな音を立てて扉が、いっぱいに開く。

ぎゃあっ、と叫んで真奈は身をよじった。内側に折り畳《たた》まれる形で開いた扉を避ける。

「来るなああっ」

持っていた受話器を投げつけた。

コードに引っ張り戻された受話器は、男に当たる前に振り子のように揺れる。

真奈は頭をかかえた。うずくまる。

ボックスの隅《すみ》っこで身体《からだ》を丸めた。ひたすら泣きじゃくる。「来ないで。ああ、来ないでえっ」

「あのね。きみ」男は、ずいとボックスの中を覗《のぞ》き込む。「ちょっと、落ち着いて――」

ひやあっ、と意味不明の掠《かす》れ声を上げて真奈は手足をじたばた。「いやよう」

バッグを滅茶苦茶《めちゃくちゃ》振り回すが、離れ過ぎていて、男には一発も当たらない。

「来るな。来ないで。いや。来ちゃいや」

「判《わか》った。これ以上は近寄らない」ボックスの外で男は、中途半端な万歳《ばんざい》みたいなポーズ。「だから話を聞いてくれないか」

「いやだあ。死にたくない」のけぞった拍子《ひょうし》に、ごんっ、と盛大な音をたてて真奈の後頭部がボックスの壁に当たった。「いったあーい」

「大丈夫か」

「痛い、いたい」頭をかかえて宙を蹴《け》る。「眼が出た。火から」

眼から火が出た、と言いたいらしい。

「暴《あば》れちゃいけない。こんな狭いところで」

「だってだって。死にたくないのよう。まだ死にたくない。十七なのよ。あたし、まだ十七なのよ。やりたいことが。あるのよ。ね。まだ、やらなきゃいけないことが、いっぱいあるのよう。死にたくないよう」

「それだけ元気なら大丈夫。死にやしないさ」

「いやだあ」真奈は聞いていない。顔を覆《おお》い、おんおん泣き伏す。「処女なの。あたし、まだ処女なのよ。夏が終わるまで待って。せめて。杉本先生にあげるまで。待ってちょうだい。お願い。見逃して。見逃してちょうだい。誰にも言わないから。あなたがやったこと、誰にも言いません」

「誰にも言わないのは、いいとして」男は、ぽりぽりと頭を掻《か》いて、「僕がいったい何をした、っていうの？」

「こ、殺したじゃない」涙に濡《ぬ》れた瞳《ひとみ》で男を睨《にら》み上げた。「あ、あの男のひとを……」

「たしかに、彼は殺されているようだ」男は、しゃがんで真奈の眼線になった。「だけど、あれは僕がやったんじゃない」

「だ……だって」

そんなはずはない、という強烈な確信が真奈の全身を貫《つらぬ》く。しかし、確信が揺るぎないわりには根拠はいったい何なのかが自分でも咄嗟《とっさ》には判らず、煩悶《はんもん》する。

あ。判った。そうだ。そうよ。「あ、あんたしかいないじゃないのよ、犯人は」

「というと？」

「時間は止まっているわ、いま」

「うん。そうだ」男は感心したように頷《うなず》く。「よく把握《はあく》しているね」

「動いているのは、あんただけよ」

「きみも動いているよ」

「そ、そうだけど、あたしは、あんな男のひとなんか知らないもん。見たこともないひとを刺す理由なんかないわ。だったら犯人はあなたしかいない。あたしでなければ、あなたよ。だって他にいないもん。動ける人間しか犯人ではあり得ないんだから」

「それが誤解なんだ。彼はね、時間が止まる前に、すでに刺されていた」

「え……？」

「実は、それが時間が止まってしまった原因でもあるんだけれど——」

もしかして彼は、この不可思議現象に関して何か事情を知っているのだろうか？　そう思い当たった真奈は、さっきまでの惑乱《わくらん》ぶりが自分でも信じられないくらい唐突に、冷静になった。スカートの埃《ほこり》を払って立ち上がる。

男も立ち上がった。「とにかく僕は何もしていないし、きみに危害を加えるような真似《まね》もしない。信じてくれ」

男の主張を鵜呑《うの》みにしたわけではないが、真奈は度胸を据《す》えた。我ながら不躾《ぶしつけ》ねと呆《あき》れるくらい、じろじろと彼を観察する。

さっきも思ったが、なかなか美形である。年齢は三十前後だろうか。いわゆる〝雨に濡れた子犬〟系の、女の母性的庇護《ひご》欲をそそる、憂《うれ》いを帯びた瞳をしている。

うーむ。いい男じゃないの。現状も忘れて、すっかり品定《しなさだ》めモードの真奈である。杉本先生にも負けていない。こういう男なら、たとえ殺人犯でも許せるね、と彼女は変な納得の仕方をする。だってさ、全国指名手配犯のポスターの写真て、オマエみたいな不細工《ぶさいく》なヤツが殺人なんて哲学的なことやったって、あたしは納得できないぞ、なんてのが、けっこうあるんだもん。

「でも」真奈は咳《せき》払いして、「それじゃ、あれは誰がやったの？　誰があのひとを殺したの？」

「判らない」

「そもそも、あのひと、誰？」

「それも判らない。さっき僕は、あそこを」と、男が倒れている辺《あた》りを指さして、「ただ歩いていただけなんだ。すると向こうから彼がやってきた。別に知人でもないので、眼を逸《そ》らして、すれちがおうとした。すると――」

「すると？」

「前のめりに倒れた。いきなり」

「どうして？」

「でも……」

「どうして、って」男は戸惑《とまど》ったように、「刺されたからだろうね。常識的に考えれば。実際、見てみると腹にナイフが刺さっていたし」

「その時、近くにいたひとが犯人でしょ」

「そう考えるよね、当然」

「誰の仕業《しわざ》か一目瞭然《いちもくりようぜん》じゃない」

「そう思うよね」

「だったら、誰に刺されたのか判らない、ってことはないでしょう」

「だけど、判らないんだ」

「見なかったの？　あんたは」

「見なかったわけじゃなくて、つまり、その、いなかったんだ」

「何言ってんの。歯切れが悪いわね。仮にも、ひとがひとり、死んでいるというのに」

「いや。死んでいるかどうかは判らない」

「え。どうして？」

「確かめようがないんだ」

「脈をとって」真奈は口をつぐんだ。「──みたって、だめなんだ。そうか。忘れてた」

「ほんとうに、きみは状況をよく把握しているんだね。こういうのは初めてだよ」男は再び感心したように頷いた。「そう。いま脈をとってみても無意味なんだ。すべてが止まっているんだから。たとえ生きている人間でも脈なんか打っていない。したがって、傷を負っていることは確かだが、彼が死んでいるかどうかは判らない。まだ息があるかもしれない。時間が止まってしまう前に確認しなければいけなかったんだけど、その暇がなかった。確認する前に止まってしまって」

「そういえば。あのひとが刺されたことが時間が止まってしまった原因だ、とか何とか。そんな変なことを言ってたわね、さっき」

「ちゃんと聞いていたんだ。意外に冷静なんだね、きみは」

「意外ってどういうことよ。失礼ね。それはともかく、それ、ほんとなの」

「彼が原因かってこと？　まあね」

「でも、あのひとが刺されたことで、どうして時間が止まったりするの？」

「直接的な原因ではないんだ。彼が刺された事実と時間が止まる現象の間に因果《いんが》関係はない。でも、間接的な原因にはちがいない」

「どういうこと。ごちゃごちゃ、ややこしい言い回し、しないで。小学生にでも判るように言ってよ。小学生にでも」

「とにかく」男は苦笑を洩《も》らして、「そこから出てくれば？」

ようやく真奈は、自分がまだ電話ボックスの中にいることに気がついた。一歩退《しりぞ》いた男の動きに合わせて外へ足を踏み出す。

「自己紹介をしていなかったね」彼は踵《きびす》を返すと、腹部からナイフを生《は》やしている男の方へ向かって歩き出した。「僕は末統一郎《すえとういちろう》」

「スエトウさん？」

「スエが苗字《みようじ》。トウイチロウが名前だ」

「あたしは」末のあとに続きながら彼女は少し迷ったものの、結局「岡田」と正直に名乗った。

「岡田真奈」

「岡田さんか。ややこしいことに巻き込んでしまって申し訳ない」

「そういう言い方をするということは」すっかり落ち着いたせいか、それとも先刻味わった恐怖の反動なのか、彼女の言葉遣《づか》いは無限大に、ぞんざいになってゆく。「やっぱりあんたの責任なわけ？　これって」

「時間が止まっていることに関しては、ね。僕の責任だ」

「でも、どういうことよ。まさか、あなたが止めている――とでもいうの？」

「そう考えてもらっていい」

通常のシチュエーションであれば真奈は、この末という男の言い分を誇大妄想《こだいもうそう》だと鼻で嗤《わら》っていただろう。だが、自分以外に動いているのはこの男だけという文字どおり「動かしがたい」事実がある以上、真面目《まじめ》に聞かざるを得ない。

「じゃ、あなたは時間を思いのままに、止めたり動かしたり、できるの？」

「いや、それはできない」

「え。何だ。それなら、この状況は、あんたのせいというわけじゃなくて――」

「いや。僕のせいなんだ」

「あんた、あたしをばかにしてんの？　とぼけた顔して矛盾《むじゅん》したことばかり言って。時間を止められるの、それとも止められないの。どっちなのよ、いったい」

「最初から説明しよう。たしかに僕は時々、こんなふうにして時間を止めてしまう。それは事実だ。原因というか科学考証的なことはいっさい判らないが、とにかく止めてしまう」

「なら、あんたのせいなのね、やっぱり」

「しかし、僕は〝これ〟を恣《し》意的に行なうことができなくてね」

「シイテキ？」

「だから、自分の意志で止めたり動かしたりはできない、という意味さ」

「また、わけの判らないことを言う。そんなの変じゃない。だって、自分の意志でどうにもならないものならば、どうして、その原因が自分にあるって判るの？」

「それは……」男はちょっと困ったように真奈を見た。どこか懐柔《かいじゅう》するような表情で。「他のものはすべて停止しているのに、僕だけは動いているから、さ。いつも」

「ふーん」

説得力が充分とは言いがたいが、彼の〝雨に濡れた子犬〟的に可愛い瞳に免じて、真奈は一応、妥協してあげてみる。

「要するに〝これ〟は、あなたが原因にはちがいないんだけれど、あなたの意志とは無関係に起こるんだ、と。いつ時間が止まるのかは、まったく予測がつかないんだ、と」

「いや、予測がつかないこともない。一応条件のようなものは、あるんだ」

「条件？」

「どうやら僕は、何か不思議な出来事——それを謎といってもいいんだけれど——に遭遇《そうぐう》すると、時間を止めてしまう〝癖《くせ》〟があるようでね」

「〝癖〟ですって？」

「変な言い方だけれど。そんなふうにしか表現のしようがない。これが能力とは、どうしても思えないんだよ。だって能力ならば、もう少し意識的に操《あやつ》れてもいいはずだろ」

「まあ、そうかもね」

「だから、なんというのか、体質的なものだと思うんだ」

「あなたは単なる体質的な〝癖〟で、こうやって時間を止めちゃうの」

「どうやら、ね。そうみたいだ」

「すげー迷惑な話」

「僕と一緒にストップモーションの中に入ってしまうひとには、ね。他ならぬ、いまの、きみのことだけれど」

「あら。ちゃんと判ってくれてるんだ」

「たしかに、きみには迷惑をかけていると思うよ。申し訳ない。でも——」統一郎は町を背景に両腕を拡《ひろ》げて、「他のひとたちは、別に迷惑とは感じていないはずさ。だって彼らにとって、いまこの時は、一瞬よりもまだ短い〝瞬間〟なんだから。彼らに、この状況は知覚できない。彼らの生命活動を含めた、いっさいの森羅万象《しんらばんしょう》は一時的な〝停止モード〟に入っている。この後、時間が元どおりに動き出したら、ほんのついさっきまで自分たちが止まっていたと認識できる者は誰もいない」

「ということは〝これ〟って元どおりになるの？　いずれは」

「うん。いずれは、ね」

「いつ？」

「判らない。その時による」

「その時による？」

「さっき言っただろ。僕は何かの謎に遭遇すると、つい時間を止めちゃうんだって。それは多分、その謎について考え込んでしまうからなんだ。だから、時間を元どおりに動かそうと思うなら、とりあえず謎を解明しないと――」

「ちょっと待って。謎って大雑把《おおざっぱ》にいうけど、それは、どういう種類の謎？」

「あらゆる謎さ。たとえば、宇宙がどうやって誕生したのか、というのも謎だ。ふと、そんな疑問に囚《とら》われちゃったら――」

「止まってしまうわけ？　時間が」

「止まってしまうんだよ、これが」

「実際に、そういう経験があるの？　つまり、人類の永遠のテーマ的に深遠な謎に囚われた結果、時間を止めてしまったことが？」

「もちろん、あるよ」

「そんなの変じゃない。だって、あなたの話を聞いていると、たとえば宇宙誕生について考え始めたら、その謎が解明されないかぎり、この〝時間牢《ろう》〟からは脱け出せない、と。どうやら、そういうことのようだけど――」

「〝時間牢〟とは、うまい言い方だね」男は初めて笑顔を浮かべた。「そのとおり。自分しか動いていない状態というのは、ある意味、牢獄《ろうごく》に閉じ込められているようなものだから」

「囚われる謎によっては、永遠に〝時間牢〟から出てこられない、という理屈になるじゃない。それとも、あんた、まさか宇宙誕生の謎を解明してしまったとでもいうの？」

「いいや。でも、ビッグバンという言葉を知ったら納得した。一応」

「なによ、一応って」

「だから納得したんだよ。一応」

「一応納得したら、どうなったの」

「だから、図書館で、なんとなく外来語辞典を見てたら、ビッグバンという言葉があって、なるほどと納得したから〝時間牢〟から出てこられたんだ。その時は」

「ビッグバンて、あれでしょ、宇宙創成の大爆発ってやつでしょ。宇宙は約二百億年前に爆発によって膨《ふく》らみ始め現在も膨張し続けているという」

「詳《くわ》しいな、きみは」

「これくらい」普通、男にこんなふうに感心されたら、コイツ、女子高生の知性に対して偏見を抱いてるな、と勘繰《かんぐ》る真奈だが、さっきの彼の笑顔のお蔭《かげ》か、あまり気にならない。「常識よ」

「僕は外来語辞典を見るまで、そんな言葉、知らなかった」

「でもさ、あれって正しい理論なのかな。科学的な裏づけがあるの？　これこそが唯一無二《ゆいいつむに》の真相だと証明されているの？」

「さあ。どうだろう。普通に考えれば、証明しようがないんじゃないか？　二百億年前に戻って見てくるわけにもいかないし」

「ちょっとちょっと。なにそれ。ちっとも納得できていないじゃない」

「宇宙誕生の経緯に関して仮説がまったくないわけではないらしいと知れば、僕にとっては充分だったんだ。だから〝謎〟から解放された。なるほど。何かそれらしい理論が一応あるんだなと。納得したというのは、そういう意味さ」

「でも、それって〝謎〟そのものを解明したことには、なっていないわよ。全然」

「謎の解明というのは、この場合、なんていうのかな、言葉の綾《あや》であってさ。事実を究明することが問題ではないんだ。僕が自分なりに納得できれば、それでいいわけであって」

「な、なんか、すごくいい加減」

「極端な言い方をすれば、出された答えが真実でなくてもいいんだ。たとえ嘘《うそ》であっても僕が納得してしまえば、それは〝解明〟されたことを意味する。逆に、たとえ客観的にはそちらが真実であっても、僕が納得しなければ〝解放〟されない。時間はずっと停止したままで――」

「なんて唯我独尊《ゆいがどくそん》的なシステムなの」真奈は呆れ果てて、「あんたって、自分の考えが世界で一番正しいと信じてるわけ」

「いや。決してそんなつもりはない」

「そんなつもりはなくても、得手勝手《えてかって》な仕組みであることに、ちがいはないわ」

「これは単なる〝体質〟なんだよ。それ以上でも、それ以下でもない。お酒を飲んだら顔が赤くなるとか、腐ったものを食べると下痢《げり》をするとか、そういう現象と同じレベルの摂理《せつり》なんだ。思想的ドグマなんて次元で論ずるべき問題じゃない」弱りきった表情で懇願する。「あんまり、むつかしく考えないでくれ。要するに、そういうものなんだな、と。もっと気楽に——」

「あなたはそれでいいんでしょうよ。自分さえ納得できればいいんだから、お気楽にかまえていれば。実際、他のひとたちは、こんな現象が時々起きていることにまったく気づいていないんだから。別に世間に対して迷惑をかけているわけでもないんでしょうし」

「もちろんだとも」

「だけど迷惑をかけている相手が、ひとりだけいるわ。あたしよ。悩むのなら、あなた独《ひと》りで〝ここ〟に閉じ籠《こも》って悩んでいればいいじゃない。それなのに、いまこうして、あたしが一緒に巻き込まれてしまっているのは、なぜ？」

「判らない。これまた原因は不明なんだけれど、僕が〝時間牢〟に入る際、必ず他人をひとり巻き込んでしまう。なぜだか、そういうことになってしまっているんだ」

「なぜだか、そういうことになってしまっている、か。要するに、これまた、むつかしく考えるな、ってわけ」

「ただ」統一郎は腕組みをして、「今回、初めて思ったんだけど、もしかしたら一緒に謎を考えてもらう〝相談相手〟として確保される、という可能性もあるのかもしれないね」

「相談相手、ですって？」

「もちろん何の根拠もない。ただ、そういう解釈もありかな、というだけの話で。ほら。やっぱり、ひとりよりもふたりのほうが、何かと知恵が出やすいだろうし」

「自分に足《た》りない知恵を出してもらうために、むりやりこんなことに引きずり込んだっての？　こちらの承諾も得ないで」

「そんな気もする、という想像に過ぎないんだってば。ほんとうのところは、よく判らない。巻き込んでしまう相手がどうやって選ばれるのかも、はっきりしない。時間を止めた時に、たまたま僕の近くにいるひとたちが対象になることは確かみたいだが、数多くいる中から、どうしてその人物が選ばれるのかは定かではない。まったくのランダムなのか、それとも情緒的な波長が合うとか何か具体的な基準でもあるのか――」

「でも、変ね」

「まだ何か疑問があるのかい」

「疑問だらけよ。謎に直面する度《たび》にということは、あなた、これまでもう何度も、こういう〝時間牢〟に入っているわけでしょ？」

「数えきれないくらいね。多い時は日に――これは平常時間での一日という意味だけれど――二回、入ってしまったこともある」

「ということは、その都度《つど》、あたしと同じように、むりやり巻き込んでしまったひとたちがいるわけよね。百回入れば百人」

「そういうことだ」

「つまり、そのひとたちはあなたのSMのことを知っているわけよね。だったら——」

「エ……エスエム？」

「だって、ストップモーションでしょ。頭文字《かしら》をとってSM。まちがってないわよ」

「ま、まあ、その」怒ったような咳払い。「きみさえ抵抗がないのなら、そういう呼び方をしてもいいけどさ」

「いままで、そのひとたちの口から〝これ〟のことが世間に知れ渡っていないのは、なぜ？　ひとりやふたりの証人じゃないんだから。空飛ぶ円盤なんかよりも、ずっと信憑性《しんぴょう》が——」

「いや。それは認識不足というものだよ。人間が、いかに合理的解釈というものに固執《こしつ》する動物であるか。知ったらきみも驚く」

「そんなものなの」

「〝時間牢〟から解放された彼らが、自分の体験をどう解釈するか。実際例を教えてあげよう。ある者は、変な夢を見ていた、と僕に言った」

「夢、か。そう思いたい気持ちは判るわね」

「これが一番多いパターンだ。僕が催眠術をかけたんじゃないか、と疑うひともいた」

「なるほど。それもありそうね」

「極端な例になると、記憶を失うひともいて」

「え。どういうこと？　記憶を失うって」

「文字どおりの意味さ。〝時間牢〟での記憶を無意識に消去して、いっさい〝なかったこと〟にしてしまうんだ」

「そんなこと、あり得るの」

「それがあるんだ。人間の記憶というものが、いかに簡単に改竄《かいざん》され得るか。実際に目《ま》の当たりにしたら驚くよ。しかも、この場合は、なかなか理にかなった対処方法でもあるんだ。つまり〝時間牢〟での経過時間は、通常時間としては一秒もカウントされていないんだから」

「あ。そうか。なるほど」

「〝牢〟の中でどんなに長い時間が経過しても、通常世界では一瞬にも満たない。その間の出来事をいっさい〝なかったこと〟にしてしまっても、平常時間での時系列には何の差し障《さわ》りもない。記憶を改竄したら事実関係にいろいろ不都合が生じるのが普通なんだろうけれど、この場合は簡単に、しかも至って自然に辻褄《つじつま》を合わせられる」

「じゃあ、この〝時間牢〟の体験を、ありのままに受け止めるひとって、全然いないの？」

「何人かはいた。しかし、そういうひとたちは、この現象が僕のせいだとは思わないのさ。絶対に。どんなに口を酸《す》っぱくして説明しても、かたくなに、これは自分自身に神秘的なパワーが具《そな》わったせいだと。そう思い込むんだ」

「あー。なるほどね。それこそ、唯我独尊的な解釈に嵌《は》まるわけだ」

「その結果、変な意味での神秘主義者になってしまったのが何人かいる。その中には、いま何かと世間を騒がしている某新興宗教の教祖におさまってるひともいるよ」

「へぇえ」

「それはともかく。〝時間牢〟から解放された後の反応は、各人いろんなパターンがあるんだが、僕のことを憶《おぼ》えているひとは、あまりいないんだ。もともと知人じゃないせいもあるんだろうけど。自分の体験を否定するにしろ肯定するにしろ、僕という存在は〝邪魔《じゃま》〟なんだろうね。何かと。というわけで〝これ〟に関しては特に手を下さずとも、こうして秘密が保たれている次第《しだい》」

「あたしは、どういう反応を示すのかな。〝ここ〟から解放された後。あ。でも、当面の謎が解明されないと出られないわけね」

「まさに、そういうこと」

「つまり、あれが」と真奈は、横たわっている身元不明の男を指さして、「あなたの今回の悩みのタネなんだ。でも通行人が白昼刺されるなんて、珍しくないとまでは言わないけれど、現代社会ではけっこう起こり得るタイプの事件でしょ。不思議なことなんか何もないじゃない」

「いや、不思議だよ」

「何が」

「彼は、僕とすれちがいかける直前まで、ごく普通に歩いてきてたんだぜ。たしかに僕は彼のことをじろじろ観察していたわけじゃないけど、何か異常があれば気がついていたはずだ。でも何の違和感も覚えなかった。それが、いきなり倒れたんだ。しかも、彼に近づいた者は、僕以外には誰もいない、とくる。あらためて断わっておくけれど、僕は彼を刺したりなんかしていない。

するとと犯人は、いったいどこから、どうやって犯行に及んだのだろう？」

「それが目下《もっか》あなたを悩ませている謎なわけね。でも、それほど不思議でもないじゃない」

「じゃ、きみには説明がつくのかい」

「犯人が彼に近寄って刺した、と思うから、いけないのよ」

「しかし、近寄らないと刺せない」

「そんなことないわ。離れた位置からでも、ナイフを投げればいいじゃない」

他に考えようがないでしょ？　という含みを込めて彼女は統一郎に流し眼をくれた。さ、これで〝時間牢〟から解放されるわね、と期待しながら。

しかし。

周囲を見回してみる。

世界は止まったままだ。相変わらず。

「……どういうことよ」

「どういうことも、こういうこともない。見たまんまさ」

「納得しないの？　あたしの説に」

「全然できない。残念ながら。だって、もし誰かがナイフを投げたとしたら、あっちの方角からだったはずだろ」統一郎は、アイスクリームを舐《な》めている女の子と母親を示して、「彼が歩いてきた方向、そして凶器の刺さった角度からして、それしかあり得ない。だとしたら、あの母親か娘のどちらかが、ナイフを投げたのか？」

「うーん……」真奈は腕組みをした。なるほど、これはなかなか難問かも。「ちょっと、そうは思えないわね」

「思えない。そりゃ、子連れの母親が絶対に通り魔にならないとは限らないよ。でも、彼女は見ての通り落ちた小銭を拾おうとしているところだ。片手は財布で塞《ふさ》がっているし、もう一方の手は落ちた小銭に伸びている。ナイフを投げた直後、一瞬にしてあんなポーズはとれないだろ」

「そうよね。かといって、まさか、あの小学生くらいの女の子のはずもないし」

「小学生だって絶対に通行人に危害を加えないとは限らないけど。あの娘の場合、片手はソフトクリームで塞がっているし、もう一方の手は母親の袖《そで》を引っ張っている。どこからどう見ても無理だ。ナイフを投げるのは」

「でも、となると、あの母娘以外に、凶器を投げられそうなひとは見当たらないし……」

例の汗を拭《ふ》いているおじさんは、位置的にアーケード内に引っ込み過ぎている。

「もうひとり、投げられたかもしれない容疑者候補が、いるにはいるが」

「え。誰のこと？」

「きみ」

「は？」思わぬ発言に真奈はきょとんとし、続いて大憤慨《だいふんがい》。「じょ、冗談じゃないわよ」

「もちろん、きみはやっていないだろうけど」

「あったりまえじゃないの」

とんでもない濡れ衣《ぎぬ》に真奈は怒髪天《どはってん》を衝《つ》く。ひとをよく見てものを言えってのよ。この虫も殺せぬ平和主義者に向かって。

自慢ではないが、真奈はかなり不器用である。ナイフはおろか裁縫《さいほう》用の針に至るまで、自分や他人に怪我《けが》を負わせる可能性が少しでもある道具には触れないようにしている。いや、彼女自身はさわったって別に平気なのだが、両親が嫌がる。たまには手伝ってやろうと包丁などを持った日には、母親は絶対に台所に入ってこようとしないくらいだ。したがって自然に刃物類からは疎《そ》遠《えん》になる。よっぽどその事実を教えてやろうかとも思ったが、自《みずか》ら恥を晒《さら》すこともないと思いなおす。

「ひとを面倒に巻き込んだだけでは飽《あ》き足らず、通り魔扱いする気？　張り倒すわよ」

「本気で疑っちゃいないよ。もし、きみがやったんだと僕が考えているのなら、それはこの事件について一応の納得がいったということだから、今ごろこの〝時間牢〟から出られているはずさ」

「そっか。それもそうね」

「となると、さあ、判らない。いったい彼は、どうやって刺されたんだ？　そして誰に？」

真奈はあらためて横たわっている男を見た。初めて見る顔だ。年齢は四十代後半くらいだろうか。ネクタイは締めていないが、ワイシャツにズボンといういたって平凡な服装である。

腹部にナイフの柄《え》が生えている。そのわりには、ワイシャツはびっくりするほど白い。

「血が出ていないのね。全然」

「よく知らないんだけど、刺さり具合によってはナイフが栓《せん》の役割をして出血を防ぐと聞いたことがある。これも、そういうケースなのかな。あるいは、本格的に出血してしまう前に時間が止まっただけかもしれないけど」

「そうか。刺されたのが、ちょうど時間が止まる前であれば、そのまま固まってしまうから、血は流れないわけね」

「そういうこと」

「この雑誌は？」

男の足もとに写真週刊誌が一冊落ちている。真奈もよく立ち読みするやつだ。今日発売されたばかりの最新号である。

真奈は、ふと違和感を覚える。ちょっと普段の号よりも分厚いように見えるけれど……気のせいかしら？　だが、この時はまだ、その疑問を本格的に検討するには至らない。

「この男のひとのかな」

「さあ。どうだろう。そうかもしれないし、もともと、ここに落ちていたのかもしれないし」

「彼が持っているところを見てないの？」

「さっき言ったように、意識して観察していたわけじゃないから、彼が何を持っていたとかは、全然判らない」

「ふーむ。どうやら、この週刊誌が、すべての謎を解《と》く鍵のようね」

「どういうことだい？」

「いいこと」こほん。真奈は咳払いして、「彼があなたとすれちがいかけた時に刺されたと考えるから判らなくなるのよ。実は、もっと以前に刺されていたのだとすれば何の不思議もない」

「そんなことあるもんか。不思議は大ありだよ」

「どうしてよ。とりあえず、犯人消失の謎には説明がつくわ」

「するときみは、彼が腹を刺された状態のまま平気な顔をして、どこかから、すたすたと歩いてきたっていうのか？　そんなこと、あるわけないだろ。何度も言うようだけれど、彼の歩き方は正常だった。少なくともナイフで刺されたとか、そんな様子は微塵《みじん》も感じられなかった」

「それはね、彼本人が隠していたからよ。刺されたおなかを」

「え。隠していた……だって？」

「この雑誌を使ってね。ナイフの柄を覆《おお》って、あなたからは見えないようにして。歩いてきた。被害者自ら離れたんだから、近くに犯人の姿が見当たらないのは、あたりまえ」

「そんな……」真面目に検討する価値があると思いなおしたのか、統一郎は一旦《いったん》口をつぐむ。

「いや、しかしだよ。なんで、そんなことをする必要が彼にあるんだ？」

「刺されてしまった衝撃で一種のパニック状態に陥《おちい》っていたんじゃないかしら？　どうしていいのか判らなくて。へたにナイフを抜いたら、さっきあなたが言ったように、せっかくの〝栓〟を外《はず》してしまうことになるかもしれない。本格的に出血して一気に体力を失ってしまうかもしれない。そう用心して。とりあえず出血しないよう、ゆっくり歩きながら病院を探す途中だったのかも」

「病院へ行きたかったのなら、どうして助けを求めてこなかったんだ？　僕が前から歩いてきていることは判っていたはずなのに」

「声が出なくなっていたのかもよ」

「それでも手ぶり身ぶりで何とか窮地《きゅうち》は訴えられたはずだろ。歩いてくる体力が残っていたのなら。僕か、あるいは他の通行人に助けを求められた。そうするべきだったのに。どうして彼は、そうしなかったんだ？」

「何か事情があったんでしょうね」

「事情だって？　どういう？」

「そこまで判らないわよ。でも、自分が刺されたという事件そのものを隠蔽《いんぺい》したかった、ということもあり得るかも」

「隠蔽？　一刻も早く手当てをしないと死んでしまうかもしれないって時に？」

「犯人を庇《かば》いたかったのかもしれない。彼を刺したのが身内か恋人だったから、とか。事情はいろいろ考えられるわ。そもそもこのひとの身元が不明なんだから、そこら辺りは想像で補《おぎな》うしかないでしょ。でも、彼がどうやって刺されたのか、すなわち犯人消失の謎に関しては、これで解明できたはずよ。納得した？」

　真奈は期待をもって周囲を見回す。

　世界は止まったままだった。

「……まだ何か不満があるの？」

「多分ね。納得できないんだと思う」

「どうしようっていうのよ。これ以上」

「調べてみるか。本格的に」

「調べる？　って何を」

「先《ま》ず、この男の素性《すじょう》を」

「そんなことまでしなきゃいけないの？　ご苦労さんだこと」

「きみも手伝ってくれるだろ？」

「え。なんであたしが？」

「僕が納得しないと、きみはいつまでも〝時間牢〟に閉じ込められたままだよ。ずっと」

「それは困るけど。でも——」

「ねえ、きみ」この女の子はなかなか頼りになると考え始めていた統一郎は、ここは何としてでも彼女の協力を取りつけるべく、少し意味ありげに声を落とした。「僕は何歳くらいに見える？」

「年齢？　そうね。三十前後かな？」

「そうだろうな。肉体的には、それぐらい歳《とし》をとっていてもおかしくない。でも戸籍的には、僕はまだ十九歳なんだ」

「え……なんですって」

「見えないだろ？」

「嘘でしょ？」

「ほんとうさ。なんなら市役所へ行って住民票をとって——って。無理かいまは」

「ちょ、ちょっと待って」統一郎が何を仄《ほの》めかしているのか悟《さと》ったのだろう、真奈は蒼《あお》ざめた。
「肉体的には、って言ったわね。肉体的には三十くらい歳をとっていてもおかしくない。という
ことは……まさか」
「そうなんだ」統一郎は頷いた。「僕らは歳をとるんだよ。〝時間牢〟の中でも」
「ど、どうしてよ。そんなこと、あり得ない。だって時間は止まっているのに。この〝瞬間〟は
一瞬よりも短いはずなのに」
「だけど僕らは動いている。そうだろ？」
真奈は唇を震わせて絶句。
「そうなんだよ。岡田さん。ほんとに申し訳ない。たしかにストップモーションが掛かっている
間は、すべてのものが腐敗しないし、磨耗《まもう》もしない。代謝《たいしゃ》も行なわれないから歳もとらない。だ
けど〝時間牢〟の中にいる者、すなわち僕たちは、こうしている間にも確実に老《ふ》けていっている
んだ」老けるという表現を使ったのはもちろん、わざとだ。「きみは十七歳だとか、さっき言っ
ていたね。もしも〝ここ〟に一年間いたとしよう。すると解放された時、きみは十八歳になって
いる。客観的な〝視点〟にとっては一瞬のうちに、だ」
「い、一瞬にして十八……」
「極端な話、もしも三十年間閉じ込められた後で解放されたとする。時間が動き出したら、他の
通行人たちは、さっきまで少女だったはずのきみが、いきなり五十近い中年女性に化けるという
怪現象を目の当たりにすることになる」

「い、いっしゅんにしてごじゅう……」いきなり老婆になってしまった己《おのれ》でも想像したのか、真奈は白眼を剝《む》いた。「ご、ごごごじゅう」

「むろん、三十年間このまま、なんてことは、ちょっとありそうにないけどね。いつもだいたい一日か二日くらいかな。主観的な時間経過としては。長くても数日。それくらいで出てこられる。といっても時計が動いているわけじゃないし太陽の位置もそのままだから、主観的時間経過といっても全然当てにならないけどね。知らないうちに一年過ぎていた、なんて事態は充分あり得る」

ぎえっと珍妙な叫びを上げる真奈。

「きみはまだいいよ。僕の場合は今回の〝牢〟から出られても、いずれ次回があるんだ。だから同じ歳の者より老けている。老け続けている」

「じゃあ、あなた、このままいったら……」

「長生きはできない、と覚悟している」

「あたしは覚悟できていないわ」

「心配しなくても、きみが次回の〝時間牢〟に入ってしまう確率はきわめて低いさ」

「で、でも、ゼロじゃないんでしょ」

「まあね。これまで二回以上巻き込んでしまったひとは、まだいないけど。これからも、そうだとは限らないし」

真奈は最後まで聞いていなかった。ひざまずき、倒れている男の身体をまさぐる。

「……何をしているんだ？」

「調べてるのよ。何か手がかりになりそうなものを持っていないか。あなたが、とことん納得してくれなきゃ、あたしは、このままどんどんお婆《ばあ》ちゃんになっちゃう。冗談じゃないわ。こ、この、あたし。まだ十七なのに。杉本先生と結ばれないうちに十八になるなんて、ごめんよ」

「杉本先生？」

そういえば、さっきも同じ名前が彼女の口から出てきたな、と統一郎は思い当たる。

「このひとの素性を先ず調べなきゃ話にならないんでしょ。んとにもう。いったい何の因果《いんが》で」

ぶつぶつ文句を垂《た》れながら真奈は男のズボンのポケットを探《さぐ》った。だが何もない。ワイシャツのポケットに入っている財布を抜き取る。お札と小銭が入っているだけだ。免許証や名刺の類《たぐい》は見当たらない。と——。

「あれ」と真奈は声を上げた。

「どうした。何かあったの？」

ほら、と真奈が掲《かか》げて見せたのはレシートだ。統一郎は眼を細めて、

「……〈ワッコドナルド〉？」

「ハンバーガー屋さんよ」真奈はアーケードを指さして、「あそこに在《あ》るお店。あたしも、さっき行ってきたところ」

「アーケードの中に？」

「えーと。なになに」真奈はレシートの皺《しわ》を伸ばして、「チーズバーガーのダブルに、フライド

ポテトのL。コークのLか。袋が見当たらないから、お店で食べたのね、きっと」

「でも、おかしいな」

「何が？」

「このレシートの日付。七月二十八日……」

「今日でしょ。どこがおかしいの？」

「時刻が一時半になっている。これは、そこのアーケード内の店でまちがいないの？」

「××支店とあるから、そのはずよ。いったい何がおかしいの？」

「彼は今日、午後一時半に、そこで昼食を摂《と》った。ここまではいい。だけど、彼は向こうから歩いてきたんだよ」

統一郎が示したのは、アーケードの入口とは逆方向だ。

「それのどこが変なの？　お店でハンバーガーを食べて、アーケードを出て。繁華街のどこかでぶらついて。そして、またこっちの方へ戻ってきた——それだけの話でしょ？」

「半時間くらいで？　すぐ帰ってきたの？」

「あり得る話でしょ。彼にどういう事情があったのかは判らないんだもの。とにかく、〈ワッコドナルド〉へ行ってみましょう」

「何のために？」

「手がかりを探しに、よ」

「手がかりだって？　どんな？　まさか従業員に聞き込みでもしようっての？　お忘れじゃない

と思うけど、誰も喋られる状態じゃないんだよ。それとも彼が店の中に忘れ物をしているとでも——」

「あんたねえ」真奈は癇癪《かんしゃく》を起こした。「うだうだ正論ぶるけど、じゃあ他にどうしろっていうのよ。え？　このひと、身元を示すものを何も持っていないじゃない。とりあえず、とっかかりになりそうなものは、このレシートだけじゃない。ちがう？　そうでしょ？」

「そ……それは、そうなんだけど」

「だったら、だめもとで、とりあえず動いてみなくちゃ。話は始まらないでしょうが。どんな形にしろあんたが納得してくれなきゃ〝ここ〟からは出られないんだからね。だいたい、ひとを勝手に巻き込んでおいて。むりやり協力させておいて。ごちゃごちゃ文句を言うなっ」

「わ、判った。悪かった。そのとおりだ。とにかく当たってみよう。うん」

真奈は肩をそびやかして、さっさと歩き始める。統一郎は慌ててその後を追う。〝主導権〟が完全に彼女に移った瞬間であった。

と、真奈は横断歩道のところで足を止めた。統一郎は、また怒鳴《どな》られるのかとびくびくしながら、どうしたの？　と囁《ささや》く。

真奈が指さしたのは、携帯電話に夢中のドライバーによって轢《ひ》かれそうになっている男の子の姿だ。これまで統一郎は、その事態にまったく気がついていなかった。「あ……まずいな」

「あの子をいま、歩道に戻しておけば、時間が動き出した後、事故は免《まぬが》れるのよね？　理屈としては、そうなるのよね？」

「そうなんだけどね。いいのかな」

「どうして？　いいに決まってると思うけど」

「だって、あり得ない現象が起こるわけだよ。本来ならば車に轢かれていたはずの子供が、瞬時にして歩道に戻っていたりしたら……やっぱりねえ」

「どうでもいいじゃん、そんなこと」

「そ、そうかなあ」

「いくら不思議なことが起こっても、ひとはそれぞれが納得できる合理的な解釈を、むりやりひねり出すものだ——そう言ったのは、あなたよ」

「まいった。なるほど。そのとおりだ」

　真奈は横断歩道に出た、男の子を抱き上げようとした。ところが重くて腰が砕《くだ》けてしまった。

「ど。え。なんでこんなに重いの？　こ、こんな小さい子供が」

「そりゃ重いさ」統一郎は手を貸しながら、「この子なら体重は二十キロ以上あるよ」

「で、でも、これぐらいの子供、普通のお母さん、ひょいと抱き上げたりしてるじゃない」

「それは本人に意識がある場合だよ。ほら。眠っている子供を抱き上げようとしたら意外に重くて驚いたという経験、ない？　あれと同じだよ。本人が起きている間は、無意識に抱く側の負担を軽減してくれているものなんだ」

「なるほどね。勉強になります」

　男の子を歩道に戻してから踵を返しかけた真奈を統一郎は呼び止めた。

「お母さんの向きも変えておこう」

「え。向きを？　どうして？」

「このままじゃ危ない。彼女、子供を助けようとして車道に飛び出しかけているだろ？　この状態で時間が動き出したら、彼女の眼の前から、いきなり子供の姿が消えることになる。ただでさえ冷静さを失っているんだ。驚きのあまり、今度は彼女が車に轢かれかねない」

「なるほど。判りました。でも、このお母さん、もっと重そうだな」

　真奈はわりと抵抗なく止まっている人間にさわっているようだが、統一郎は何度経験しても慣れることができない。物体でもなければ人間でもない、未知の何かに触れているみたいで。

　母親の身体の向きを変えて子供の隣に立たせておいてから、彼は真奈と一緒にアーケードへと向かった。

三章　ハイパー・ライフ——時のない生

〈ワッコドナルド〉に入った真奈の足が、ふと、止まった。

奥の席に、ひとりの中年女性がいる。さっき〝待機〟していた（正確に言えば〝待機〟しようとしたのに、あのバカ男に邪魔《じやま》された）時には、気がつかなかった客なのだが。

あれ？　あのひとって……。

彼女が真奈の注意を惹《ひ》いたのには、ふたつ理由がある。ひとつは、その中年女性が、奥の席にいると便宜《べんぎ》的に言ったものの、厳密には椅子《いす》には座っておらず、テーブルの傍《かたわ》らに立って、その席についている中学生らしい男の子と女の子のふたり連れを咎《とが》める顔つきとポーズで見下ろしていたため、客たちの中でひと際《きわ》目立っていたこと。

たとえば、どこかの学校の生活指導の先生が、校則で禁止されている飲食店への出入り（あるいは不純異性交遊か？）を見つけて叱責《しつせき》している——普通に考えれば、そういった構図だ。その点に関しては、真奈にも疑問はない。

しかし、真奈の注意を惹いた理由が、もうひとつあった。その中年女性の顔に、見覚えがあるような気がしたのだ。互いに離れ気味の両眼、丸い鼻、ホースの断面みたいな唇《くちびる》、そしてそれらの造作《ぞうさく》に全然似合《にあ》っていないボブカット。

真奈の経験からすると、校則違反を見つけた時の教師の反応は、だいたいふたつのパターンに大別《たいべつ》される。悲しそうな顔をするか、それとも嬉《うれ》しそうな顔をするか、だ。

前者の「悲しそう」というのは、さらに複雑にタイプが枝分かれするが、要するに、できれば生徒に注意なんかしたくない、という消極的姿勢で共通している。生徒との接触そのものが嫌いだからというタイプや、指導することで生徒の機嫌を損ねたくないという懐柔《かいじゅう》型、校則のあり方に疑問を抱いている改革派と、さまざま。もちろん心から生徒の素行を案ずるタイプもいるだろう。

しかし主流は（少なくとも真奈の見る限りでは）やはり「嬉しそう」な顔をする後者だ。本人たちは否定するだろうが、真奈にしてみれば、どこからどう見ても喜んでいるとしか思えない教師たちは一定数存在する。同じ注意をするにしても、まったく要領を得ず、やたらに長くなるタイプだ。あんなわけの判《わか》らない（絶対、自分でも理解できてないわよ、アレは）説教をぐだぐだと続けられるのは、生徒のためを思っているからではなく、自分が楽しいからに決まっている。他人を貶《けな》す快楽のために、わざわざ校則なんてものを設《もう》けているんじゃないの、と勘繰《かんぐ》ってしまう。

問題のボブカットの中年女性は典型的な後者のタイプだと真奈は見る。しかも、その中でも傑出したウルトラ・サディストだ。それが不純異性交遊の現場を見つけたとあれば虎の檻《おり》に肉の塊《かたまり》を投げ込むようなものだろう。さあ、あんたたち、子供のくせにいっちょまえなことして、ただで済むとは思っていないでしょうね、きっちり型に嵌《は》めてあげるから覚悟なさい。そんなよがり声が聞こえてくるようだ。もう気持ちよくてたまらないという顔のまま固まっている。実際ボブカットは周囲をはばからない大声を出していたらしく、他の席から眉《まゆ》をひそめて彼女を睨《にら》んでいる客も数人いた。

真奈にとって幸いなことに、このボブカットは彼女の学校の教師ではない。それは確かである。冗談じゃないって。こんなヤツがいたら、あたし即、学校辞《や》めるね、はっきりいって。たとえ杉本先生と会えなくなっても。ほんと。センジョの教師じゃなくて、よかったよかった。

そう。ボブカットは真奈にとって、まったく無関係な人間のはずだ。にもかかわらず、このサディスティックな〝狩猟〟顔には見覚えがあるような気がして仕方がない。

思いちがいかしら？　でも、どっかで見たことがあるような気がするんだよね。やだなあ。知り合いに、こんな底意地の悪そうなおばはん、いないはずだけど。

真奈は考え込むあまり、勢いよく店内に飛び込んだわりには、すっかり動きが止まってしまう。

そんな彼女を統一郎は（また怒鳴《どな》られるのが怖《こわ》いので）辛抱《しんぼう》強く見守っていた。

「……あの」しかし一向《いっこう》に彼女が動く気配がないので、さすがに痺《しび》れが切れて、おそるおそる、「どうするの？　これから」

「え……と」真奈は我に返った。いまは、こんなおばさんなんかに、かかずらっている場合じゃないわよね、と。「そうね。とりあえず何か眼を惹くものがないかどうか、調べて」

「いいけど……眼を惹くものって何？」

「それが判っていれば苦労なんかしないわよ」ばっかねえ、という言外の含みを込めて統一郎を睨む。「何が手がかりになるのか、それともならないのかぐらい、自分で考えてよね」

「きみは考えてくれないの？」

「もちろん考えるわよ。何しろ、この若さと美貌《びぼう》がかかっているんだもん。絶対探し出すわよ。でも、こんな店でも、調べるとなるとけっこう広いわ。手分けしましょ」

「手分け、というと？」

「あなたは客席をお願い」

「判った」

真奈の勢いに押されて、そう応じたものの、何をどう調べたらいいのか判らない。真奈は自分で考えろというが、何をどう考えていいものやらも、さっぱり見当がつかない。

客席は大半が埋まっている。レジの前のカウンターにも注文待ちの列が伸びている。盛況だ。調べようと思えば調べられる対象はたくさんある、とも言える。しかし、たとえば客たちの持ち物を探《さぐ》ってみたところで、それで何か判るとは思えない。何か見つけたところで、それがあの男と関係があるかないかなんて判断しようがない。

統一郎は身を屈《かが》めて床を見てみた。何も落ちていない。綺麗《きれい》なものだ。むろん、何か落ちていたからといって、それがあの男のものだという保証はないわけである。

だめだ。統一郎は途方《とほう》に暮れてしまった。ここでいったい何をどう調べればいいのか、まるで判らない。しかし、正直にそう弱音《よわね》を吐くと、また真奈に叱られそうだし……。

そう思って見てみると、真奈はレジの向こう側へ入って厨房《ちゅうぼう》を覗《のぞ》いている。

「あの」思い切って声をかけてみた。「何をしているの？　そんなところで」

「決まってるでしょ」真奈は彼を振り返りもせず、腕組みをして、あちこち覗き込んでいる。

「調べてるのよ」

「でも、そんなところに何かあるのかな」

「だから、それを調べてるんじゃない」

「何にもないと思うけどなあ……」

「それを言っちゃ、お終《しま》いでしょ」

「そりゃ、そうなんだけどね」

仕方ない。さしたる成果が上がらなければ、いずれは真奈も諦《あきら》めるだろう。別の角度からのアプローチを試《こころ》みようと提案してくるかもしれない。その展開を期待して、統一郎は気長に彼女に付き合うことにした。

「あたし、トイレの方、見てくる」

「ああ」

「ちょっとお」統一郎の気のない声を咎《とが》めるみたいに、真奈は振り返った。「簡単に諦めないで。

ちゃんと調べてよね」

「も、もちろんさ」

「いったい誰のせいで、こんなことしていると思ってるの？」

「わ。判ってるってば。申し訳ない。肝《きも》に銘《めい》じています」

「んとに。さぼっちゃだめよ」

「うん」

そう答えたものの、統一郎にしてみれば、さぼるしか為《な》す術《すべ》はない。

手持ち無沙汰《ぶさた》になって、ふと、例の客のことが気になった。中学生らしいカップルを見下ろしているボブカットの中年女性。あれは誰なんだろう？　さっき真奈は、彼女のことを随分《ずいぶん》気にしていたみたいだが。学校の先生だろうか。いかにも、そんな雰囲気ではある。あるいは真奈の学校の教師なのかもしれない。

統一郎はふと、真奈はどこの高校の生徒なんだろう、と思った。いや、そもそも高校生なのかどうかも確認してはいないが、さっき杉本先生とか何とか口走っていた。てことは高校生だろう。十七歳というのが、ほんとうならば。

変な娘だ。統一郎は思う。一見フランス人形的な美少女なのに、いざ喋《しゃべ》り出すと演歌の世界に通ずる雰囲気を醸《かも》し出す。見た目はバタ臭いのに中味は浪花節《なにわぶし》的とでもいおうか、イメージと実体のギャップが激しい。

むろん、平素は見た目どおりに振る舞って世間をたぶらかしている、という可能性はある。いまは〝観客〟が統一郎だけという特殊な状況下だから、安心して地金《じがね》を剝《む》き出しにしているだけかもしれない。だけど、おしとやかに振る舞っている真奈なんて、少なくとも統一郎にはちょっと想像できない。むしろ横紙破りな彼女のほうが、外見とのアンバランスさゆえに魅力的だとさえ思う。

何を考えているんだ……統一郎は己《おのれ》の心の動きに気づいて戸惑《とまど》う。これまで〝時間牢《ろう》〟に巻き込んでしまった相手に対して、こんな気持ちになったのは初めてだ。

彼にとって真奈は、いろんな意味で〝型破り〟だった。まず統一郎の話を比較的すんなりと信じてしまったこと。これは驚異的である。実際に時間が停止している世界を目の当《ま》たりにしてさえも、素直に現実を受け入れられる者はきわめて少ない。ましてや〝時間牢〟なんて卓越したネーミングセンスを発揮して状況を理解してみせた者など、これまでひとりもいなかった。その彼女発案の呼び名は、こうして統一郎本人にも浸透している。真奈は状況に順応しているばかりではなく、すでに影響を及ぼす存在と化しているのだ。

たしかに真奈は、きゃんきゃん喚《わめ》いて統一郎の尻《しり》を叩《たた》く。だが根底はいたって冷静だと彼は見ている。むしろ積極的に統一郎に協力してくれているふしすらある。これまでは、相手を面倒に巻き込んでしまったという負《お》い目もあって〝パートナー〟をお荷物的にしか見られなかった統一郎にとって、真奈は非常に新鮮な存在だった。

それは単に、状況に馴染《なじ》んでイニシアティヴを取ってくれる、という意味合いだけにとどまらない。この手のトラブルに対処する〝天職〟的素養を、統一郎は彼女の中に見る。

ありていにいえば、どうせこれから何度も〝時間牢〟に閉じ込められなければいけない宿命ならば、彼女のような〝パートナー〟が理想的だと統一郎は考えている。たしかに真奈は我儘《わがまま》そうだ。はっきりいって性格も滅茶苦茶《めちゃくちゃ》悪い（と思う）。だが、少なくとも彼女は、自分に降りかかる火の粉《こ》は自分の手で何とかしようという気概と前向きさがある。それが統一郎にとってはありがたいし、また重要なことだった。これまでの〝パートナー〟たちときたら、頑迷《がんめい》で依怙地《いこじ》なのはまあいいとしても、何でもかんでも彼に頼ろうとする。そのくせ（異変に自分たちを引きずり込んだという理由で）統一郎を見下したりするのだ。そんな歴代の〝パートナー〟たちにさんざん悩まされてきた彼にとって、初めて頼られる側から頼る側に移してくれた真奈が新鮮に映《うつ》ったのは至極《しごく》当然であった。

しかし残念ながら、真奈が再び〝時間牢〟に巻き込まれる機会は、もうないと思われる。少なくとも確率は非常に低い。第一、彼女自身、こんなことは二度と御免《ごめん》だろうし。

何とかならないものだろうか……そんな夢想に耽《ふけ》っていると、真奈が厨房に戻ってきた。統一郎は慌《あわ》てて、近くのテーブルの下を覗き込んでいるふりをしながら、

「……どうだった？」

真奈は溜息《ためいき》をついた。「判らない」

厨房からレジへ出てくる。ハンバーガーやドリンクの載《の》ったトレイをカウンター越しに客に渡そうとしている店員の隣で頬杖《ほおづえ》をついた。さすがに真奈も行き詰まったようだ。

勢いでここへ来てみたものの、何の手がかりも得られないという現実が身に染《し》みたのだろう。

憮然《ぶぜん》とした顔で黙り込む。すぐ横に立っている店員が笑顔のまま固まっているので、よけいにその仏頂面《ぶっちょうづら》が強調される。

どうする？　と訊《き》きかけて、統一郎は口をつぐんだ。いま、へたに話しかけないほうがいい。真奈の考えがまとまるまで待つのだ。

具体的に、これからどうするかという代替案があればいいのだが、統一郎にだって、どうしたらいいか判らない。せめて、あの男がどこから来たのか推理できればいいのだが。その手がかりになりそうなものも皆無《かいむ》とくる。

「――そういえば、さ」どれくらい考え込んでいただろう、真奈は、ぼそりと呟《つぶや》いた。「ちょっと訊きたいんだけど」

「何だい」

「〝時間牢〟内での食事って、どうするの？」

「どうするの、とは？」

「へたをしたら何日も〝ここ〟に、いなければいけない。主観的時間とはいえ、ね。だったら、いずれは食事もしなければいけないんでしょ。わたしたちは、さ。そうよね。歳《とし》をとるんだから。食事もしなければいけないし、睡眠もとらなければいけないはずよね」

「そのとおりだ」

「そこらへんに在《あ》るものを食べても大丈夫なの。実はさっき、女の子が持っているソフトクリームを、ちょっと舐《な》めてみたんだけど」

「大丈夫だ。単に動きが止まっているだけで物質が変化しているわけじゃない。これだって――」と、すぐ隣の客が店員から受け取りかけているトレイを示して、「〝時間牢〟にいるかぎり、たとえ何年経《た》っても腐りゃしないから」

「じゃ、これ、食べても大丈夫なのか」

「お、おいおい」トレイの中のハンバーガーに伸ばされた真奈の手を、慌ててカウンター越しに押さえた。「そりゃ食べても大丈夫だけど。それじゃ、ドロボーだよ」

「普段さ、どうしてるの、あなた、食事は？」

「そりゃ、いろいろだよ。こういうのをいただく時もある。でもその場合は、ちゃんとお金を置いておくようにしている」

「料理はしないの？」

「いや。〝時間牢〟の中では無理なんだ」

「どうして？」

「火が点《つ》かないからさ。ガスレンジのつまみを回すことはできても、点火はしない。包丁でものを切ることはできるけどね」

「ガスレンジのつまみは回せるのに、どうして火が点かないの。それが判らない」

「だって、火が燃えるということは酸素が消費されるということだろ。そういった物質現象は、いっさい起きないんだよ。〝時間牢〟の中ではね。分子レベルで停止しているんだから」

「包丁でものを切ることはできるって言ったわね。でも、厳密にいえば細胞組織が切断されるのだって物質現象なんじゃないの？」

「そういわれたら、そうかもしれないけど」統一郎は自信なげに、「でも、とにかくそうなんだ。包丁で刺身を切ったりするのは、僕たちが道具を使って物体に直接〝干渉〟する行為なわけだろ。そこには化学変化とか、そういうややこしい過程は含まれないから――」

「それをいうなら、ガスレンジのつまみを回すのだって、わたしたちが直接物体に〝干渉〟する行為でしょ。同じだと思うけど」

「そうかもしれない。しかし現実には、火は点かない。同様に自動車もそうだ。キーを回すことは〝干渉〟として、できる。でも、キーがいくら回ってもエンジンはかからないんだ」

「どうしてなのかなあ」

「だから、燃料を消費するという現象はストップモーションの中では起こり得ないの」

「よく判らないけど。とにかく食事をしようと思ったら、そこらへんに在《あ》る、出来合いのものを食べるしかないわけね？」

「そういうことだ」

「排泄《はいせつ》はどうするの？」

「ハイセツ？」

「さっきいった理屈ならば、水も流れない、ということにならない？」

「実は」統一郎は渋い顔で、「そうなんだ。トイレのレバーを動かすことはできる。でも、水は流れない。理由は判らない。溜《た》まっている水を流すだけなんだから、僕らの〝干渉〟が有効であってもおかしくないと思うんだけど。少なくとも最初の一回くらいは。でも実際には流れないんだ。どうしてなのかは判らない。これまた、そういうものなんだ、としか言いようがない」

「トイレが流せない、ということは……」

「同じ場所で何度も用を足《た》しちゃいけない」多くを語らずとも、真奈には、それが意味するところが理解できたようである。「これは鉄則だからね。憶《おぼ》えておくように」

「じゃあ、もしかして水道の水も出ない？」

「出ない」

「シャワーも？」

「もちろん出ない。念のためいっておくと、点火しないからお湯も出ない」

「いやだあ」真奈は顔をしかめた。「お風呂、どうするの？」

「最初から水を溜めてある場所を見つけて、そこへ入れば何とか身体《からだ》は洗える。停止している水分も、僕たちの身体が入った部分は〝干渉〟によって普通の状態になるから」

「最初から水を溜めてある場所って？」

「たとえばプールとか、川とか」

「やだな。そういう場所」

「どうして？」

「汚そうだもの」

「場所によっては、そうかもしれない。だから、どこか一般家庭の風呂で、たまたまお湯を溜めてあるところがあれば、それを――」

「お湯は、お湯のままなの？」

「そうだよ。ソフトクリームだって、ちゃんと冷たかっただろ？　物質現象の停止した状態にあるものも、僕らの〝干渉〟を受けている間は、正常に戻るんだ。だから、ものも食べられる」

「その理屈だとさ、太陽光線も、あたしたちの身体に当たる分には正常に気温を上げる、ということにならない？」

「そうかな。そうかもしれない。太陽の下に僕たちの身体を晒《さら》すことが〝干渉〟に当たるのであれば、ね。でも――」

「でも、実際には、時間が停止してからは、それほど暑くない」

「クーラーも同じさ」統一郎は店内を見回す。「多分、この店も、がんがん冷房をかけていたと思うけど。いまは何の冷気も感じないだろ」

「そうね。ま、あまり深く考えないことにするわ。そういうものなんだと割り切って。でも、お風呂の話にこだわるようだけど、一般家庭のって言ったわよね。それ、無断で入るの？」

「銭湯があれば、それが一番いいけど。この時刻じゃ多分、まだお湯の準備はしていないだろうね。湯船に水を溜めてあるかもしれないから、それで我慢する手もあるけど」

「やむなく一般家庭のお風呂を使わせてもらわないといけない場合、あなたはどうするの。やっぱり、使用料を置いてゆくわけ？」

「そりゃそうだよ。使われたお湯は、僕らが出た後は、つまり〝干渉〟から離れた後は、使った分だけ汚れた状態のまま再び固まるんだから」

「ややこしいわね」

「他人の風呂を汚すんだ。使用料ぐらい払うのが礼儀だよ。ま。数日間くらいなら、あまり悩まなくても何とかなるさ。臨機応変で」

「さすがベテラン」真奈は皮肉っぽく、「重みのある言葉だわ」

「水道の水は出ないから、喉《のど》が渇《かわ》いたら、あらかじめコップに注《つ》がれている水なりお茶なりを見つけて飲むしかない。ペットボトルから直接飲むという手もある」

「傾けて、水はちゃんと落ちてくるの？」

「容器に〝干渉〟すると自動的にその中味にも〝干渉〟することになるからね。あるいは吸い上げてもいいし」

「なるほど」真奈はトレイの上のドリンクを取ってストローに口をつけた。「こんなふうに」

「だから、だめだってば。ドロボーだろ」

「これは」真奈は唇を拭《ぬぐ》って、「慰謝料」

「え。慰謝料、って？」

「さっきさ、あたし、この店でね、変な不良っぽい男の子にからまれて困ってたんだ。だけど、店員さん、気づいてくんなかったの。ま、忙しそうだったから仕方ないかもしれないけど。その精神的苦痛に対する賠償」

「理屈は判らないでもないけど、それは筋がちがうよ。だって、いまきみが飲んだのは」統一郎は隣に立っている客の肩に手を置いて、「すでにこのお客さんのものなんだから」

「そうか。そうよね。前払いのはずだし……あ。そういえば」カウンター越しに手を伸ばして、

「ね。さっきのレシート、見せて」

「レシートって、あの男が持ってた？」

「他に何のレシートがあるっての。早く」

統一郎は、無造作にポケットに入れたままにしていたレシートを出して彼女に手渡す。

紙片を見て真奈は、うんと頷《うなず》いた。「そうよ。これ。これがあったんだ」

「何のこと？」

「ほら。ここ見て。レジを打った担当さんの名前があるでしょ」担当欄に『ホリイヒロミ』と打ち出されている。「ね？」

「だから？」

「このホリイさんと、あの死んでた男のひと、何か関係があったのかも」

「……よく判らないんだけどさ」統一郎は悩ましげに髪を掻《か》き上げて、「どうして、そういう理屈になるの？」

「だって普通、ハンバーガー屋のレシートなんか、すぐに捨てるものでしょう？　それを大事に財布の中にとってあったのは、何か重大な意味があったのかもよ」

「そうかな。単に経費で落とすつもりだっただけ、なんじゃないの」

「あんたって、想像力ってものがないのね」

「想像力？」

「たとえば、あの男のひとは、このホリイさんにひそかに恋して、毎日この店に通っていたのかもしれない、とか。このレシートから、そういうストーリーが読みとれない？」

全然読みとれませんが、と答える代わりに統一郎は言った。「じゃ、まあとにかく、そのホリイさんを探してみようか」

「そうね。ええと——」

真奈は、すぐ横にいる店員の名札を覗き込んだ。そこに『田辺《たなべ》』と記《しる》されているのを確認して、再び厨房に引っ込む。

統一郎もカウンターの向こう側へ移った。厨房に入ってみると真奈は男性従業員の名札を、せっせと調べている。

「おいおい。ホリイさんは女性だろ」

「どうして判るの？」

「だって、ホリイヒロミって……」

「ヒロミという名前の男だっているじゃない」

あの男が『ホリイさん』に憧《あこが》れて、せっせとこの店へ通ってきていたのかもしれない、という〝ストーリー〟はどうなったんだよ、と文句を垂《た》れたい気持ちを統一郎はぐっと呑《の》み下す。

「そういや、そう——」

統一郎は口をつぐんだ。

「ん？　どうしたの？」

「……これ」

統一郎は、そろそろと指さした。

若い女性従業員が紙袋にフライドポテトを詰めている恰好《かっこう》のまま固まっている。名札には『堀《ほり》井《い》』とあった。

その彼女の横腹から、何か棒のようなものが生《は》えている。

「な」真奈も気がついたらしい、統一郎にしがみついてきた。「何……あれ？」

「どうやら……」統一郎は、身を屈《かが》めてその部分を覗き込んだ。「包丁の柄《え》のようだ」

「じゃ、じゃあ、このひと……？」

「いや。判らない。死んでいないかもしれない。でも、いまは確かめようがない」

「……でも」真奈は統一郎から離れて、「でも、表情はいたって、その、変な言い方だけれど、穏《おだ》やかな感じだわ」

「うん」統一郎は頷いた。「刺された瞬間に、時間が止まったからだろうね。ほら。その証拠に血も全然、流れていないし」

「でも、誰が……？」

ふたりは同時に厨房内を見回した。同じ制服を着た男女が、堀井嬢を含めて全部で五人。

「この四人の中の誰かが……？」

「そうとは限らない」

「え？」

「よく考えてごらん」統一郎は強張《こわば》った表情で、堀井嬢から離れた。「これは、さっきの男と、まったく同じ状況じゃないか。その、なんていうのか、まるで……まるで眼に見えない何者かが彼女に忍び寄って刺した、みたいな」

堀井嬢の近く――厳密にいえば包丁の柄が生えている方角――には誰もいない。いるはずがない。そこは壁だった。

「そ、そうか。だから、あたし、彼女が刺されていることに気がつかなかったんだ。さっきここを通った時。死角に入っていて」

「仮に四人の店員のうちの誰かが、こっそり彼女を刺したのだとしたら、柄は反対側の脇腹から出ているはずだ」

「でも、たとえば彼女を抱きかかえるようにして、腕を反対側に回せば、このひとたちにも犯行は可能だったんじゃない？」

「そんな目立つ行動をとるかな。他の者たちに丸見えだぜ」

「それもそうか」

「だろ。さっきの男とまったく同じなんだ。ということは――」

「ということは、あの男のひとが写真週刊誌でナイフの柄を隠して自分が刺されていないふりをしながら歩いてきたのと同様に――」

「え。ちょっと待ってくれ。その推理は否定されたんじゃなかったっけ？」

「完全には否定されていないし、こうなった以上、復活せざるを得ないでしょ。堀井さんは、どこか別の場所で刺された。でも彼女は何喰《く》わぬ顔をして厨房へ戻ってきた――そうだとしか考えられない状況じゃない」

「しかし、何のために、そんなことを？　腹を刺されてるっていうのに、呑気《のんき》にポテトを袋に詰めてる場合じゃないだろ」

「犯人を庇《かば》おうとしたのよ、多分」

「どうして犯人を庇わなければいけないんだ」

「ほんとに、あんたって想像力というものが欠如してるのねえ。さっきも言ったでしょ？　犯人が被害者の身内とか恋人だったかもしれない、と。だから咄嗟《とっさ》に――」

「でもね、やはり自分の傷の手当てをするほうが先決だよ。どう考えても。犯人を庇うつもりならば、その後で、刺した相手の顔は見なかったと虚偽《きょぎ》の証言をするとか、いろいろ方法があるはずだ。刺された状態のまま無理にお芝居をする必要なんか、どこにもない」

「じゃ、あんたはどう説明するわけ？」自説を否定されたせいか、真奈は機嫌が悪い。「被害者が犯人を庇おうとしているのではない、というのなら、どういうことなのか説明してよ。ひとにばっかり考えさせてないで、さ」

「それよりも、もっと大きな疑問がある」何も思いつかない統一郎は、とりあえず論点をずらして、ごまかす。「どうして、あそことここと、離れた場所で似たような事件が起こったんだろう？」

「そう。それなのよ」膨《ふく》れ面《つら》を引っ込めて真奈は勢い込んだ。「その問題があるわ。どうして同じような不可解な事件が別々の場所で起きたのか？　しかも同時刻に？」

「厳密にいうと、同時刻じゃないけどね」

「え。そうだっけ？」

「あの男のほうが少し早い。僕が時間を止めたのは、彼がいきなり倒れたのに驚いたからだ。つまり、彼はそれ以前に刺されていた。一方、堀井さんの場合は、どう見ても、時間が止まったのと同時に刺されている。ということは、彼女のほうが少し遅れて刺されたんだ」

「ね、変なこと考えたんだけどさ」

「ん」

「あれとこれって同じ犯人の仕業《しわざ》だと思う？　だって手口がよく似てるってことは――」

「いや、それはあり得ない。物理的に不可能だ。たしかに犯行時刻は、ほんの少しずれてはいるが、それでも、ほんの一瞬といっても差し支《つか》えないほどの間でしかないんだから」

「つまり実質的に、ほぼ同時ってことよね。その一瞬の間に、あそこからここへ移動は――」

「無理だ。絶対に」

「したがって、同一犯の仕業ではない、と」

「そうだ。あり得ない」

「てことは犯人は、ふたりいる……？」

「そうとしか考えられない」

「でも、それならどうして、お互い、こんなにも似たような状況になっているの？」

「それが判らない。もしかしたら、お互いに示し合わせて犯行に及んだのか……」

「同一犯人ではない。それはともかく、さっきの男と堀井さんは何か関係があるのかしら」

「どうだろう。少なくとも接触はあったわけだ。彼はここでハンバーガーを買って、そして食べたと思われる。その際レジを打ったのが、多分この堀井さんだ。とすれば、ふたりはお互いに顔を合わせている。とりあえずそれだけは確かだ。知り合いだったかどうかは別として」

「そのことと、ふたりがほぼ同時に刺されたという事実とは、何か関係があるの？」

「判らない。何も判らない。頼むから」統一郎は頭をかかえた。「そんなに一遍《いっぺん》に訊かないでくれ。ただでさえ謎をいっぱいかかえているのに」

「だらしないわね。そんなことじゃ、いつまで経《た》っても〝ここ〟から出られないぞ」

「謎はひとつずつ解《と》いていかなきゃ」

「ちょっと待って。それって」真奈は不安そうに彼の顔を覗き込んだ。「ひょっとして、謎が増えれば増えるほど〝時間牢〟に閉じ込められる時間が長くなる……ということ？」

「当然だろ。納得できない事柄が増えれば、その解明に要する時間が増える。その分〝ここ〟に長くいるはめになる」

「そんなの変じゃん」

「え。どうして？」

「だって今回のこの〝時間牢〟は、そもそも、あの男に関する疑問によって発生したわけでしょ？　だったら〝縛《しば》り〟はその一件に限られるのが筋ってもんじゃない？　堀井さんの事件は、とりあえず別件ってことで、さ」

「そ」まったく。次から次へと思いもよらぬことを言い出す娘だ。統一郎は感心してしまう。

「そういう理屈になるのかな、もしかして。でも僕は、これまで、ひとつの謎に関して一回ずつ〝時間牢〟に入ってきた。こんなふうに続けて、わけの判らない出来事に遭遇する、なんてこと、あまり経験していないから――」

「頼りないのねえ」

「でも、両方ともすっきり納得できないと解放されないと思うよ。多分。だって、見た感じ、堀井さんのことは、さっきの男の件とまったく無関係だなんて、とても思えないし」

「それは、そうね」

「〝滞在期間〟が自動的に延長された、と覚悟しておいたほうがいいね」

「ややこしいんだ、まったく」

「それはともかく――どうする？」

「どうするって、調べるしかないでしょ。さっきみたいに」

「しかし、さっきみたいにって言ってもさあ」

「というか、これまでとはまたちがう視点で調べるのよ。そうだ。さっきトイレを見にいった時、従業員の控室らしき部屋があったっけ。あそこ、まだ調べていないから。見てくるわ」

「僕も行こうか」

「あなたは」と堀井嬢に顎《あご》をしゃくる。「彼女を調べて」

「え。ど、どうやって？」

「どうやってもこうやってもないわ。何か手がかりになりそうなものを持っていないか。ポケットの中を探ってみれば」

「ぼ、僕がやるのかい？」

「いいじゃない。どうして？」

「だって、仮にも、その」統一郎は、もじもじと顔を赤らめた。「じょ、女性だよ。それを僕がさわるというのは、ちょっと……」

あらあら。見かけによらず純情さんだこと。別に代わってあげてもいいのだが、真奈としてはますます、この役を彼に押しつけたくなる。「さっきはあたしが、あの男のひとの身体を調べたわよ。どうってことないって」

「そ、そうかなあ」

「それより、男性であるあなたが彼女のロッカーを覗くことのほうが問題かもよ」

そう言い置いて真奈は控室へ向かった。〈関係者以外立入禁止〉と書いてあるから多分、店員たちの私用ロッカーの類《たぐい》はここに在るはずだ。彼女はそう見当をつける。

入ってみると、はたしてロッカーが並んでいた。しかし番号しか記されておらず、ネームプレートは付いていない。全部開けてみようかと思ったが、どれも鍵が掛かっている。

真奈は諦めて厨房へ戻った。「——だめだわ。全部鍵が掛かってる。彼女のポケットにでも入っていない？」

「鍵は知らないけど……」

「なに。どうしたの？」

「妙なものがあった」

統一郎の手にはマッチがあった。〈エンジェル〉という店名のロゴが入っている。

「あら。これ、近所の喫茶店じゃない。でも、どうしてこれが妙なものなの？」

「だって、どうしてマッチだけを持ってるんだ。見たところ、タバコなんか喫《す》いそうにない感じのひとなのに」

「どうして判るの、そんなこと」

「だって彼女からニコチンの臭《にお》いとか、まったくしないし」

「ちょっと待ってよ。臭いがする、ということも、物質現象の一種なんじゃないの？」

「え？」

「たとえば腐敗臭。あれは、ものが腐るという物質現象が起きているからこそ発生するわけでしょ？　だったら他の場合も同じなんじゃないかしら。よく知らないけど」

「そ、そういえば」統一郎は慌てて、フライドポテトの山に鼻面を近づけた。「……匂わない。あの独特の油の香りが全然しない」

「ほらね？　つまり〝時間牢〟の中では匂いも発生しないわけだ」

「全然、気がつかなかった……」統一郎は唖然《あぜん》となった。「長年ストップモーション癖《へき》に悩まされている身でありながら。〝初心者〟のきみに指摘されるまで、まったく気がつかなかったなんて。信じられないよ」

「ちょっと失礼――」真奈はフライドポテトをひとつ、つまんで口に放り込んだ。「あ。なるほど。口の中に入れて咀嚼《そしゃく》すると香りが出るわけだ。ね。ものを食べると匂いが発生するのよ。だから、あなたもこれまで気がつかなかったのね」

「なるほど。咀嚼という〝干渉〟をしないかぎり、ものは無味無臭のまま、という理屈か。でも我ながら迂闊《うかつ》な話だ」

「人間て、どうしても」真奈は得意げに、もうひとつポテトを口に放り込んで、「眼に入ってくる情報に惑《まど》わされるからね――はい。あーん」つられて開けた統一郎の口に、真奈はフライドポテトを放り込んだ。「あは。食べたたべた。これで、あんたも共犯よ」

「いや。代金は置いてゆく」

「ふん。強情なヤツ。だいたい、ポテトひとつって幾《いく》らなのよ。単価、計算できるものならしてみろって。ま、堀井さんがタバコを喫わない、というのは確かみたいね」真奈は堀井嬢の制服のポケットを探りながら、「喫うひとなら、やっぱりタバコそのものを持っているだろうし――そうだ。ね」

「ん？」含みありげな真奈の上眼遣《うわめづか》いに、統一郎はどぎまぎして、「な……何？」

「行ってみよっか。この際」

「どこへ？」

「そこ」

統一郎が持っている〈エンジェル〉のマッチを指さす真奈。

「……何のために？」

「だって、あんた気にならない？　彼女はタバコを喫いもしないのに、なんでこんなものを持っているのか、って」

「それはそうだけど……」

「それに、さっきも――ほら」

真奈は言葉を濁《にご》したが、統一郎は彼女が何を言いたいのか察した。さっき男の財布から見つかったレシートを頼りにこの店へ来たら、もうひとつ別の死体（かどうかは現時点では不明だが）が在った、もしかしたら、このマッチも何か、そういう〝指標〟的な役割を担《にな》っていないという保証はない――要するに、そういったことだ。

「よし。行ってみよう。どこに在るんだい？　その店は」

「地元じゃないの？　あんた」

「一応、地元は地元なんだけれど」

真奈は統一郎を〈ワッコドナルド〉の外へ連れ出した。もちろん、裏口からの近道を使えば、もっと簡単なのだが、彼女としてはあの最短距離の抜け道の存在は、彼にしろ誰にしろ、できるだけ隠しておきたい。

例の洋品店と時計店の間にある、狭い路地を案内した。

「へえ」ほんとうはもっと早い近道があることを知らない統一郎は素直に感心する。「こんな抜け道が在ったとは。知らなかったな」

「あなたも知らなかったの？　地元のひとに限って知らないのね。ほんとに。おかしな話」

「ということは、きみは地元じゃないの」

「隣町の産です」

〈エンジェル〉のドアを開けた。

店内を見回すと窓際の席に例のナンパ少年が、まだ座っていた。白い歯を剝き出しにした、何か卑猥《ひわい》な期待をしているかのような、にたにた笑いを浮かべたまま固まっている。

真奈は嫌悪感もあらわに舌打ち。「やれやれ。まだいたわ。あいつ」

「あいつ、って？」

「さっき言わなかった？〈ワッコドナルド〉で、あたしにちょっかいかけてきたヤツ。ほんとに、しつこくってさ。まいっちゃった。ようやく、この店でまいてやったんだけど――」

「おい……」

統一郎は、乱暴に彼女を遮《さえぎ》った。

「な、何よ？」

「あれを見ろ」

「え？」

真奈は統一郎の顔から、彼が指さす方向に視線を転じた。息を吞む。

白い歯を剝き出しにした少年の腹から、棒のようなものが生えている。

統一郎は小走りに、そのテーブルに近寄った。真奈がその後に続く。

「これは……」

包丁の柄だった。

四章　ハイパー・サマー——時のない夏

統一郎は、白い歯を剝《む》き出して笑っている少年の服のポケットを探《さぐ》った。

真奈は店の奥を調べている。「あたし、ソイツにさわるのだけは絶対にイヤッ」と、そっぽを向いて引っ込んだのだ。まあ、無理もない。

統一郎にしても相手が男である分、堀井嬢の時よりも気楽に調べられる。それに、もしかしたら今回も何か出てくるかもしれない——統一郎は、そんな予感に急《せ》かされ、これまで以上に丁寧《ていねい》に少年のポケットを調べた。

しかし、何も見つからない。

汚れた白いハンカチが一枚入っているだけで財布すら持っていない。三度目のことで用心深くなっていた統一郎は、念のために、少年が座っている椅子《いす》の周囲も調べてみた。

何も落ちてはいない。

まさかと思って少年の身体《からだ》を、少し横にずらしてみた。何か敷き込んでいないかと思ったのだが。

やはり何もない。

どういうことだ。

首を傾《かし》げかけた統一郎だが、よく考えてみたら、何か特別なものが出てこなければいけないと決まっていたわけではない。

しかし……。

あらためて少年の顔を見る。たしかに、いかにも女の子に嫌われそうな軽薄さ。ただそれは、こんなだらしない笑《え》みを浮かべたまま固まっているせいで、よけいにそう見えるだけかもしれない。統一郎は彼の普段の顔を知らないのだ。

こんなみっともない表情のまま固められてしまった(そして何者かに腹を刺されてしまった)少年に同情しながら統一郎は、彼が耳につけているピアスを見てみた。電気コードを留める金具みたいなデザインだが、それ以外は何の変哲《へんてつ》もない、普通のピアスのようだ。

彼の腹から生《は》えている柄《え》。これまた、ごく普通の包丁に見える。

血がまったく流れていない。その表情と併《あわ》せて考えると、堀井嬢の場合と同様、時間が止まると同時に刺されたものらしい。

だが……。

統一郎は周囲を見回した。

少年の前の席には誰も座っていない。テーブルの近くに立っている者もいない。

少年の背後のテーブルには、知人とお喋《しゃべ》りに興《きょう》じる恰好《かっこう》のまま固まっている主婦らしき女性がいる。だが彼女は片手で頬杖《ほおづえ》をついて、そしてもう一方の手でコーヒーカップを持っている。一番至近距離にいる彼女だが、その向きと姿勢からして、少年を刺せたとは到底《とうてい》思えない。かといって、さっき言ったように、少年の前には誰もいない。向かい側の席の、さらに向こうは、もう壁なのだ。

……またか。

統一郎は気味が悪くなる。またもや、先刻の二件と、そっくりな状況ではないか。まるで眼に見えない透明人間が、こっそりと被害者に忍び寄って刺した、みたいな。

「――どう？」真奈が戻ってきた。「そいつ、何か持ってる？」

「いや。あったのはハンカチ一枚だけだ。財布も見当たらない」

「えーっ？」真奈としては予想外というよりも、ほとんど心外な報告だった。「だってそいつ、あたしに何か奢《おご》ってやろうか、みたいなこと言って近寄ってきたんだよ。もちろん無視したけどさ。もし、あたしが何か買ってって頼んでたら、どうするつもりだったんだろ？」

「さあ。財布がないことに気づいて、何とかごまかしたか――」

「というと、財布、持ってきたつもりで忘れてきてたの」

「かもしれないし、もしかしたら最初から確信犯だったのかもしれない」

「確信犯て……もしかして、逆にあたしにタカろうとしてた、とか？」

「あるいは、ね」

「くそおっ」統一郎としては冗談半分だったが、真奈はすっかりそうだと思い込んだらしい。何か蹴飛《けと》ばすものはないかと探しているみたいに地団駄《じだんだ》を踏んだ。「とことん舐《な》めてくれちゃって。この、へらへら野郎」

「そっちはどうだった？」

「別に。何もないわ。トイレとかも見たけど。あ。でも、男子トイレは見てないな。あなた、見てきてくれない？」

「どうして。自分で見れば？」

「だって、嫌じゃない」

「いまだったら別に、誰に見咎《みとが》めらる心配もないんだし」

「そうじゃなくて、もしかしたら使用中のひとがいるかもしれないでしょ？　変なもの、うっかり見ちゃったりしたら、どうするの」

「変なものって？」

「だから」統一郎としては何の気なしに訊《き》いたのだが、真奈は顔を真っ赤にして怒鳴《どな》った。「使用中のモノとかっ」

「だってさ」彼女がこんなにもうろたえるなんて、正直、統一郎には意外だった。まあ、この歳《とし》ごろの娘は、平気でシモネタに興じたかと思えば次の瞬間には変な潔癖《けっぺき》症に化けたりするものだが、なんとなく頬笑《ほほえ》ましい。「さっきのハンバーガー屋のトイレだって覗《のぞ》いてみたんだろ？」

「ま、まあね。あっちは男女兼用だったから」つい弱みを見せたのが口惜《くちお》しいのか、唇を突き出して、そっぽを向く。「あの時は夢中で、そんなことに思い当たらなかったけど」

統一郎は命じられるまま男子トイレへ向かう。中を覗いてみた。

誰もいない。

が、個室のドアが閉まっている。押してみた。開かない。ということは使用中か。

誰か中に入っているわけだ。上から覗いてみようかという考えが一瞬頭をかすめたが、そこまですることもあるまいと思いなおした。

個室の中で固まっているのが、たとえ誰であろうとも、それが犯人でないことだけは確かだからだ。少年を刺した後、瞬間的にここまで移動するなんてことが、できるはずはない。

他は特に変わったことはない。

「――何もなかったよ」

店内に戻ってみると、真奈はカウンター席に座っていた。例の少年には、わざとらしいくらい、きっぱりと背中を向けて。

「疲れちゃってさ」と、座っていることの言い訳をしながら眼は宙を彷徨《さまよ》っている。「――考えたんだけどね」

「何だい」

「誰が一番最初に殺された――いえ、死んでいるかどうかは判らないから、刺された、というべきね。誰が一番最初に刺されたんだと思う？　いままでの三人の中で」

「そりゃ、あの男だよ、道に倒れている」

「動かしようがない。さっきも言っただろ。彼が刺されていることに気がついて僕は、時間をこうして止めてしまったんだ。さっきの堀井さんと、そしてこの少年は、表情や姿勢からして、時間が止まったのと同時に刺されている」

「確かなの、それ」

「まあ、そう見えるわよね」

「そう見えるんじゃなくて、そうなんだよ。ついでにいえば、そのことから明らかなように、三人を刺したのは別々の人間だ。つまり犯人は三人いる、という理屈になる」

「ま、そのことは、ちょこっと横に措《お》いておいて、よ。こんなふうに考えてみたんだ。ちょっと聞いてくれる」

統一郎は促《うなが》されるまま、真奈の隣のストゥールに腰を下ろした。

「先《ま》ず。一番最初に刺されたのは——」と、あくまでも背中を向けたまま、問題の少年を親指を立てて示す。「アイツなんじゃないかと」

「え？　それはあり得ない」

「まあ聞いて。これは仮定の話なんだから」

「仮定の話、っていってもさ」

「最初に刺されたのがアイツだとしたら、いろいろ説明できるようになるよ」

「たとえば？」

「道で倒れている男——まぎらわしいから便宜《べんぎ》的にAさんと呼ぶよ。あたしたちは、Aさんから始まって、堀井さんへと続き、そしていま、ここへ辿《たど》り着いている。そうよね」

「そうだ」

「それは、なぜ？」

「なぜ？　それは――最初はレシートで」

「そう。次は店名の入ったマッチ。それを辿ってきたら、それぞれの場所に死体――じゃなくて厳密には、刺されたひとたちがいた。どうして？」

「どうして……というと？」

「どうして、そんなリレーみたいな形になっちゃったのか、ってこと」

「さあ。判らないけど……でも、きみには何か考えがあるみたいだね」

「だから、アイツが――この際、便宜的にクソ野郎と呼ぶよ」

「クソ野郎とは、いくらなんでも、ひどいんじゃないか？」

「まだこれでも抑《おさ》えてんだけど」

「きみの気持ちはよく判《わか》る。でも、その下品な呼び名を僕も使わなきゃいけなくなるという事実を、よーく吟味《ぎんみ》して欲しい」

「判ったわよ。じゃ、ナンピア」

「ナンピア？」

「ナンパするピアス野郎」

「判った。それでいい。まだましだ」

「ナンピアが一番最初に刺されたとしたら、問題のリレー形式がどうして成立したのかという説明は、とりあえずつくと思うんだ」

「どういうふうに？」

「先ずナンピアが刺される」

「誰に？」

「堀井さんに」

「え？　どうして彼女が……」

「まあ聞いて。そういう動機とか、ややこしい問題は措いといて。とにかく彼女が刺したとする。ナンピアを刺した後、堀井さん、この店のマッチを持って〈ワッコドナルド〉に戻る。そして今度は彼女が刺された」

「誰に？」

「Aさんに」

「おいおい」統一郎は呆《あき》れて、「そんなの何の説明にもならないよ。滅茶苦茶《めちゃくちゃ》だ。だとしたら、Aさんは誰に刺されたんだ？」

「あたしたちが、まだ知らないひと」

「そんなことは、あり得ない。Aさんは〈ワッコドナルド〉でハンバーガーを買っている。その際に接客したのが堀井さんだった。少なくともレシートから、そう考えられる」

「そうだね」

「だったら、無理じゃないか。Aさんが堀井さんを刺す、なんてことは」

「どうして？　ハンバーガーをレジで受け取る際にチャンスがあったはずよ」

「カウンター越しに、かい？」

「何か口実をつけて身を乗り出せば、不可能ではないと思うけど」

「そんな大胆なことをしたら、従業員か客か、とにかく誰かに気づかれる」

「でも、結果的に気づかれなかったのかもしれないでしょ」

「無茶を言うなよ。一歩譲って、気づかれなかったとしても、その仮説は成り立たない。さっきから何度も言っているように、刺されたのはAさんのほうが先なんだから」

「だから、その前提がまちがっているかもしれないという話を、いましてるんじゃない」

「どうまちがえてるっていうんだ？」

「もしかしたら堀井さんのほうが先に刺されたのかもしれない。もちろんAさんに」

「そんなばかな」

「まあ聞いてよ。刺されたんだけど、刺さり具合か何かのせいで案外平気だったのかも」

「自分が何を言っているのか判ってるの？」統一郎はカウンターに突っ伏した。「何だよ、その、案外平気ってのは？　腹を刺されて案外平気、なわけないだろ」

「もっと真面目《まじめ》に聞いてよ。これは、表情が穏《おだ》やかである、という事実をどう解釈するか、という問題なんだから」

「解釈だって？」

「あなたは、堀井さんの顔が穏やかなのは刺されて苦しむ間もなくすぐに時間が止まったせいだ——そう考えているんでしょ?」

「そうさ。だって他に考えようはない」

「あるわ。刺されたものの彼女は、しばらくそのことに気づかず、そして痛みも感じず、普通に振る舞っていたかもしれない」

「そんなばかな」統一郎は笑ってしまった。「そんなこと、あるもんか」

「そういうの、あたし、聞いたことがあるような気がするんだよね。テレビの特番か何かでやってたんじゃないかな。即死してもおかしくないくらい深い傷を負っているのに、本人はしばらくそれに気がつかないで普通に暮らしていた、という実例。聞いたことない?」

「ない」

「でも、そういうのが絶対にないと、あなたに断言できる?」

「判ったよ。判った。じゃあ一歩とはいわず百歩くらい譲って、そういう稀有《けう》な現象が起こったとしよう。しかしだね、だとすると堀井さんは腹に包丁を刺したまま半時間以上もそこら辺《あた》りをうろうろと平気で歩いていた、ということになっちまうぞ。そうだろ。だって、Aさんがハンバーガーを買った時刻が一時半だ。これはレシートにあった時刻だから、まずまちがいないだろう。当然、Aさんが堀井さんを刺したのだとしたら、それはこの前後でしかあり得ない。そして時間が止まったのが二時過ぎ。それまで半時間余りも——」

「そうよ。そういうことも、もしかしたらあり得るんじゃない? 刺されているのに、痛みも感じずに平気で、普通に仕事しているの」

「仮に本人は気づかなかったとしよう。痛みも全然感じなかったとしよう。しかし、たとえそうだったとしても、一緒に働いている他の従業員の誰かが気がついたはずだ」

「それは気がついたでしょうよ。でも、ほんとうに刺されているんだと思ったかどうかは別よ。なにしろ本人が平気で歩き回ってるんだから。包丁の柄に気づいたひとも、何だ、玩具《おもちゃ》か何か付けてふざけてるんだなと。納得したでしょう」

「するもんか。それに、半時間もあったら本人だって腹に柄が生えていることには気がつくさ。これは何、わたしは付けた覚えはないわよ、となれば、それまで感じなかった痛みだって感じるだろう。平気な顔して袋にポテトを詰めてたりするもんか」

「そうかな」

「そうだよ。とにかく無茶だ。そんな仮説は絶対に成り立たない」

「そうかなあ……」

「まさか、きみは、あそこの少年にも同じ現象が起きたという仮説で、すべてを説明しようというつもりじゃないだろうな？」

「刺されたことに本人が気がつかなかった、ということ？　うん。そう考えてたんだけど」

「勘弁《かんべん》してくれよ。どうして、そんな掟《おきて》破りな説にこだわるのさ？」

「だって、こうでも考えないと、リレー形式の謎が解明できないじゃん」

「それはたしかに悩ましい問題だけれども、刺された順番を逆にするのは無理だ。絶対に無理。

少なくとも僕を納得させることはできない。だから、どんなに考えても無駄だよ」

「未練があるんだけどなあ」

「待てよ。第一だね、その仮説だと、あのナンピアくんが――」

「何よ、くん、て」

「僕は彼には何の恨《うら》みもないからね。なるべく丁寧《ていねい》に呼びたいだけだ。あのナンピアくんが一番先に刺されたってことにならないと、いまきみが言っている仮説は、何の役にも立たないわけだろ？　彼、堀井さん、そしてAさんの順番で？」

「まあ、そういうことね」

「じゃ、よく憶《おも》い出してみてくれ。きみが〈ワッコドナルド〉で、あのナンピアくんにちょっかいをかけられたのは何時ごろの話だ？」

「ええと……」さすがに真奈は、統一郎が何を言わんとしているのか察したらしい。舌を出して、てへへっと笑った。「二時ごろ」

「ほらみろ。その時、彼は生きていたんだ。少なくとも、あんなふうに腹を刺されたりしてはいなかった。そうだろ？」

「そうだね。あんなふうに腹から何か生えていたりしたら、きっと気づいたと思う」

「だったら、彼が刺されたのはAさんよりも後と解釈したほうが全然、無理がないじゃないか。きみの考え方だと、ナンピアくんより後に刺されたのが堀井さんで、その堀井さんは一時半に刺されたとしか解釈できないが、その説は矛盾している」

「判ったわよ。判りました。撤回します。いま言ったこと全部。でも、面白《おもしろ》い仮説だと思ったんだけどなあ」

「いくら面白くても、役に立たないんだよ、この場合。いや、別に突飛《とっぴ》だからいけないと言っているんじゃないんだよ。突飛でもいいんだけれど、少なくとも僕を納得させるだけの説得力は持っていなくちゃね」

「威張《いば》ってんの」

「別に威張ってるわけではない」

「だってさ。僕を納得させなきゃだめだ、なんて。まるで学校の先生か、それとも……」

ふいに真奈は口をつぐんだ。微笑が引っ込んで、腹痛をこらえているような表情になる。

「どうしたんだ？」

「……憶い出した」

「なにを？」

「さっき〈ワッコドナルド〉にね、ボブカットのおばさんがいたのよ。サマースーツ着てさ。中学生くらいのふたり連れに、何かお説教でもしているみたいな恰好で固まっていた——」

「ああ。僕も見たけど。それが？」

「あのひと、さっきから見覚えがあるような気が、ずっとしてたんだけれど」

「きみの学校の先生じゃないのか？」

「ううん。ちがう。補導センターのひとだ」

「補導センター？」

「正式な名称は知らないけど。ほら、青少年補導センターとか、あるじゃん」

「町なかを巡回して青少年の非行を取り締まったりする、あれかい？」

「うん。そこの職員だと思う。もしかしたら、どこかの学校の先生なのかもしれないけど。とにかく、補導員っていうの？　そういうことをしているひとだ。名前は知らないけど。いつだったか、あたしの友だちが自転車のふたり乗りをしてたんだよね。そこを捕まって。その時、お説教していたのが、あのおばさんだった」

「じゃ彼女、あのふたり連れに、こんな場所に出入りしちゃだめでしょって、お説教してたのか。夏休みだしね。巡回強化期間てとこかな」

「そんなところね、多分」真奈は、じっと虚空《こくう》を見据《みす》えている。「なんだかなあ……」

「どうしたの？」

「気になるんだよね。あのおばさん」

「どうして？」

「だって、さっき言ったでしょ？　ナンピアに〈ワッコドナルド〉でちょっかいかけられたって。あのおばさんがいたのなら、どうして助けてくれなかったのかな、と思って」

「その時はいなかったんじゃないか？　きみが店を出たのと入れ代わりに来たんだよきっと」

「そうかな……」

「時間的には、あり得るよ。だってきみは、こちらの店へ来て、ようやくあのナンピアくんをまいたと言ってたじゃないか」

「よく憶えてるわね」

「時間が止まったのは、その後なんだから。きみがこの店へ来たころに彼女も〈ワッコドナルド〉に入って。そして、あの中学生のふたり連れを見つけた。そう考えても何も不自然じゃない」

「そうなのかなあ……」

「何が、そんなに気になるんだい？」

「変なこと、考えたの。ナンピアってさ、も、すんごく、ずうずうしかったの。あたしがさっさと店を出ても、しつこく、つきまとってきてさ。まるで涼しい顔して」

「うん。さっきから何度も聞いた」

「その時は単に、こういう性格のアホなのかな、としか思っていなかったけど……でも、あらためて考えてみると、もしかして、あの自信には何か具体的な根拠でもあったのかなと」

「具体的な根拠？」

「つまりね、いまは学校は夏休み。みんな遊びたいじゃない。思い切り解放的な気分に浸《ひた》っているわけじゃない。あたしもそう。思い切り楽しみたい。ちょっといけない冒険もしてみたい。でも学校の先生とか補導員のひとたちは、もちろん、そういうあたしたちの心理を見越しているわけよね。見越して、さっきあんたがいったように、巡回を強化するわけでしょ。この季節」

「そういうことだろうね」

「そのこと、ナンピアだって知ってたと思うんだよね。ましてや、あのおばさんがこの界隈《かいわい》によく出没する補導員だと知ってたとしたら、女の子をナンパするにしても、けっこう用心深く振る舞ったんじゃないかと思うんだ。だってさ、あのおばさん、すげえしつこいんだよ」以前友人を捕まえて発揮していた彼女のウルトラ・サディストぶりを憶い出して、真奈は背筋に悪寒《おかん》を感じた。ノースリーブから伸びている腕をさすって、「半端《はんぱ》じゃないんだから。オマエ人間か、ってくらい。あの陰険な顔見たら判るとは思うけど」

「僕は、それほどとも思わなかったが」

「自転車のふたり乗りで捕まった、あたしの友だちもさ、学校の先生相手に毒舌吐いたり、停学喰《く》らっても平気な、けっこうな強者《つわもの》の部類なんだけど、その彼女が、もう勘弁してくれって感じで、泣きそうになってたくらいだもん」

「へええ」

「とにかく粘着質でさ。ねちねちねちねちねち。一旦《いったん》喰いついたら一時間でも二時間でも。こちらが謝《あやま》るまで絶対に許してくれない。そんな、ややこしい相手だよ。いくらあの、無神経が服着て歩いてるようなナンピアだって、あのおばさんに捕まったら、めげてたはず」

「だろうね」

「でしょ？　だったら、この界隈で変なことをするのは用心するはずじゃん。そりゃ遊びたい盛りだから町には繰《く》り出すだろうけど。あまりハメを外《はず》してたら目立つと気をつけたはず。たとえば、女の子にちょっかいかけても嫌そうな顔をされたら、とりあえず手を引くとか、さ」

「きみは嫌そうな顔をしてやったのかい？」

「も、思い切りしてやったよ。結果的に、あたしは声を出さなかった。でもね、もしもあたしが大声を出したりしたら、アイツ、どうするつもりだったんだろ？　そして、たまたまその時に、あのおばさんが店に入ってきていたら？　アイツ、決定的に立場が悪くなってた。そういうこと全部、ちゃんと予測できたはずなのに——」

「そう考えるのは、でも、きみがナンピアくんを買いかぶっているだけかもしれないよ。彼は、そういう心配をまったくしない性格だったかもしれないじゃないか」

「そうだね。そうかもしれないし、あるいは、補導員が来ても自分だけは安全という気持ちがあったからかもしれない」

「え。何だい、自分だけは安全て？」

「顔が利《き》くから見逃してもらえる」

「まさか。そんなこと、あるもんか」

「あるかもよ。たとえば補導員の身内——息子だったりしたら、さ」

それまで軽く受け答えしていた統一郎は、真剣な面持《おもも》ちになった。

「なるほど」頷《うなず》いた。「それは気になるな」

「でしょ？」

「ちょっと、もう一回見てこようか。あのおばさんの様子を」

「あたしも、そう言おうと思ってたんだ」

ふたりは〈エンジェル〉を出ると、さっきと同じ近道を通って商店街へ戻った。〈ワッコドナルド〉に入る。ボブカットのおばさんは、相変わらず〝説教モード〟のまま若いふたり連れを見下ろしている。

「先入観を持って見てみると、なるほど、あのナンピアくんの母親に見えないこともないね」

「それはどうかしら。自分が言い出しといて、いまさらこんなことをいうのも何だけれど、それは、おばさんが可哀相《かわいそう》すぎるよ。だってさ、おばさんのほうがアイツよりも、ずっと上品な顔だちをしているじゃない」

言いながら真奈は自分で笑ってしまった。このウルトラ・サディストの顔すら上品に見えてしまうということは、あのナンピアがいかに下品かという証拠よね、と。

「ほんとに、きみ、彼が嫌いなんだなあ」

「嫌う価値もないよ。あんなヤツ。ほんと。この世の正義はどうなったんだと言いたい」

「セイギ？」

「あの顔でナンパするなんて犯罪よ」

「じゃ、どんな顔なら許されるんだ」

「そうね」杉本先生みたいな、と言いかけて真奈は悪戯心《いたずらごころ》を起こした。「そうね。あんたが声をかけてきてたら、あたし、ちょっと嬉《うれ》しかったかもしんない。ついていったかどうかは別だけど」

統一郎は苦笑しながら、ボブカットの中年女性を見た。ちがう角度から見ようと、反対側へ回り込もうとする。

その途端《とたん》、彼の表情が強張《こわば》った。

「お、おいおい……」

「どうしたの？」

「やめてくれ。何だ、これは」

「だから」真奈も反対側に回り込む。「どうしたっていう……」

絶句。

ふたりは、のろのろと顔を見合わせた。

「どう……なってるの？」

中年女性の脇腹から包丁の柄が生えている。

五章　ハイパー・シリアル――時のない連鎖

「どうなってるの……って」統一郎は、半ば自棄気味《なかばやけぎみ》に呟《つぶや》いた。「こっちが訊《き》きたい」

「まさか」真奈は、どこか呆《あき》れた面持《おももち》ちで、「あんた、まさか、このおばさんも、時間が止まったのとほぼ同時に刺されたんだ……なんていうんじゃないでしょうね？」

「他にどう考えようがあるんだよ。見ろよ。彼女の顔。苦痛のかけらもない」

補導員のおばさんは、真奈のいう、お説教できるのが気持ちよくてたまらないと、よがり声を上げているかのような、爛々《らんらん》とした眼つきのまま固まっている。耳まで裂《さ》ける形で捲《まく》れ上がった唇が、歯茎《はぐき》と犬歯を剝《む》き出しにしているのが、酷薄でサディスティックな印象を醸《かも》し出す。さっき、ちらっと見た時はそれほどにも感じなかった統一郎も、なるほど、真奈が恐れるだけあって怖《こわ》そうなおばさんだ、と思いなおした。

「苦痛どころか」真奈は真奈であらためて、おばさんに対する嫌悪感を深める。「喜んでる感じよ」

「まあね。このふたりに、ずっとお説教を垂《た》れている、という構図だ。これは、刺されたのとほぼ同時にストップモーションが掛かったからだ。そうだとしか考えられない」

「そうね。そうかもしれない。でもね、ということは――」真奈は、ふいに怒ったように、「ということはよ、もしもそうだとしたら、犯人は四人いる、って理屈になるのよ」

統一郎の顔が引きつる。何か言いたそうに口を動かすものの声が出てこない。

「あんた、そのこと、判《わか》ってるんでしょうね」

「もちろん、判ってるさ」どうして僕が責められなきゃなんないの？　とでも言いたげな、不条理な苦渋を滲《にじ》ませて真奈を睨《にら》む。「だったら、四人いるんだろうさ、犯人は」

「自分がいっていること、ちゃんと理解しているんでしょうね。この場合、単に犯人が四人いるってことじゃないのよ。それだけじゃなくて、その四人は別々の場所で、ほぼ同時刻に犯行に及んだ、ってことになるのよ」

「判っているとも」

「あり得るの、そんなこと？」

「そんなことといったって、こうして眼の前にあるんだから。仕方がないじゃないか」

「開きなおっちゃって」

「そういうわけじゃない。一見不可解きわまる状況であっても、真実がそれしかない以上、きっと合理的に説明がつくはずだ」

「合理的に説明？　へええ。そんなものがつくのなら、ぜひ拝聴したいわね」

「ひとつは、すべてはまったくの偶然だった、という考え方」

「な、なんですって」泣き笑いしているみたいに真奈の表情が崩れる。「偶然? つまり、なに、それぞれ別個の四件の犯行が、たまたま、ほぼ同時刻に起こったっていうの?」

「なかなかすごい偶然だ。確率的にいって、ほとんどあり得ないだろう。それは認める。しかし、さっきのきみの言葉を借りるならば、そういう稀有《けう》な事態が絶対に起こらない、とは誰にも断言できまい。そうだろ」

「そりゃま、そうだわ」真奈は肩を竦《すく》めて、周囲を見回した。「でも、ちょっと安易よね。偶然、なんて。もちろん、安易でも何でも、あんたが納得してくれりゃ、あたしはそれでいいけどさ。でも、こうして見渡したところ、あんた、全然納得していないみたいじゃない」

店内の人間たちも、そして外の世界も、相変わらず停止したまま。

「残念ながら自分でも安易だと思っている。ちっとも説得力がない」

「さっき、ひとつはって言ってたけど、まだ何か考え方があるの?」

「もうひとつは、四人の犯人たちが共犯だった、という考え方。つまり、偶然ではなくて、みんなで示し合わせて、ほぼ同時刻にいっせいに犯行に及んだのではないか、と」

「あ。うん。いいじゃないの、それ。さっきのよりも、ずっと現実的だわ」

「しかし、そんなことをしなければいけない理由が判らない」

「って。あんたねえ。そこまで納得しなきゃ気が済まないの?」

「そりゃそうだよ。なんで、そんな変なことをしなきゃいけないんだ。それに、犯人の姿がまったく見えてこないのも不気味だし」

「ほんと。どれもこれも、透明人間の仕業《しわざ》なんじゃないかと思えるようなのばっかりで。あ。でも、このおばさんの場合は、彼女を刺した容疑者は、はっきりしてるじゃない」

「え。誰のことだ？」

「このふたりよ」真奈は、眉《まゆ》をひそめたり不貞腐《ふてくさ》れて唇を突き出したりしている中学生らしきカップルを指《さ》した。「というか正確には、ほら、この男の子のほう。おばさんに向かって手を上げかけている、という恰好《かっこう》でしょ？」

野球帽を被《かぶ》ったその少年は、おばさんから少し眼を逸《そ》らし加減にしている。唇の端が吊《つ》り上がり気味なのは、お説教にうんざりしているのだろう。そして、まるで蠅《はえ》を追い払おうとしているみたいに左腕を、肘《ひじ》をおばさんに向ける形で、ほぼ水平に浮かせている。その恰好がたしかに、いましもおばさんの腹に空手《からて》チョップを叩き込もうとしているような感じではある。

「彼が刺したっていうのか？」

「距離的には可能だと思うけど」

真奈の指摘どおり、少年が座っている位置なら、腕を横から回すようにして伸ばし、刺すことは充分可能だろう。

「それは、まあ、そうだな」

「ね？　そうでしょ？」

「でも、となると、彼は左手でおばさんを刺したということになるけれど」

「別にいいじゃない。たまたま自分の左側におばさんがいたから、でしょ？」

「相手が左側にいるといっても、ちょっと身体《からだ》をひねれば向かい合う恰好になるんだから。利《き》き腕を突き出そうと思えば、簡単に突き出せたはずだと思うけどな」

「左利きだったかもしれないじゃない、この子」

「それは、もちろんそうかもしれないが、でも、彼のこの左腕の恰好は、たったいま包丁の柄《え》から離れたというよりも、むしろ、おばさんを追い払おうとしている、もしくは彼女の腹を殴《なぐ》ろうとしているような感じだけれど」

「包丁を逆手《さかて》に持って切りつけて手を放した——というふうにも見えるわよ」

「そうかな。それにしては柄の角度が、ちょっと変じゃないか？」

「だって他に考えようがないでしょ。ねちねちお説教されて、この子、頭へきちゃってさ。うるせえ、ババア、と。刺しちゃったわけだ」

「もしそうだとしても、彼は凶器の包丁を、いったいどこから手に入れたんだろう」

「どこからっていうより、最初から持ってたんじゃない？」

「え。持ってた？　包丁を？　なんで？」

「そりゃ、たまたま、よ。多分いつも持ち歩いてるんじゃないかな。ほら。つっぱらかっている男の子たちって、護身用に刃物を隠し持っているっていうじゃない。いま社会問題になってる」

「そりゃナイフの話だろ。スイッチブレードとか、ああいうやつ。こいつは、どう見ても調理用の包丁だぜ」

「それだって刃物にはちがいないから。ないよりはいいと思って、さ」

「たしかに、いざという時には役に立つだろうさ。しかし、男の子が刃物を持ち歩くのは純粋に護身用というより、ナイフのデザインがお洒落《しゃれ》だからとか、刃先が飛び出すのがカッコいいからとか、そういう不純な動機でだよ。調理用の包丁が、イキがりたい少年の心の琴線《きんせん》に触れるほどクールな物件とは、とても思えないけどね」

「ナイフを買うお金がなかったのかもよ。でも、何にも持っていないのはカッコ悪いから、家から包丁を持ち出した、とか」

「第一、持ち歩くといっても、どうやって持ち歩くんだ？　服のポケットには入りそうにないし。まさか剝き出しのまま、じゃあるまい。でも彼はバッグの類《たぐい》は持っていないようだし——」

「女の子のポーチがあるわ。この中に入れてもらってたんじゃない？」

「たとえ一歩譲って、彼が普段包丁を持ち歩いているとしても、女の子とデートする時くらいは、やめとくんじゃないのかなあ。僕なら、やめとくね。絶対。だってカッコ悪いじゃないか。ましてや彼女のポーチに入れておいてもらうなんて、ほとんどギャグの世界だよ」

「彼の主観に於《お》いては、これがカッコよかったのかもよ」

「そうかねえ。でもまあ、凶器の問題や、その他、細かい諸々《もろもろ》の疑問点は別として、この少年がおばさんを、つい衝動的に刺してしまった、というのはあり得る話だ」

「わ。納得したんだ？」

真奈は飛び上がった。これまで以上の期待を込めて周囲を見回す。

しかし……。

「でも、これが他の三件と無関係とは思えない。しかし、無関係でないのなら、どういう関係があるのかが判らない」

「まあ、そうよね」相変わらず停止したままの世界に、真奈は肩を落とす。「お互い、これだけ似《に》ている上に、ほぼ同時刻発生、ときちゃね」

「しかし、これまでは犯人の姿が全然見えなかったけれど、とにかく今回は具体的な容疑者の顔が見えたわけだ。これは収穫だよね」

「前向きなご発言、どうもどうも」

「ということは、この少年は他の三件の犯人たちと何か関係がある、とも考えられる」

「そうかもね」

ちょっと調べてみようか、といって真奈は少年の服に触れる。だが、ポケットには財布とキーホルダーが入っているだけで、身元が特定できそうなものは身につけていない。

「女の子の方はどうかしら」

髪をポニーテールにしたその娘は、眼を逸らし加減の男の子とは対照的に、補導員のおばさんを、きっと睨み上げている。男の子よりも深い狐《きつね》色に肌が焼けている上に、なかなか気の強そうな顔だちをしている。ハンバーガーを持った両手を宙で止めて、いましも口ごたえを爆発させるべく力をたわめている感じだ。

しかし彼女も、男の子と同様、これといったものを持っていなかった。

「なんにもないなあ……」

「それが当然だよ。もしこの子たちが中学生なら、運転免許証とか携帯しているはずはないし、夏休みに私服姿で町に遊びにくるのに、わざわざ生徒手帳を持ち歩くとも思えない」

「それもそうね。あたしだって、いま、生徒手帳なんか持っていないわ。そういや」と、真奈は自分のバッグを眼の高さに掲《かか》げて、「身元が判るものなんか何にも入っていないな」

「じゃ、何が入っているんだい？　けっこう大きなバッグだけど――」

「それは……」

真奈は口籠《くちごも》った。動揺を悟《さと》られまいと咳《せき》払いしてごまかす。実は、いつ杉本との〝チャンス〟が巡《めぐ》ってきてもいいようにと気合を入れて買ったばかりの真新しい下着一式が入っているのだ。もちろん、そんなことは口が裂けても言えないが。

「それは、ま、その、い、いろいろよ。女のたしなみ、っていうかさ。つまり、いつ何が起きても慌《あわ》てないで済むように――」

「待てよ。よく考えてみたら」真奈の動揺に気づいているのかいないのか、ふと、統一郎は腕組みをして天井を見上げた。「前言を翻《ひるがえ》すようだけれど、この少年がおばさんを刺した、というのは無理があるんじゃないか？」

「え？　なんで気を変えちゃうのよ。せっかく、そこまで進展してるのにい」

「まあ聞けよ。さっききみも言ってたじゃないか、犯人が四人いるとしたら、彼らは共犯――という表現が適当なのかどうかは判らないが、とにかく示し合わせてほぼ同時刻に犯行に及んだ。

その考え方はきわめて現実的だと。きみも認めただろ」

「そうよ。それが？」

「だけど、そうなるとだね、この少年は、誰なのかは不明だが、Aさん、堀井さん、そしてナンピアくんを刺した三人と、前もって示し合わせていたわけだ。たとえば、二時五分になったら、いっせいにやるぞ——とか」

「そういう打ち合わせを、あらかじめしていたんでしょうね、多分」

「しかし、おかしいじゃないか」

「どこが？」

「その、ちょうど二時五分に、この補導員のおばさんと邂逅《かいこう》すると、どうしてこの少年は予測できたんだ？」

「え？　えーと……」

「そんなこと予測できるはずはない。そうだろ。このおばさんが普段からこの界隈《かいわい》を巡回しているのだとすれば、邂逅自体は予測できたかもしれないが、きっかり二時五分に、なんてことは判らなかったはずだ。どう考えても。そんなことは予測できっこない。ということは——」

「ということは？」

「考え方はふたつだ」

「また、ふたつなの。ひとつ目は？」

「この少年が刺したわけではない」

「じゃ、他に誰が刺せたっていうのよ？」

「それは判らない。もうひとつの考え方としては、やはりこの少年が刺したのだが、彼は刺す相手を選ばなかった……」

「どういう意味？　選ばなかった、って」

「つまり、打ち合わせどおり二時五分きっかりに誰かを刺すことが最優先だったということさ。刺す相手は、特にこのおばさんでなくても、近くにいる者ならば誰でもよかった――」

「はあ？」真奈は呆れたように腰に手を当てて、統一郎の顔を覗《のぞ》き込む。「あんた、正気？　誰でもよかった、ですって？　ひとを刺そうって奴が。言うにこと欠いて、誰でもよかった？　そんなばかなこと、あるわけないでしょ。だいたい、もしもそうならば、なぜ刺すの、見ず知らずの相手を？　理由はなに？」

「それは判らないが、しかし……」

「そんなアホな考えを捏《こ》ねくり回すよりもね、この子たちの身元が判らないのならば、おばさんのほうを調べてみたほうがよくない？」

「それはいいけど、どうするんだ？　また同じように身体検査でもするの？」

「そうね。他に何も思いつかないし」

「言っておくけど、今回僕は遠慮させてもらう。きみがやってくれ」

「あ。末さんたら。堀井さんの時は喜んで身体検査をしたくせに。若くないからって、おばさんを差別しちゃって。いーけないんだ、いけないんだ。言ってやろっと」

「別に喜んでやったわけじゃない。第一、言ってやろって、誰に言うんだ、そんなの。死んでいないかもしれなくても、刺されているひとの身体をさわるのは、どうもぞっとしないんだよ。ましてや女性なんだからさ。頼むよ」

「だらしないひとねえ、見かけによらず」真奈はおばさんのショルダーバッグを開けた。「――財布、ハンカチ、お化粧セット、手帳――」

真奈は、統一郎にも見えるように、身体を傾けて手帳を拡《ひろ》げた。書き込みがたくさんあるが、筆跡が乱雑で何と書いてあるのか読みとりにくい。

「へったくそな字ね」真奈は顔しかめた。「このおばさんの性格を反映しているようだわ」

「後ろに住所録があるぞ」

こちらは比較的読みやすい丁寧《ていねい》な字で三十人ほどの人名と、その住所、電話番号が記載されている。ただ、真奈にも統一郎にも、見覚えのある名前はひとつもない。

「でも、これって全部、知人とか友人のものであって、このおばさん自身の名前や連絡先を書いてあるわけではないんでしょ」

「そうだな。運転免許証は持っていないのか」

「見当たらないわね。女のひとって、免許証は車のグローブボックスに入れっぱなしってケースが、案外多いから」

「へえ。そんなものなの？」

「少なくとも、うちの母親はそうよ」真奈はおばさんのスーツのポケットを探《さぐ》っていたが、ふと動きを止めて、「ん。何かある」

「何だ？」

「この感触はテレホンカード——じゃなかった。名刺ね。これは……あらっ」

真奈が頓狂《とんきょう》な声を上げたので、統一郎は思わず顔を寄せた。「どうした？」

「意外」

「え。なになに」

名刺には、こうあった——〈聖ベアトリス女子学園教諭　杉本涼間〉と。

「知ってるのか、このひと？」

「あたしの学校の先生よ。英語の」

「杉本——聞いたことがあるような。あ。そういえば、さっき、きみ、杉本先生にあげるまでは死ねないとか何とか喚《わめ》……」

「忘れなさい、そんなことは」真奈はグーで統一郎の腕を殴った。「変なふうに記憶力のいい男なんてサイテーよ。一番嫌われるパターンよ」

「判ったわかった」統一郎は痛そうに腕をさすりながら、あとずさる。「詮索《せんさく》しない。何も」

「でも、どういうこと、これ」

「どういうことって？」

「だって何か意味ありげじゃん」

「どうして？　補導員が学校の先生と知り合いであったとしても、おかしくないじゃないか。杉本先生って男の先生だろ？　多分若くて」

「あたりまえじゃない。加えて独身」

「若くて男、つまり体力のある先生が、学校の生活指導を担当するのはきわめて自然なことだろ。だったら、その関係で補導センターの職員と顔見知りだとしても全然不思議はないじゃないか」

「杉本先生は、生活指導とか補導関係の仕事はしていないはずよ」

「確かかい？」

「してたら、あたしが知らないわけないもん」

「ま、それはそうだろうな」

「だったらなんで？　なんで、このひと、杉本先生の名刺を持ってるの？」

「補導関係以外のことで顔見知りだとしても、全然変じゃないと思うけど」

「変よ」

「そうかあ？」

「あたし、許せない」

「は？」

「こんなおばさんが杉本先生の名刺を持ってる、なんてさ。この顔で」

「顔は関係ないだろ」

「知ってる？　あたしなんて、彼の名刺を手に入れるために、どれだけ苦労をしたことか」

「どんな苦労をしたんだ?」

「職員室の机の上に置いてあったのを、こっそり持ってきた」

「まったく」統一郎は呆れて、「手癖《てくせ》が悪いな、きみは。さっきのドリンクやポテトといい」

「あんただって、ポテト食べたじゃん。その代金、まだ払ってないくせに。偉そうなこと言っても、あたしは知ってるぞ」

「きみが食べさせた」

「そんなこと、どうでもいいわ。とにかく」ぐっと拳《こぶし》を握りしめると補導員を殴る真似《まね》をする。「あたしは認めないわよ。先生が、こんなおばさんと知り合いだなんて。絶対に認めないわよ。絶対に許さないわよ」

「きみは、いったい何を心配しているんだ?」さすがに統一郎も辟易《へきえき》して、「このおばさんが、きみの愛《いと》しの先生と知り合いだって別にかまわないじゃないか。それとも何かい、まさか、ふたりが親密な関係かもしれないとでも疑っているの?」

「やめてやめてやめて」金切《かなき》り声を上げると、統一郎を平手で、ぺしぺし、ぶっ叩く。「なんておぞましいことを言うのよ。ホラーよ。スプラッタの世界よ。ああん。もう。どうしてくれるの。想像しちゃったじゃないのよ。このおばさんが、せ、先生に裸で迫りながら、にたり、なんて。ぎゃっ。やだ。やめて。やめろやめろ。あたしの先生に近寄るんじゃなあいっ」

「だ、だったら」ぎゃんぎゃん喚きながらなおも叩こうとする真奈から、統一郎は必死で逃げ惑《まど》う。「心配することなんか何もないだろ?　そうだろ?」

「でもね、杉本先生の自宅って、この近所なのよ、実は」

「ははあ。それで、きみ、隣町の産なのに、こんなところまで出張してき――いや、待て」再び真奈の拳が振り上げられ、統一郎は慌てて後ろへ飛びすさった。「判ったわかった。もう言わない。何も言わない」

「気になるわね」

「気にしないでくれ」

「そうじゃなくて、これよ」と、真奈は憤然と名刺を振り上げる。「近所に住む先生の名刺を、おばさんが持ってた。これって偶然？」

「偶然じゃなかったら何だ？」

「〝バトン〟かもしれないじゃない」

「え……〝バトン〟？」

戸惑ったものの統一郎は、すぐに真奈がいわんとしていることを察し、あらためて彼女のネーミングセンスに感心した。要するに被害者たちをリレー形式に繋《つな》ぐ〝指標〟のことだ。レシートや店名入りのマッチなどの。

「だ、だってさ、だってさ」急に、真奈は泣きべそをかいて、「これまでのパターンを考えてみてよ。ね？　Aさんは〈ワッコドナルド〉のレシートを持ってた。それでここへ来てみたら、堀井さんが刺されてた。堀井さんが〈エンジェル〉のマッチを持っていたから、そこへ行ってみたら、あのクソ野郎、じゃなくてナンピアが刺されてた。ということは、今度は、もしかして

「……」

「判った。先生のことが心配なんだね。様子を見に行きたいんだね？」

こくこく、と真奈は頷《うなず》いた。

「じゃあ、とにかく行ってみよう」

ふたりは〈ワッコドナルド〉を後にした。先刻お互いに出会った大通りとは反対方向にアーケードを抜けて、踏み切りへと向かう。

ちょうどバーが下りた状態で、すべてが固まっていた。通過中の電車の車体が道を塞《ふさ》いでいる。走行中の自転車がひとを乗せたまま停止しているのも異様な眺めだったが、電車が道を塞いで停止しているのも、かなり異様だ。その重量感ゆえ独特のユーモアが漂《ただよ》っている。

ふたりはバーをくぐると、電車の前方から回り込んで線路を渡り、住宅街へ入った。

「——あのマンションよ」真奈は茶色のタイル張りの建物を見上げる。「二階の角部屋」

「いいところに住んでるんだな」

「ワンルームよ」

「でも、新築だろ？　立地もいいから、家賃、高そうだ」

「あたしたち、破格の授業料、払ってるんだもん。先生のお給料、いいはずよ」真奈はまるで、自分が杉本の家賃を払ってやっているみたいな、妙に得意げな口ぶり。「そういや、あなたは、どんなところに住んでるの？」

「平屋《ひらや》の日本家屋だよ。築、百年」

「百年？　嘘《うそ》ばっかし」

「ほんとだって。もう古くてガタガタ」

そんなやりとりをしながら、ふたりは階段を上がる。二〇一号室の前に来ると真奈は、ドアのハンドルレバーに手を掛けた。

「あれ」手前に引っ張っても動かない。「ロックされてる」

「てことは、留守か」

「そうとは限らないわ。だって、先生、この時間帯には外出から戻ってくるのが、このところの日課だもん」

「ほんとに、よく知ってるんだな。あ。いや」飛んできた真奈の平手に、のけぞる。「他意はない。だけどまあ、ロックされているのなら、とりあえず安心だろ」

「そうはいかないわ」

「なんで？　誰も入れないんだよ」

「犯人は、すでに中に上がり込んでいるかもしれないじゃない」

「なるほど……」

たしかに、それはあり得る。

「中へ入れないかしら、何とか？」

「そりゃ、鍵さえあれば――」

ふたりは一階へ下りてみた。管理人室に赴《おもむ》くと、ドアが開いている。宅配便業者と管理人らしき初老の男が何事か談笑している最中だ。

　机の上に鍵束が在った。とりあえず鍵束ごと持ってゆく。ひとつずつ試してみると、はたしてマスターキーがあった。ロックを外す。

　ドアを開けようとすると途中で引っかかった。見るとチェーンまで掛けられている。チェーンといっても厳密には、金属製のバーをスライドさせるという、ホテルの客室などによくあるストッパータイプなので、切ったり壊したりすることは、ちょっと無理なように思える。

「中に誰かいるのは確実だが、これ以上、僕たちにはどうしようもないな」

「どうしてよ」真奈は諦《あきら》めない。「ベランダの方へ回ってみる」

　ふたりは建物の外へ出てベランダ側へ回り、二〇一号室を見上げた。窓にカーテンが掛かっている。室内に誰かいるにしちゃ暑苦しいことしてるな、多分エアコンを効《き》かせているだろうとはいえ……統一郎がそんなことを考えていると、

「ガラス戸のロック、されているのかしら？」

「さあ。どうだろう」

「見てきてよ、ちょっと」

「え。ぼ、僕が？」

「あなた男でしょ？」真奈は、さも心外そうに眼を剝いて、「それともまさか、こんなか弱い乙女《おとめ》に、よじ登らせるつもり？」

　か弱い乙女……たしかに見た目はそうだ。

「あたし、体育は2なのよ。自慢じゃないけど。5点評価で」

「僕だって似たようなものだった。おまけに、ちょっと高所恐怖症気味で――」

「謙遜《けんそん》しなくてもいいから、こんな時に」

謙遜しているわけではない。あのね、きみ、本気なの。本気で、よじ登ってこいっていうのか。なにも、そこまでやることないだろ」

「どうしてよ？　部屋の中では、いままさに杉本先生が誰かに刺されようとしているところかもしれないのよ。だったら、それを救うのがあたしたちの義務ってもんでしょ？」

「それはそうかもしれないけれど……」

なんで僕が、という言葉を呑《の》み下して統一郎は抵抗を諦めた。黒いスーツの上着を脱いで真奈にあずかってもらう。ワイシャツの袖《そで》をまくると、ネクタイを緩《ゆる》めた。

「そういえば、さっきから気になってたんだけど、どうしてそんな暑苦しい恰好してんの？　この季節にわざわざ」

「いつも」統一郎はズボンのポケットからサングラスを取り出して掛ける。「これだから」

「だから、どうして、いつもこれなの？」

「さっき説明した通りさ。いつ〝時間牢《ろう》〟に入ってしまうか自分でも予測できないし、必ず誰かをひとり巻き込んでしまうわけだろ。その相手が、たまたま近くにいるひとたちの中からピックアップされているのだとしたら、その時、もし近くに誰もいなかったらどうなるのかな、と思って――」

「どうなるの？」

「判らない。それを調べるために、こういう葬式帰りのような服を着るようにしているんだ」

「あの、意味が、よく見えないんだけど」

「だから、こういう恰好をしてたら、ひとがあまり近寄ってこないんじゃないかな、と思って。少なくとも無意識に、僕を避けて歩くようになるんじゃないか、と——」

「はっきり言わせてもらうけど、まったく無駄な努力よ、それは。現に、あたしはこうして巻き込まれてしまっているじゃないの。あの時、それほど、あなたの近くを歩いていたわけでもないのに」

「そう。そのことが今回明らかになったから、ほんとは単なる趣味ということにしておく」

「変なひとね、あんたって」

統一郎は雨樋《あまどい》を伝って二階のベランダへと、よじ登り始めた。身の軽い者にとってはなんてことないのだろうが、彼は高いところが苦手《にがて》である。わざわざサングラスを掛けて視界を暗くしたのも、少しでも恐怖を和《やわ》らげようと思ったからだ。ただし実際に役に立っているのか、それとも却《かえ》って邪魔《じゃま》になっているかは彼自身にも判らない。

このマンションは十階建てだ。その事実に統一郎は慄然《りつぜん》となる……もしも、杉本という男の部屋が最上階だったりしたら、いまごろ、どうなっていたことか、と。真奈は部屋に入ることを諦めていただろうか。いや、とてもそうは思えない。これまでの彼女の言動からして。

あんた、ちょっと登って見てきてよ——平然と、そんな無茶な命令をしていたりして。

いや、あり得る、彼女なら……統一郎には揺るぎなき確信があった。

眼を閉じて手すりを跨《また》ぎ、ようやくベランダの内側に足を下ろす。統一郎はガラス戸に手を掛けた。抵抗なく、するりと開いた。

「開いてるぞ」と下にいる真奈に声をかける。

「やったあ」そう手を打った時には、もう真奈は走り出している。「チェーン、外しといてねっ」

お邪魔しますと呟きながら、統一郎は室内にすべり込む。ぱっと見た感じ、いかにも若い男性の独《ひと》り暮らしと思える程度に乱雑な印象。

うっ……統一郎は思わず呻《うめ》き声を洩《も》らした。

フローリングの室内には男がひとり、中腰の姿勢で固まっている。これが杉本という奴だろうか。ざっと見回したところ他にひと影はないようだから、多分そうなのだろう。しかし……統一郎は再び呻いてしまう。

おい。

こういう事態は予測していなかったぞ。どうするんだよ？ いったい、どうしたらいいんだよ。

パニックに陥《おちい》っていると、ドアを開ける気配に続きチェーンが引っかかる音が、どん、と響く。

「あれっ。ちょっとお。末さん。どうなってるの。チェーン、外れてないよお」

統一郎は慌ててドアへ、すっ飛んでゆく。「え、えっと……」

「早く入れてえーっ」

「かっ、彼は無事だ」

「えーっ？　なにいーっ？」

「大丈夫。先生は無傷だ。うん。刺されてなんかいない。無事だ。もう、よ、予想以上の健康体で。だからもう、ここは措《お》いておいても大丈夫。ね。次、行ってみよう」

「ちょっと。なに言ってんの。開けてよお。あたしも中に入れてよお」

統一郎は、すぐに諦めた。このままでは真奈は絶対に納得しない。あくまでも抵抗して、せっかく順調に（かどうかは意見が分かれるところだろうが）築き上げてきた彼女との協力関係を壊すのは得策ではない。そう判断したからだ。しかし、この場合、彼女を中へ入れたら入れたで、また新たなるトラブルの火種《ひだね》が……ええい。もういいや。どうなっても知らん。知らんぞ。

覚悟を決めて統一郎はチェーンを外した。真奈が飛び込んでくる。

「んもー。なに、ぐずぐずしてたのよお。もったいぶっちゃって」文句を垂れてたのが、ふわっと夢見る顔つきになる。「あ——ここが先生のお部屋なのね。黙って上がってしまって。真奈ったら悪い娘《こ》。てへへ。でも、いまは緊急事態なんだから、許してね。えと。先生は……？」

きょろきょろ。杉本の姿を見つける。途端に真奈の笑顔が凍《こお》りついた。わなわな震《ふる》える唇。

統一郎は両手で耳を押さえた。それでも、

「いやああああああああああああああっ」

という激しい悲鳴が鼓膜《こまく》を震わせるのを止めることは、できなかった。

六章　ハイパー・ガール――時のない娘

「ひ、ひどい、ひどい」真奈は、よろよろと、よろめくように歩きながら、おいおい、泣きじゃくっている。「あ、あんまりよ。あれはいくらなんでも、あ、あああ、あんまりじゃないのお」

アーケードの中を、あっちへふらふら、こっちへふらふら。いまにも路上に、ぱったりと倒れ込んでしまいかねない。気が気でない統一郎は、いつ倒れても抱きとめられるようにと彼女の動きに合わせて横に回ったり、あるいは後ろに回ったり。まるで落ち着けない。

欧米人らしい金髪の男が、通行人の男女を呼び止めようとしている恰好《かっこう》で固まっている。シャツの胸《むな》もとには、何とかキリスト教団派遣員と記《しる》されたタグをつけており、手には「家族のことを考えたことがありますか？」という見出しが印刷されたチラシを持っている。

その金髪青年に、真奈はふらふらと倒れ込むように、ぶつかった。

「いたあい。こら。あんた。なに、ぼさっと歩いてんのよおっ」もちろんその金髪青年は全然歩いてはおらず停止しているのだが、とてもそんな道理を真奈に指摘できる雰囲気ではない。「ばっかじゃないの。え。ばっかじゃないの。ほんとに。どいつもこいつも。ん。あ。コイッ」

笑顔で固まったままの金髪青年の頭に真奈は、いきなりバッグを叩きつけた。

「こ、こら」さすがに統一郎も慌《あわ》てて、「彼は何も悪くないんだから」きみが勝手にぶつかったんだから、と指摘すると真奈が逆上しそうなので、やめておく。「八つ当たりしちゃいけない」

「八つ当たりじゃないわよ、これは」

「え？」

「この男、この前、あたしがここを歩いてた時、声をかけてきた奴なんだ」

「声をかけてきた？　なんて？　お茶でも飲みませんか、とか？」

「そんなんだったら可愛《かわい》いわ。コイツ、いきなり、コンニチワー、とかいって。ぴったり横にくっついてきて。何を言うのかと思えば、アナタは家族のことについて考えたことがありますカア？　だと。今日はチョット、そのことをワタシとお話しさせてくだサイ、とか何とか」

「いいじゃないか、別に」

「よかないわよ。あたし、そんな話、興味ありませんて。断わって、行こうとしたんだ。そしたら、コイツ、日本語がよく判《わか》らんふりして、最近のニッポンジンは、家族のこと、またそのフレアイや愛情のこと、考える機会、少ないと思いますネー、この機会に、ぜひ考えてみるべきデショー、とか。しつこく付きまとってきやがって」

「ま、まあまあ」また殴《なぐ》りかかろうとする真奈を、統一郎は必死で押さえつける。「彼は、その、善意のつもりで……ね？」

「なあにが善意だ。あたしはね、せいぜい愛想《あいそ》よく丁寧《ていねい》に断わってやったんだ。すみません、ほんとに、興味ありませんからって。ごめんなさいって。よく考えたら、なんであたしが謝《あやま》るんだよ。くそ。それでも、コイツ、へらへら笑って付いてきやがって。ひとの都合を無視して、なあにが善意だ。ずうずうしい。失礼だとは思わないのか。このばか。なに、家族のこと、考えてみませんかだとお。どういう意味だそりゃあ。日本人は西洋人に教えてもらうまで家族のことを考えもしない、とでも言いたいのか。いかにも、あたしたちが神とか人類愛とか、そういう哲学的な問題を考えたこともない精神的未開発国の住人だとでも言わんばかりに。いかにも、自分たち文明人が啓蒙《けいもう》してやらなきゃ、あたしたちは形而上《けいじじょう》学的考察もできない島国の猿なんだから、とでも言わんばかりに。押しつけがましい。あたしたちだって同じ人間だ。ひとにお節介《せっかい》やいてもらわなくったってオマエらが悩むのと同じ問題で日々悩んでるわい。日本人の心配する前に、てめえの国のこと心配しろ。家族が崩壊しっぱなしのアメリカ人ごときに言われたかないわ」

「え。アメリカ人なのか、彼は？」

「知らないわよ」バッグを振り上げると金髪青年の背中に叩きつける。「アメリカ人でもイギリス人でもフランス人でも」

「だ、だから、やめろ、やめろってば」

「いっちばん許せないのは、コイツ、どうしても離れてくれないから、怒ってやったんだ。あんた、失礼でしょって。あたしは話したくないと何度も断わったはずだと。どんなご立派な宣教師か知らんが、相手の都合を無視しちゃおしまいでしょって。そしたらコイツ、いかにも、オウ、アナタ、問題意識のかけらもないアホなニッポンの女子高生の典型ですネ、とでも言いたげな顔しやがって。へらへら笑ったまま。コレはワタシが救ってやらネバって感じで離れようとしないから、ほんとうに頭きて怒鳴《どな》ってやったら、ようやく、貴重なお時間、アリガトーゴザイマシタ、だと。ばか。時間が貴重なことくらい判りきってるだろうが。それなら最初から話しかけてくんな。へらへら笑いながら謝るな。公衆の面前で。あれじゃ、まるであたしのほうが悪者みたいじゃないか。くそ。考えれば考えるほど腹が立つ。もっぺん殴ってやる」

「だから、やめろってば。いい加減《かげん》に」

統一郎に腕を抑《おさ》えられた真奈は足を振り上げ、金髪青年の腰を、ぼーん、とひと蹴《け》りして、さっさとその場を離れた。

「お、おいおい」

ズボンの尻に見事な靴跡をスタンプされた金髪青年は、前のめりに倒れる。彼がチラシを渡して話しかけようとしていた大学生らしきカップルの、女性のほうにぶつかった。

彼の呼びかけに反応する直前に時間が停止したらしく、カップルは金髪青年に背中を向けている。しかも女性は、たまたま片足の上がった不安定な姿勢のまま固まっていたものだから、金髪青年の身体《からだ》に突き飛ばされ、あっさりと、これまた前のめりに路上に倒れ込んだ。

金髪青年は女性に覆《おお》いかぶさり、まるで背後から襲って押し倒したみたいな形になってしまった。これは元どおりにしておかないと時間が動き出した時に厄介《やっかい》な騒ぎになるぞ、と思ったものの、独《ひと》りさっさと歩いてゆく真奈を見失いそうになった統一郎は結局、放っていかざるを得なくなる。

「待てよ」走って、ようやく追いつく。「少しは落ち着け。あのね。きみがどんなに、あの外国人に腹を立てていたかは判ったけれど、さっきのは明らかに八つ当たりだろ?」

ぴたりと真奈は足を止めた。今度は統一郎に殴りかかりそうな勢いで睨《にら》みつけてくる。

咄嗟《とっさ》に避けようとしたら、真奈の眼尻に、ぶわっと涙が溢《あふ》れかえった。両手をだらんと垂《た》らしたまま彼女は顔をぐしゃぐしゃにして、ふえええええと唸《うな》るみたいに、妙に静かに泣き始める。

「あたしは……あ、あたしは」

「わ、判る。きみがショックなのは、よーく判るとも。うん」

「す、末さん」

「な、なんだい」

「あたしの苦労は、いったい何だったの?」

「え?」

「ね、あたしはいったい、何のために、あんなことや、こんなことまで、いっぱい、いっぱい努力してきたの?」

真奈は、添削《てんさく》ノートと称して杉本と〝交換日記〟をしていたことから始め、この夏、わざわざ隣町まで毎日通ってきて杉本の動向を監視するようになった経緯などを、くどくど、くどくど、不必要なくらい詳《くわ》しく説明する。

「な、なるほどね」その情熱と深謀遠慮には統一郎は、ただ感心するしかない。「そういうことだったんだ」

「そ、それが……その結果が、よ」頭をぶんぶん振りたくると涙が飛散した。ほとんどの水滴が、路上に落下する前に、空中で停止する。「その結果が、あ、あああ、あんなんじゃ、ひどすぎる。ひどすぎるよ。あたし、可哀相《かわいそう》すぎる。可哀相すぎるよ、あたしい」

「あのね、岡田さん、気持ちは判る。よーく判る。よく判った上で、男の末席を汚《けが》す者としてひとこと言いたいんだけれど、その、あれは決してだね、きみが悲観するようなことではないんだよ。誰だってやっていることであって——」

「じゃあ、末さんも？」

「え。だ、だだ、だから、つまり」統一郎は頰《ほお》を赤く染めて身をよじる。「みんなというか、健康で正常な男子であれば、ああいう行為は、ごくあたりまえというか、ふ、普通というか……」

「いやいやいやっ」真奈は地団駄《じだんだ》踏んで統一郎に詰め寄った。「ちがうもん。先生はちがうもん。先生は、あんなことしちゃいけないんだもん」

「どうしてさ。先生だって人間だよ」

「ちがうったら、ちがう」

「あのねえ。彼だって生きている以上、トイレにもいけば、その、つ、つまり、ああいうことだってするさ。いってみれば自然の——」

「先生はウンコもしないもん」

「またそんな無茶を」

「し、しちゃいけなかったのに。ああもう。きらいきらいきらいっ。先生なんか大嫌い。最低。な、ななな、何が悲しくて、あんな、あ、ああ、あんな汚らわしいことを……」天を振り仰《あお》いで、きいっ、と金切《かなき》り声。「もおいやっ」

「だからね、男はみんな、やってることなんだってば、あれは」

「それくらい知ってるわよ、あたしだって」急に真奈は冷《さ》めた口調になった。「もう子供じゃないんだから。男のひとが、ああいうことするもんだって判ってます。でもね、あたしは許せないの。先生ったら、このところ毎日まいにち。必ず一時ごろに出かけて。判で押したように緑色のビニール袋さげて戻ってきて。いったい何をしてるのかなと思ってたら。あろうことか、エッチなビデオを買いに、せっせと通ってた、だなんて」

統一郎は暗然と頷《うなず》いた。杉本涼間は自室でおびただしい数のビデオテープに囲まれて固まっており、おまけに彼のすぐ前に在《あ》るテレビはビデオ画像を映《うつ》したまま止まっていたのである。

「てことは、なに？　先生って毎日、ああいうビデオを買ってきては、部屋に閉じ籠《こも》って観賞してたわけでしょ。一日じゅう。いかがわしい行為に耽《ふけ》ってたわけでしょ」

「そ、そういうことになるのかな。いや、いくらなんでも一日じゅう、じゃないと思うけど……」

「考えてもみて。そんな彼の行動を必死で監視して〝待機〟していたあたしの立場はどうなるの？　とんだお笑い種《ぐさ》じゃない。質《たち》の悪い冗談じゃない。あんな俗悪なものをせっせと買い溜《た》めている先生の姿を遠くから、それとは知らずに、あん、ステキ、なんて溜息《ためいき》とともに見つめていた、と思ってみなさいよおっ」再び激昂《げっこう》する。「これじゃ、まるであたしがアホじゃんよ。も、思いっきり、愚弄《ぐろう》されてるじゃないのよ」

「しかし、それは別に彼の責任では……」

「許せない。あたしは許せないわ。先生ったら、あたしの純愛を弄《もてあそ》んだのよ。あたしの一途《いちず》な気持ちを物笑いの種にしてしまったのよ。これがどうして許せましょう。おまけに、なに、あの画面に映ってた女は？　あれでも女優？　え。貧相な乳、放り出して。脚《あし》が短いわ、太いわ、寸胴《ずんどう》だわ。顔だって、ちっとも綺麗《きれい》じゃない。よくまあ、よくもまあっ。あの程度でビデオに撮《と》っていただこうって気になれるもんね。ば、ばっかじゃないの。あれで金とってんの。え。厚顔無恥《こうがんむち》とはこのことだ。男も男よ。あの程度で興奮できるの？　え？　あの程度で満足できるの？　だったら、あ、ああ、あたしのほうが何倍もいい身体してるわよっ」

「うん、その通りだ」

力強く相槌《あいづち》を打ってから、しまったと思ったが、真奈は怒るのに忙しくて統一郎どころではないらしい。それどころか、くそ、脱いで証明してやる、などと喚《わめ》いて、ほんとうに服に手をかけようとしたので、慌てて止めに入る。

「先生のばかあ」顔を覆って、しくしく。「どうして、どうして。あんなオンナをオカズにするくらいなら、どうしてひとこと、あたしに言ってくれなかったのよおっ。も、速攻でお役に立ってあげてたのに。あたしのほうが、ずっと若いのに。あたしのほうがずっとずっと可愛いのに。あたしはビデオじゃなくて本物なのにいっ」

「そりゃね、彼だって、それほどまでに慕《した》ってくれている女の子が身近にいると知っていたら、放っておかなかっただろうさ。絶対に」

「なさけない。ああ、なさけないわ。あたしは、なさけないっ。そりゃ判るわよ。男って、ああいうことをする生き物なんでしょうよ。だけど見たくなかった。彼のあんななさけない恰好なんて、あたしは死んでも見たくなかったわよ。なに。なんなのよ。あれは。パンツずり下ろして。下半身だけすっぽんぽん。へろんとした緊張感のない顔でビデオ映像を喰《く》い入るように見つめて。お、お、おまけに。あんな。あ、ああ、あんな××で×××な×××を×××たり××ったりして××したりしてっ。見苦しいったら。みっともないったらっ」

男性器を意味する俗称その他を駆使《くし》して自分が目撃した場面を露骨に描写した挙げ句《あげく》、もういや、もういや、もういやっと叫び倒す真奈に、統一郎は眩暈《めまい》に襲われる。もういやなのはこっちのほうだと言いたくなった。

いったいどうやったら、かくも変な意味での潔癖《けっぺき》さと、はしたなさという相反するはずの性格が一個人の中で共存できるのだろう。女子高生は謎だと思った。いや、真奈が特別に変な娘という可能性もあるので女子高生とひと括《くく》りにしてはいけないかもしれないが、とにかく謎だ。伏せ字にしなければいけないような内容をひと前で絶叫できる度量があるのならば、杉本の自《じ》慰《い》行為だって笑って許せそうなものなのに……統一郎には、そこが不可解なのである。本人は、それを矛盾《むじゅん》と感じないのだろうか？　いくら、いまは多少、理性的でなくなっているだろうとはいえ。

「あのさあ、僕は彼に同情するね。だって普通は、ああいう行為って他人に覗《のぞ》かれないようにしてするものだろ。だからカーテンもわざわざ閉めてたわけで。それが、こういう特殊な状況のせいでむりやり見られてしまったわけだろ。見せたいわけでもないのに。彼もまさか自分が停止しているうちにベランダから侵入されるとは思ってなかったわけで。見せようと思って見せたわけじゃなくて、勝手に見られてしまったんだから。同情されこそすれ、責められる筋合いなんかないよ」

「そんなに理詰めで反論したって、いやなものはいやなんだもん。もう、いや。あたし、もう先生のことなんか、どうでもいい」

「まあ、それはきみ自身の気持ちだからね。仕方ないけれど」

「もうこのまま」真奈は唐突に声を低めた。「ずっと〝ここ〟にいる」

「……なんだって？」

「謎が解明されなきゃ、あたしたち、ずっと〝時間牢《ろう》〟に閉じ込められたままなんでしょ？」へっと投げやりで虚《うつ》ろな嘲《ちょう》笑《しょう》を洩《も》らして、「もうあたし、それでいい」

「それでいいって、ぼ、僕は困るよ」

「知らないもん。納得できるような答えを出せない限り一生、出られないんでしょ？」

「一生……まあ、理屈の上では、ね」

「でしょ。どうやら事件の謎は一向《いっこう》に解明される気配がないみたいだし。さっきまでは早く何とかしなきゃって焦《あせ》ってたけれど、いまとなっては、けっこうなことだこと。もう謎は謎のままでいい。老衰して死ぬまで、あたし〝ここ〟にいる。もう誰にも会いたくない。オトコなんかキライ。オトコなんかオトコなんか。フケツ。ああ、おぞましい。きらいきらいきらいきらいっ」

「自棄《やけ》を起こしちゃいけない。そりゃ、いまはそんなふうに思うかもしれないけれど、いずれは、この〝時間牢〟の変化の無さ《な》に耐えられなくなる。もとの世界に戻りたいと思うようになるさ」

いきなり真奈は、くすくす笑い出した。どことなく不安定な精神状態を窺《うかが》わせる唐突な変化で、統一郎は思わず身構えた。

「ど……どうしたの？」

「別に」ふんと肩をそびやかして、統一郎に背中を向けた。再び歩き出す。「いま、ちょっと変なことを考えただけ」

「……どんなこと？」

「仮に、あたしたち、〝時間牢〟に入ったまま、子供をつくったとするじゃない？」

何を言おうとしているのか、さっぱり見当がつかないが、さっきまでの錯乱が嘘《うそ》みたいに真奈の口調が淡々としているせいで、子供をつくる、という言葉が異様に生々《なまなま》しく響き、統一郎は胸苦しいばかりに、どきりとなる。

「それとも〝時間牢〟の中では、子供はつくれないのかしら？」

「さあ、なんとも言えない。な、なにしろ試してみたこと、ないから……」

もしかして、じゃあ試してみよっか、などと真奈が言い出すのではないかと統一郎はびくびく。そんな妄想《もうそう》めいた心配を、ついしてしまうほど、彼女の様子は尋常ではなかった。

「生まれた子供は、どうなるの。あたしたちと同じように〝時間牢〟に入るの？　それとも〝停止モード〟の影響を受けて、生まれ落ちた時点から固まったままになるの？」

「そこら辺《あた》りも、まったく判らない」

「仮に、生まれた子供も〝時間牢〟に入るものとしましょ。そして時間が止まったままの状態で、その子供は、ぐんぐん成長するのね。成人になったところで時間が動き出したとする。さて。面白《おもしろ》いとは思わない？」

「なにが？」

「だってさ、その子供って、時間が止まる前には存在しなかったわけでしょ。通常世界の視点から見れば、それまで存在しなかった人間が、ひとり、どこからともなく忽然《こつぜん》と登場する——そういう理屈になるじゃない」

「ああ、そういえば、そうだね」

「これは使えるわよ」

「使える？　何に」

「ミステリに。それまでどこにも存在しなかった人物が犯人。これって新機軸よね」

「単なる反則だと思うけど」

しばし会話が途切《とぎ》れる。気がついてみれば、ふたりはアーケードに戻ってきている。

「あのさ」沈黙に耐えきれなくなって、統一郎は口を開いた。「僕たちがいま過ごしている時間は、どんなに長くても、通常の視点から見れば、ほんの一瞬のことなんだよね。いや、一瞬ですらないかもしれない。時間が動き出したら、僕たちが〝ここ〟で体験した出来事は、すべてどこかに消えてしまう。時系列からは抹消《まっしょう》されてしまう。あの女の子がソフトクリームを、ひと舐《な》めする間よりも、まだ短い。いや、短いという表現からして、そもそもまちがっている。僕たちはいま〝時間牢〟という、まったくの異世界にいるんだ。そこから通常世界を眺めている。彼らが停止しているというよりも僕らのほうが異常な時間の流れに放り込まれている、と考えるべきなんだ。時間が元どおりに動き出したら、という表現にしても、何だか彼らを正常に戻そう、みたいな響きがあるけれど、実際には正常に戻るべきなのは僕たちのほうなんだよね。あらためて口にしてみると、あたりまえのことなんだけれど、そのあたりまえが判っているつもりでいて、ふと混乱してしまう。何度も〝時間牢〟を経験しているはずの僕でさえ。いつまで経《た》っても慣れない」

真奈は無言のままだった。赤く腫《は》れた眼を、だから何？　とでもいいたげに彼に向ける。

「事件のこと、考えなおしてみたいんだ」

真奈は、そっぽを向いた。

統一郎はかまわず続ける。

「僕たちはいま、止まった状態の被害者たちを見ているせいで、必要以上に奇異な印象を受けるんだ。だから、すべてが通常どおり動いていると仮定して事件を見なおすべきなんだ。そうしないと真相は、いつまで経っても見えてこない」

真奈は、さっさと先を歩く。

統一郎は後を追いながら、

「考えてみてくれ。今日の午後二時五分、別々の場所で——といっても厳密には、うちふたつは同じ店内でだけれど——四人の人間が刺された。くりかえし強調するけど、一連の出来事を時間が止まっていないものとして考えるんだ。事件は、どんなふうに見える？　殺人、もしくは殺人未遂事件が同時多発した、というふうにしか見えないだろ。さて。四人の被害者たちは、お互いに何か関係があるんだろうか？　調べたわけじゃないが、僕は、ないような気がする。普通のサラリーマンふうのA氏。ハンバーガーショップの女子店員。ナンパ好きの高校生と見られる男の子。そして補導員のおばさん。ざっと見たところでは共通点や繋《つな》がりなんか、ありそうにない。つまり——」

ふいに真奈は立ち止まる。

「つまり、被害者たちは無差別に選ばれている、ということなんだ。となれば、彼らの素性《すじょう》などを調べるという発想は多分、何の役にも立たない。彼らは単に、そこにいたという理由だけで、刺されたと考えるべきなんだ。だから、彼らの個人的事情をいくら探《さぐ》っても無——」

「黙って」

「え？」

「もう黙ってちょうだい」

「でも……」

「あたしがいま、何を考えているか判る?」

「いや」

「あなたを、この場で殺したら、いったいどうなるのかな、って考えてるの」

統一郎は絶句する。

無意識に一歩、あとずさった。

「あなたを〝ここ〟で殺したら、どうなるか。時間は元どおり動き出すかしら。さっきのあなたの表現を借りれば、通常世界に戻れるのかしら? いいえ。戻れないと、あたしは思う。だって、あなたはまだ納得していないもの。納得しないかぎり、〝時間牢〟の〝鍵〟は掛けられたままだってことだもの。つまり、〝鍵〟を開けられる唯一《ゆいいつ》の人間であるあなたが〝こちら側〟で何もできなくなったら、〝時間牢〟は永遠に開かなくなる——そういう理屈になるんじゃないの?」

「何が言いたいんだ」

「そうなれば、あたしは一生〝ここ〟に独りでいられるなあ、ってこと。そしていま、あたしは猛烈に独りになりたい誘惑にかられている——何が言いたいのか、お判り?」

「まあ……だいたい」

「じゃあね。もう、ついてこないで」

「どこへ行くんだ?」

「家へ帰る」真奈は振り返らなかった。「疲れちゃったわ。あたし。ほんとうに疲れた。うちで休みたい。もう寝る」

「判った。じゃあ、気をつけて」

「何に気をつければいいの？　車？　強盗？　それとも痴漢？」

真奈が捨て科白《ぜりふ》を吐いてくれたことで、統一郎は少し気が楽になる。彼女の場合、沈黙こそが危険なサインだと察しをつけていたから。

真奈は町の、背景がまったく動かない雑踏《ざっとう》の中へと消えていった。それを見送りながら、統一郎は溜息をつく。

無理もない。真奈は多分、恋を元気の素《もと》にするタイプの女の子なのだろう。それが、憧《あこが》れの男の、あんな姿を見てしまっては、ショックを受けるなというほうが酷《こく》だ。いくら、何も異常なことではないのだと頭では理解できても、生理的嫌悪感はそう簡単に払拭《ふっしょく》できまい。

まあ、捨て科白を吐いてゆく元気があれば、時間はかかっても、いずれ立ちなおるだろう。いまは、そっとしておくに限る。というより一刻も早く、一連の事件にそれらしい説明をつけて自分を納得させ彼女を通常世界に戻してあげなければ。

真奈はこのまま〝時間牢〟の中に閉じ籠っていたいという。それはそれなりに本心なのだろうが、ショックが薄れれば気持ちも変わるはずだ。彼女を立ちなおらせるためには、とにかく時間をもとに戻すことが先決である。

実際には、真奈という娘は見かけ以上にタフで、ショックを受けたからといって寝込んでいるようなタマではないのだが、この時はまだ、彼女の本性を見極《みきわ》めていない統一郎、何とかしてあげなければと健気《けなげ》に思い悩む。

じっくりと考えるために、まず腰を落ち着けようと、〈ワッコドナルド〉の向かい側に在る〈なかがわ屋〉という蕎麦屋《そばや》へ入る。カツ丼や和定食など、蕎麦以外のメニューも豊富な店である。

ネクタイを締めた営業マンふうの男の前にザルソバが届いたところだ。統一郎はメニューを見て値段を確認すると、百円玉を幾《いく》つかその客の手の下に置いて蒸籠《せいろ》を拝借。

空《あ》いているテーブルに座ってザルソバをたぐり込みながら、考え始めた。コップのお冷やが少し臭《にお》うような気もしたが、事件のことで頭がいっぱいで、それどころではない。

さっき真奈にも説明しかけていたように、一連の事件の被害者たちは無差別に選ばれたと統一郎は考えている。ただ、そこから、どんなふうに仮説を進めていいのかが判らない。

被害者たちは無差別に選ばれた——ここまではいい。しかし、そうなると、直接手を下した犯人が少なくとも四人いる理屈になってしまう。さっきは真奈に、それなら四人いたんだろうさ、みたいに投げやりに答えてしまった統一郎だが、その考え方には自分でも納得できない。少なくとも、すんなりとは受け入れられない。

しかし四人がほぼ同時に刺されているらしいという状況がある以上、犯人も四人いるとしか考えようがないことも確かだ——統一郎の思考は、いつもここでつまずいてしまう。

ふと、変な疑問が浮かんできた。

……あの四人は、ほんとうに刺されているのだろうか？

なぜそんな疑問を抱いたかというと、あの被害者たちはもしかして、あらかじめ示し合わせた上で同時刻に、それぞれが我が身を刺したのではないか、と思いついたからである。突飛《とっぴ》な想像だ。しかし、謎の犯人たちが四人、同時刻に示し合わせていっせいに犯行に及んだと考えるよりも、はるかに現実的に思えるし、彼らがなぜ自分自身を刺すような真似《まね》をしなければいけないのかという疑問にしても、実際には刺されていないのだとすれば、自動的に氷解しそうな気がする。

あの（A氏を除いた）三人の穏《おだ》やかな表情は、刺されたのと時間が止まったのが同時だったという解釈の他に、実は、あの柄《え》が本物の刃物のそれではないという見方もできるではないか。あらためていうまでもなく、彼らが死んでいるのかどうかの確認はできない。たとえ生きていようとも脈は打っていないのだから。しかし。

しかし、彼らがほんとうに刺されているのかどうかの確認は容易だ――統一郎は立ち上がった。凶器の刃物を抜いてみればいい。

ただ、問題がある。刃物を抜くのはいいが、もしほんとうに刺されていた場合、それによって傷を深くしてしまう、などという心配はないのだろうか。統一郎には医学的な知識がまったくない。刃物が傷口の栓《せん》の役割を果たしている場合、本格的な治療を施《ほどこ》す直前まで抜かないでおくほうがいいとか聞いたことがあるような気もするのだが、自信がない。もしかしたら実際は、むしろ一刻も早く抜いておいてあげるほうがいいのかもしれない。

どちらにしても、彼が〝干渉〟することで被害者たちの容体が悪化しては困る――統一郎の心配は、それだった。

迷った挙げ句、とりあえず、ひとりだけ選んで凶器を抜いてみることにした。〈エンジェル〉にいる例のナンピアくんにしよう。統一郎は自覚していないが、この選択には、真奈がナンピアのことを蛇蝎《だかつ》の如《ごと》く嫌っているという事実が、かなりの影響を及ぼしている。〈エンジェル〉に赴《おもむ》くと、ナンピアくんは相変わらず、にたにた笑ったまま、包丁の柄を腹から生《は》やしている。

統一郎はカウンターの裏に回った。皿を洗っている恰好のまま固まっている従業員の身体を避けて、おしぼりを持ってくる。

指紋を残さないように、おしぼりで柄を包んで引っ張った。どう見ても本物としか見えない刃先が現われる。

筋肉運動が停止して刃をまったく嚙《か》み込んでいなかったせいだろうか、あっさり抜ける。統一郎は、そんな必要もないのに、音をたてないよう気をつけて包丁をテーブルに置いた。意外にも、刃には血痕《けっこん》がまったく付着していない。が――。

見ると、ナンピアくんのシャツには切り傷が出来ている。統一郎は、彼のシャツのボタンを外《はず》して前をはだけてみた。

赤っぽい肉の裂《さ》け目が見えた。傷は思ったほど深くない。不謹慎《ふきんしん》な言い方だが、むしろ拍子《ひょうし》抜けするくらい浅い。刃先は一センチも入っていなかっただろう。

これまでなんとなく、すごく深く刺さっているかのような錯覚をしていたが、それは包丁が止まっていたからだ。通常ならば、こんなふうに突き立てられたみたいな状態をとどめることなく、すぐに落下していただろう。〝時間牢〟の中にいるがゆえの思い込みだったというわけだ。

まちがいない。刺されている。刃に血痕がまったく付着していないのが不思議だが、刺されたのと時間が停止したのがゼロ・コンマ・ゼロ・ゼロ秒単位まで同時だったとすれば、あり得ない話ではない。とにかく、ナンピアくんが刺されているのは確かだ。

ということは、被害者が自分で自分を刺した、なんて考え方はまちがっているのか……？

統一郎は考え込む。ふと、さっきテーブルに置いたばかりの包丁が眼に入った。柄に刻《きざ》まれた模様や刃の形など全体的なデザインが、どこかで見たことのあるもののような気がする。

どこで見たのだろう？　ほんの、つい最近のことのように思うのだが……。

憶《おも》い出した。さっき、おしぼりを取った時だ。カウンターに戻ってみると、まな板に置いてある包丁の色や形が凶器のそれと同じだ。同じメーカーのものらしい。

つまり凶器の包丁は、この現場で調達されたものだった――そういうことになりそうだ。といっても確証はないし、たとえそうであったとして、調査に何か進展があるのか。

統一郎は〈エンジェル〉を出た。少し迷ったが、凶器の包丁は、そのままテーブルの上に置いておくことにする。抜き取るまではともかく、まさか、刺しなおしておくわけにもいかない。考えただけで、ぞっとする。

真奈に教えてもらった近道を通り、統一郎は今度は〈ワッコドナルド〉へ赴く。

当初は特に何の当てがあるわけではなかった。しかし補導員のおばさんの脇腹に刺さっている包丁を見ているうちに、ふと閃《ひらめ》く。

厨房《ちゅうぼう》へ行った。堀井嬢に刺さっている包丁を見てみる。やはり柄が、補導員のおばさんに刺さっているものと似《に》ている。

当初はナンピアくんだけのつもりだったが、統一郎は思い切って、ふたりに刺さっている包丁も抜いてみることにした。

先《ま》ず堀井嬢。ナプキンで柄を包んで指紋がつかないようにして抜くと、制服が裂けている。赤っぽい傷口が覗いた。

そして補導員のおばさん。やはり服が裂けて、傷口が覗いている。

ナンピアくんと同様、ふたりともほんとうに刺されている。やはり、傷はあまり深くないが。

二本の包丁を並べて比べてみた。刃の形が微妙にちがうが、柄に刻まれた模様や色は、まったく同じだ。そして同じ模様と色の柄の包丁は厨房に、あと三本ある。多分これもセットで販売されている包丁なのだろう。

驚いたことに二本とも、さっきのナンピアくんの場合と同様、まったく血痕が付着していない。ふたりともほんとうは刺されていないのではないか、と錯覚してしまうほど綺麗である。しかし、堀井嬢と補導員のおばさんが刺されていることは絶対に確かだし、出血する直前の微妙なタイミングで時間が停止したのだとすれば、あり得ない話ではない。ただし、そうなると三人は、ゼロ・コンマ・ゼロ秒の誤差もなく、完全に同時に刺されたという理屈になってしまうのだが……。

統一郎は、とりあえず犯行のタイミングの問題に関しては考えないことにした。いまは事件のもっと全体的なフレームを見極めることのほうが大切だ。そう思いながら凶器の包丁を、堀井嬢と補導員のおばさんのそれぞれ足もとに置く。持ってゆくわけにはいかないし、時間が元どおりに流れ出した場合、凶器が被害者の近くにあったほうが警察にとっても何かと都合がいいだろうと判断したからである。その際、二本の包丁を置く場所を互いにとりちがえたような気もしたが、見た目が同じなので、いまさら確かめようがない。

ここでも凶器は現場で調達されていたらしい。それはいいのだが、せっかくの思いつきも、結局まちがっていたという結論になりそうだ。

彼らがほんとうに刺されている以上、被害者たちの自作自演だという説は成立しない。お芝居ならばともかく、ほんとうに自分を刺す、なんて真似は、まさかするまい。単なる自殺ならば判るが、それなら四人が示し合わせて同じ時刻に実行する必要なぞないだろう。

では、いったいどういうことなんだ……勢い込んでいたわりには、統一郎は早くも自信を失いかけている。

＊

そのころ。

統一郎と別れた真奈は、まだ帰宅せずにいた。家へ帰って寝るといったのは、その時は思い切り本気で別に嘘をついたつもりもなかったのだが、途中でいろいろやっているうちに、すっかり気が変わったのである。

〝いろいろ〟やることになったきっかけは、自宅に向かっている途中で、ふと思い立ち、アーケードに戻ったことだった。さっきの金髪青年が、女子大生らしき娘を後ろから押し倒すみたいにして路上に転がっている。

真奈は、そっと周囲を見回した。統一郎が近くにいないことを確認する。実は彼はこの時、アーケード内の〈なかがわ屋〉でザルソバを食べながら考え込んでいたのだが、もちろん真奈はそんなことを知らない。

真奈は、にたっと淫靡《いんび》な笑いを浮かべた。しゃがむと金髪青年のベルトに手をかけた。下着ごとズボンをずり下ろす。ついでに、彼の両手を娘の胸に回して、後ろから抱きついているような恰好をとらせてやった。

けけけ。

仕上げに満足した真奈は、三白眼《さんぱくがん》を三日月《みかづき》形にして、独り下品な忍び笑いを洩らす。ざまみろ。これで時間が元どおり動き出したら、コイツ、白昼堂々の婦女暴行未遂容疑で逮捕だぜ。せいぜい泣きっ面《つら》をかけっちゅうの。

ずっと後になって、この時の己《おのれ》を振り返ると、真奈は怖《こわ》くなる。冗談では済まされない。悪質きわまる悪戯《いたずら》である。しかし、この時の彼女は、自分はこれくらいやったって許されるはずだという気持ちだったのだ。いやむしろ、こうやって世のオトコどもを成敗《せいばい》するのが己の使命だと思い込んでしまったふしすらある。

真奈がおかしくなってしまった原因は、むろん杉本に対する幻滅だ。どうせ男なんか、どんなにきれいごとをいったって女を見ながら何を考えているか判りゃしない。この金髪だって家族だの何だのとご託《たく》を並べながら、その実、愛とは一発やることだ程度にしか認識していないに決まっている。その欲望を白日《はくじつ》の下に晒《さら》してやっても、それはあたしが悪いんじゃない——真奈は己の悪戯を、そう正当化する。もともとコイツらが薄汚いのがいけないいんだもん、と。

滅茶苦茶《めちゃくちゃ》な論理である。

真奈は、横に立っている大学生ふうの男のズボンも同じように、下着ごとずり下げてやった。彼女がいきなり背後から外国人に襲われて、なんのつもりだおまえと摑《つか》みかかろうとしたら、自分も下半身すっぽんぽんの変質者状態では、怒るに怒れまい。うははは。こらおもろい。

考えてみれば、こういう悪戯こそがストップモーション能力の醍醐《だいご》味ってもんよね。時間が元どおり動き出したら当然勃《ぼっ》発《ぱつ》するであろう大騒ぎと、それによって引き起こされる醜態と悲喜劇の人間ドラマを想像し、真奈は独り、げらげら大笑い。ますます悪ノリする。

よーし。次、行ってみよっか。

通行人の男という男のズボンを下着ごとずり下げて回る。当然その度《たび》に醜悪な男のモノが露出して、普段の真奈なら羞恥《しゅうち》のあまり大騒ぎするはずが、この時は、やりたい放題の快感にとりまぎれて、まったく気にならず。むしろ、ほうほう、コイツのはこんな形かと、ほとんど品定めのノリ。とんでもない破廉恥《はれんち》行為に及んでいるという自覚は頭の隅《すみ》にあるものの、もうこうなると酔っぱらっているのと同じで完全な忘我状態。次から次へと、通行人だけでは飽《あ》き足らず、目についた店に入っては、そこにいる客たちのズボンを下ろして回る。ほりゃ、オマエも脱げ。脱がんかい。

このところ、〈なかがわ屋〉、〈エンジェル〉、そして〈ワッコドナルド〉と移動していた統一郎に彼女が出くわさなかったのは純然たる偶然だが、もちろん真奈は、そんなの知ったこっちゃない。邪魔《じゃま》が入らないのをいいことに乱暴狼藉《ろうぜき》ざんまい。無茶し放題。たとえ統一郎に出くわしていても、この勢いは止まらなかっただろう。

悪戯の内容もだんだんエスカレートしてくる。たとえば、男同士を互いに向かい合わせて抱擁《ほうよう》のポーズをとらせたり、とか。わざわざお互いの腰に手を回させて、まるでキスでもしているみたいに顔をくっつけさせる。しかも、両方ともズボンをずり下げてやった上でだ。

うひゃひゃひゃひゃ。時間が動き出したら大騒ぎだ、こりゃ。愉快ゆかい。他人を好きなようになぶるのって快感ね。まるで自分が神サマにでもなったみたいな気分。こりは、やめられまへんな。歯止めの利《き》かない真奈は、次から次へと冒瀆《ぼうとく》的な悪戯を思いつき、見知らぬひとびとに対して人間の尊厳を無視した凌辱《りょうじょく》の限りを尽《つ》くす。

最初は男たちしか標的にしなかったのが、そのうち目につく女性という女性が自分よりもずっと幸福そうに思える被害妄想にかられた真奈は、なによ、あんたたち、いい気になってんじゃないわよ、あたしが懲罰《ちょうばつ》してくれるとばかりに文房具屋に飛び込むと、筆ペンを持ち出してきた。通行人の女性たちの眼の周《まわ》りを黒く塗りつぶしてパンダ顔にする。鼻の下に無惨《むざん》な髭《ひげ》を描《か》きまくる。身体をよじって、ぎゃははははと笑いころげた。

もしもこの時の真奈の姿を目撃する者がいたとしたら、彼女の眼の異常な輝きに気づき、恐れおののいただろう。はっきりいえば、真奈は一時的に精神の均衡《きんこう》を失い錯乱《さくらん》していた。分裂していた、ともいえる。なぜならば、悪戯はすべて時間が元どおりに動き出さなければ何の効果もない。当然、真奈は早く時間が動き出さないものかとわくわくしている。自分が仕掛けた悪戯の成果が、あちらこちらで一挙に爆発するのを、いまかいまかと待ち受けている。

しかし同時に真奈は、さきほど統一郎に宣言したように、〝時間牢〟から出たくないとも思っているのである。もうもとの生活には戻らず、永久に〝ここ〟に閉じ込められたまま朽《く》ち果ててしまいたい、と。これはこれで本気で思い詰めているのだ。悲壮かつ真剣に。

その矛盾を真奈はまったく自覚していない。ただヒステリックに、無関係なひとびとを辱《はずかし》めることに狂奔《きょうほん》する。

＊

「う」

ふいに統一郎は呻《うめ》いた。ぐるぐると何かが内臓を傍若無人《ぼうじゃくぶじん》に駈《か》け巡《めぐ》る。腹を押さえた。慌ててトイレへと走る。

＊

真奈は、さきほど文庫マンガを買った〈硝子堂書店〉に乱入する。さあ、ここでもやったるでえと舌なめずりせんばかりに輝いていた眼が、ふと、ひとりの男を捉《とら》えた。

「あ」と思わず声を上げる。真奈の学校の国語教師で、金ヶ江《かながえ》という男だ。その事実が真奈を、少し正気に戻す。

真奈は、この四十すぎの男性教諭が大嫌いだ。真奈だけではない。ほとんどの生徒がコイツを毛嫌いしている。なにせ授業中にいきなり「黙禱《もくとう》」なんていうから何ごとかと思えば、「今日はボクが昔付き合っていた彼女の命日でしてね」などと堂々と吐かすナルシストである。ばかやろお、鏡見てからものを言えって。マルメガネでもじゃもじゃ頭、小太りのむさ苦しい男のくせして。なに。昔付き合ってた彼女の命日だと？　アンタなんかと付き合わなきゃいけない我が身をはかなんで自殺でもしたんじゃないの、それは。どっちにしろ、そんなこたあたしらには関係ないわい。授業中に勝手に黙禱させるな。面喰《めんく》いの真奈にとっては、世界で一番許しがたい男なのであった。

待てよ。真奈は、あることに思い当たる。そういやコイツ、生徒部じゃなかったっけ？　そうだ。たしか校内生活指導だけじゃなくて校外補導もしているはずだ。現に、いまも金ヶ江は、並んでいる書籍には見向きもせずに、誰か探しているみたいな素振《そぶ》りと陰険な眼つきのまま固まっている。

てことはコイツ、この地区の巡回担当なんだ。愕然《がくぜん》となる。これまで何日も、この界隈《かいわい》で〃待機〃していた真奈が金ヶ江に捕まらなかったのは、ひとえに幸運だったとしか言いようがない。くそ、鬱陶《うっとう》しいヤツめ。よし。真奈は再び、にたっと淫靡な笑いを浮かべる。あたしの邪魔ができないよう、この界隈には二度と顔を出せないカラダにしてやるわ。うふふ。

これまでのオトコどもと同じように下着ごとズボンをずり下げると、近くにいたおばさんのスカートの裾《すそ》を引っ張ってきて、その手に握らせてやる。どこからどう見ても、立派な変態さんの出来上がり。ついでにシャツの前をはだけて三段腹に、筆ペンで象の顔を描いたりして。ぷはははははっ。普段の金ヶ江のナルシストぶりとの、そのあまりのギャップに真奈はたまらず、腹をかかえて笑いころげた。ひーおかし。涙が出てくる。どこからどう見てもバカ丸出し。これでめでたくコイツも再起不能だ。ざまみろって。あたしも邪魔されずに、心おきなく杉本先生の〃待機〃ができるってもので……。

そこで真奈は、はたと我に返った。よく考えてみれば、もうこの界隈に通ってくる必要はなくなっているではないか、と。たしかに、彼女がこれまでどおり〃待機〃を続行する意志があるのであれば、金ヶ江の存在は邪魔になる。いまのうちに封じ込めておかなければいけない。

しかし、気がついてみると真奈には、もうそんな気がなくなっているのだ。杉本に対する思慕《しぼ》は、もうきれいさっぱり消滅している。したがって、この界隈で〃待機〃するつもりも、もうまったくない。そんな己の胸中にあらためて思い至り、真奈は一気に冷静になった。

思えば、ここで他ならぬ金ヶ江に出くわしたというのも、真奈にとっては象徴的な出来事かもしれない。彼女はこれまで、金ヶ江なんて杉本と比べたら同じ人類の雄《おす》とはとても思えない、などと侮蔑《ぶべつ》していたのだが、こうしてストップモーションの中で見比べてみると、ふたりの間には本質的なちがいなぞ何もないと、よく判る。多少、顔の造作はちがうかもしれないが、所詮《しょせん》ふたりとも、むさ苦しいオトコに変わりはない。

あれほど恋い焦《こ》がれていた杉本が金ヶ江ごときとまったく同質に見えてきたことで、真奈は完全に理性を取り戻した……いったい何をやってるんだ、あたしは。さっきまでの己の痴態が虚《むな》しい後悔とともに甦《よみがえ》る。こんなばかなこと、している場合じゃないのに。

そう反省した。心から。しかし真奈は、反省することと、それを態度で示すのとはまったく別という人間でもある。

いったい何人の男のズボンをずり下げ、何人の女の顔に髭を描き散らかしただろう。もはやアーケード内では被害に遭《あ》っていない者を探すほうがむずかしいくらいの惨状だ。

どうしよう。やっぱ、やばいよね。時間が動き出したらさ、パニックだよね。そう憂《うれ》うものの、しかしだからといって、ひとりずつ地道《じみち》にもとに戻してあげようという気にはならないのが真奈という娘なのであった。えー、そんなめんどくさいことするのヤあよ——などと平然と居《い》なおる。

自己欺瞞《ぎまん》の塊《かたまり》のような性格をフルに発揮して、真奈は己の所業の後始末をしないで済む、とびきりの言い訳を思いついた。そうよ。これらの悪戯ってさ、効果を発揮するのは、あくまでも元どおり時間が動き出した後の話なんだわ。だったら、いつまでもこのままの状態ならば、別に何の問題もないって理屈になるじゃん。ね？　ね？

そんな無茶で自分勝手な言い種《ぐさ》があるかと、どこからも突っ込まれないのをいいことに、真奈は独り得心する。うん、そうそう。それに、よく考えてみれば、あたしはそもそも時間が動き出すことを望んではいないのだわ。ずっと〝ここ〟にいて朽ち果てる決心をしたのだわ。そうよ、あたしはもう誰も愛さないのだわ、この破れた心と一緒に我が身を〝ここ〟に封印するのだわ、永遠に——などと。さっき金ヶ江のことをさんざんナルシストだと非難したその舌の根も渇《かわ》かぬうちに、思い切り筋ちがいな自己陶酔に浸《ひた》りきる真奈であった。

誰が何といおうと、あたしは〝ここ〟から出てやらない。そのためには、あの末さんが〝納得〟しちゃうのは困る。何とか妨害しないと。

真奈はアーケードを抜けて大通りへ出た。この際にも統一郎とは行きちがいになり、交差点の前のA氏が倒れている場所へ、すんなり赴《おもむ》く。

A氏の身体を見下ろした。すべてはここから始まったのだから——真奈は考える。ここから検討しなおさなくては、と。

真奈は再び〝謎〟に燃える。自分が先に解明してやる、と。むろん〝時間牢〟から脱出するためではない。そうしないと、統一郎の調査の妨害を効果的にできないからだ。彼をミスリードするためには先ずこちらが事情に通じていないとね。

ふふん。見てらっしゃい。末さんなんか絶対に真相には辿《たど》り着けないようにしてやる。引っかき回せるだけ引っかき回してやる。このまま一生、納得できずに悩んでいればいいんだわ。

そう自棄っぱちになっている原因は、もちろん杉本の一件のショックが癒《い》えていないせいだ。それどころか、ますます増幅してくる。頭の片隅では、もとの世界に戻ったほうがいいと理性が囁《ささや》いているのだが、真奈は意地になっていた。〝時間牢〟からは絶対に出てやらない、と。それほど杉本に対する幻滅は大きかった。というより、あんな男の言動に一喜一憂《いっきいちゆう》していた自分が許せないというべきか。そんなあたしなんかもう、このまま無に帰してしまえばいいんだ、と。

そのためには、統一郎に〝納得〟してもらっては困る。あくまでも彼の調査を妨害する。もちろん表面的には協力するふりをしつつ、その実、偽《にせ》の証拠を捏造《ねつぞう》したりして事件の様相を一層複雑にしてやるのだ。おほほほ。末のヤツ、せいぜい混乱して苦しむがよいのだわ。

しかし……真奈は身を屈《かが》めてA氏を覗き込んだ。偽の証拠といっても、ね。

いまさら何か手がかりになりそうなものをA氏のポケットとかに入れておくわけにもいかない。だって、さっき調べた時にはなかったものが後になって出てきたりしたら、統一郎だって変に思うだろう。結果的に、真奈が陰謀を巡らせていることを看破《かんぱ》されかねない。

しかし、繰り返し強調するが、すべてはA氏から始まったのだ。統一郎だって、いずれはA氏のことをもっと詳しく調べなおしてみようという気を起こすかもしれない。それに備《そな》えて何か妨害工作を施《ほどこ》しておけないものか――

「ん？」思わず真奈は声を上げた。「あれ？」

さっき統一郎と一緒に調べた時には気づかなかったのだが――

あらら……こんなものが。

へえ。

ということは——なるほど、そういうことだったのね。ふーん。真奈は、にたり、と邪悪かつ会心の笑《え》みを浮かべた。

よし。これよ。とりあえず妨害工作の第一弾として、この〝証拠品〟を隠す。それがどういう効果を及ぼすかは、まだ判らないけれど、とにかくこれは彼には見せてやらない。事件は絶対、解明させてやらないんだもんね。

実際には、真実が暴《あば》かれるかどうかではなく統一郎が納得するか否《いな》かが問題である以上、妨害工作をしたと彼女が勝手に思っていても、却《かえ》ってそれが裏目に出てしまう可能性もあるわけなのだが、真奈はそんなことには全然思い当たらない。何がなんでも妨害してやるもん、と。

ひたすら夢中になっている。

＊

……もしかして、さっき食べたザルソバが悪かったのだろうか。

男性便器の前で用を足《た》す姿勢のまま固まっている若者の身体を避けながら、統一郎は個室を出た。トイレから出ようとして、よろめく。いや、待てよ。あのお冷やのほうかな。あの水、なんか臭ってたような気がする。

いずれにしろ、もうここのトイレは使えない。次に用を足す時は別の場所にいかねば――そう思いながら〈ワッコドナルド〉を後にした。

さて。再び調査は行き詰まってしまった。これから、いったいどうしよう。

統一郎には、どうも思考が行き詰まると、発想が極端に走る傾向があるらしい。はたして被害者は、あの四人で全部なのだろうか……今度は、そんな疑念が浮かんできた。

A氏から堀井嬢、堀井嬢からナンピアくん、そして補導員から杉本氏へと。一種のリレー形式で辿ってきて、杉本氏のところで一応、事件の流れは途切れた感じである。

しかし、はたしてほんとうにそうなのだろうか。杉本氏は無事だ、刺されていない――統一郎は咄嗟《とっさ》に真奈にそういったが、実をいうと、彼の姿をあまり子細《しさい》には見ていないのだ。

それはそうだろう。下半身を剥《む》き出しにして己のいちもつを握りしめている男の姿なぞ、あまりしげしげと見つめるようなものではない。それに真奈にしても、杉本氏が何をしているのか気がついた途端《とたん》、絶叫して眼を覆ってしまったから、彼の様子を詳しくは観察していまい。

まさか、とは思うが……。

一旦《いったん》気になり始めると、確認せずにはいられなくなった。統一郎は踏み切りへ向かう。

「……ん？」

足が止まった。

唖然《あぜん》となる。アーケードでは、予想もしなかった光景が展開されていたのである。

ズボンをずり下げられた男や、顔に髭を描かれた女たちで溢れかえっている。天下の公道だけに、その眺めのなんと異様なこと。すべてが停止しているという事実が、その異様さに拍車をかけ、ほとんど地獄絵の様相すら呈《てい》している。笑いを通り越して恐怖の世界だった。

さっきまでこんな異常は認められなかったのだから、これは明らかに時間が止まった後で為《な》された暴挙だと知れる。

真奈の仕業《しわざ》だ……。

そう悟ったものの、統一郎はどうしていいか判らない。当初は、自分の手の届く限りもとに戻しておいてやらねばと思ったものの、すぐに諦《あきら》めた。如何《いかん》せん数が多すぎる。だいたい、女性の髭をどうやって消したらいいのかが判らない。水で落ちるとは思うのだが、それだと化粧まで一緒に台無しにしてしまいそうだし、うまく拭《ぬぐ》えなかった場合、もっと悲惨なことになる可能性すらある。

要するに、あれこれ考えているうちに、統一郎もめんどくさくなってしまったのである。それに、いまはそれどころではない。なんといっても殺人事件（あるいは未遂か？）が、たて続けに起きている現状なのだ。そちらを何とかするほうが、どう考えても先決である。

――という具合に、真奈にそっくりの自己欺瞞《ぎまん》を駆使して、悪戯されたひとびとをあっさりと見捨てた統一郎だったが、一応、彼女に対するひとことは忘れない。

「まったく……あの娘は」

すべてを見なかったふりをして、統一郎はそのまま杉本のマンションへと向かった。

二〇一号室のドアは、ロックとチェーンを外されたままだ。

入ってみる。杉本は相変わらず、なさけない恰好のままテレビ画面に向かっている。嫌悪感とも羞恥心ともつかぬものを抑えて、統一郎は、彼の前へ回ってみた。

「あ……」

呻きが洩れる。やっぱり……そう思った。杉本は両手を己の股間に伸ばしている。その腕の陰に隠れて見えにくいのだが、鼠蹊《そけい》部にペティナイフとおぼしき柄が生えているのだ。

やっぱり事件の〝環《わ》〟は、まだ閉じてはいなかったのだ。しかし……。

しかし犯人は、どうやって彼を刺したのだろう。統一郎が最初にこの部屋へ入った時、ドアにはロックとチェーンが掛けられていた。ベランダのガラス戸は開いていたものの、ここは二階だし、それに室内に他のひと影は見当たらなかった。

ということは、これは〝密室〟……。

待て。まてまて。統一郎は、とりあえず杉本のことを考えるのは後回しにすることに決めた。かくなる上は、〝環〟がどこまで続いているのかを見極めるのが先だと。

はたして、どこまで続くのか？

〝環〟がどこで閉じているのかを見極めよう。全体像を考えるのは、その後だ。

となると、今回のリレーの〝バトン〟は……統一郎は、脱ぎ捨ててある杉本のズボンのポケットを探ってみる。

何もない。

ふと思いついて、グリーンのビニール袋を手にとった。ビデオショップ〈王冠《おうかん》〉という店名のロゴと住所がプリントされている。

七章　ハイパー・トラップ——時のない仕掛け

アーケードを抜けて、ビデオショップ〈王冠〉に向かおうとした統一郎は、その途中で真奈と出会った場所を通りかかる。

A氏が倒れている。真奈がひと足先に、かなり重要な証拠品をこの場所から持ち去ってしまったことを、この時、統一郎はまだ知らない。

一旦《いったん》通りすぎかけて、ふと足を止める。戻ってきた。身を屈《かが》めると、自分のハンカチで柄《え》をくるみ、A氏に刺さっているナイフを抜き取ってみる。特に何か思惑《おもわく》があったわけではなく、単にルーティン化した確認のつもりで。

やはり血の流れていない傷口が覗《のぞ》いている。しかし他の三人とちがうのは、A氏に刺さっていたのがナイフだという点だ（統一郎は正式な刃物の分類法には疎《うと》いが、杉本のペティナイフについては、華奢《きゃしゃ》な柄を見るかぎり、調理用という趣《おもむき》に思えたので、さしあたり包丁の〝仲間〟としておく）。

統一郎は、しげしげと凶器を見てみる。折り畳《たた》み式の、何の変哲もないナイフである。先の〈未確認の杉本を除く〉三人と同様、やはりまったく血痕《けっこん》が付着していない。

ふと違和感を覚える。これまでの凶器も綺麗《きれい》だったが、このナイフの綺麗さは、これまでのものとは異質だと思い当たった。まるで店で買ったばかりの新品のようだ。

これは、どこから調達されたものだろう……そう思って周囲を見回してみる。アーケードの入口付近に雑貨屋が在《あ》った。〈河内《かわち》商店〉という看板が掲《かか》げられている。統一郎はナイフを持ったまま、その店へ入ってみた。

雑然とした店内の一角に、同じ柄の折り畳み式ナイフや飛び出しナイフが多数陳列されている。一時期、青少年による凶悪犯罪が多発した際、この手のナイフの販売を自粛《じしゅく》する店が相次《あいつ》いだような記憶が統一郎にはあったが、この店は、まるで専門店並みの品揃《しなぞろ》えである。

A氏に刺さっていた凶器がこの店から調達されたものなのかどうかは判《わか》らないが、他の四人のケースと併《あわ》せて考えると、その可能性はある。現場、もしくはその付近から凶器は調達される――これは一連の事件の法則性と解釈するべきかもしれない。杉本のペティナイフも、確証はないが多分、自室のキッチンに常備していたものなのだろう。そう考えて不自然な点は、いまのところない。

統一郎は〈河内商店〉を出て、凶器のナイフをA氏の傍《かたわ》らに置く。

ふと思いついて、彼の足もとに落ちている写真週刊誌を持ち上げ、その下を覗いてみた。しかし何も落ちてはいない。

写真週刊誌をもとに戻した統一郎は、ビデオショップ〈王冠〉へと急ぐ。

銀行から、かなり先へ入ったところの狭い路地に平屋の建物が在る。同じ屋根の下、右側が中華料理店、左側が〈王冠〉だ。看板には『洋画・アニメ・アダルト続々新入荷』とある。

自動ドアを抜けて店へ入ろうとした統一郎は、勢いあまってガラス戸に激突した。尻餅《しりもち》をつく。これは、そうか、開《あ》かないんだっけ。

〝時間牢《ろう》〟の中にいるかぎり電気は流れないのだ。こんな当然のこと、何度も体験していて判っているはずなのに、なんという迂闊《うかつ》さ。やっぱり今回は調子が狂っている、それも多分、真奈のせいで……赤くなった鼻をさすりながら、統一郎は自嘲《じちょう》的な笑《え》みを洩《も》らした。

そういえば、これまで自動ドアの建物に敢《あ》えて入ってみたことはない。どうすればいいんだ。手でこじ開けられるのかな？　以前どこかで停電した際、自動ドアを手でこじ開けている光景を見たことがあるような気がする。

試してみた。しかし統一郎の要領が悪いせいだろうか、扉《とびら》は一向《いっこう》に動く気配がない。不器用だからなあ、オレって……ちょっと落ち込む。おまけに非力で。

ガラス戸に顔を貼《は》りつけて店内を覗いてみる。レジの奥に商品を並べてある棚《たな》が在ると思われるが、衝立《ついたて》に遮《さえぎ》られていて、中に客がいるのかどうかも判らない。

どこかに通用口でもないだろうか――そう思って周囲を見回した統一郎は、ふと、隣の中華料理店に入ろうとして固まっているパンチパーマの男に気がついた。

男はドアの把手《とって》に手を掛けている。口髭《くちひげ》を生《は》やして色付きメガネを掛けているので、統一郎の位置からは表情が判然としない。

しかし、その背中に柄が生えているのは見てとれた。おそらくは包丁の。

統一郎は男に歩み寄った。男は苦虫《にがむし》を嚙《か》みつぶしたような顰《しか》め面《つら》で穏《おだ》やかな表情とは言い難《がた》いが、さりとて刃物に刺された苦痛に耐えているふうでもない。きっと、もともとこんな顔つきなんだろうと思いながら、ハンカチで柄をくるみ、包丁をその背中から抜いてみた。

アロハシャツの生地《きじ》が裂《さ》け、傷口がぱっくりと開いている。

やはり刃には、これまでどおり血痕はまったく付着していない。ほんとうにこれが人体に埋まっていたのだろうかと、つい疑ってしまうほどの綺麗さだ。しかし、どう見てもパンチパーマの男は刺されている。それはまちがいない。

ふと統一郎は中華料理店の看板を見上げる。〈龍虎園《りゅうこえん》〉とあった。包丁を持って、パンチパーマの身体《からだ》を避けながら店内に入ってみる。

満席だ。客たちは、ある者はビールジョッキを傾けた姿勢で、ある者は麵《めん》を口にたぐり込みかけた姿勢で、それぞれ固まっている。もしかしたら痴話喧嘩《ちわげんか》の最中だろうか、険《けわ》しい顔つきで互いを睨《にら》み合っている男女もいた。

統一郎は厨房《ちゅうぼう》に入ってみる。

料理人たちが使っている包丁や、包丁立てにおさまっている包丁と見比べてみた。だが今回は特に柄の模様や形が似《に》ているものは見当たらない。そういつもいつも、彼の求める手がかりが得られるとは限らないようだ。

まあいい。これまでのケースからして、凶器がこの厨房から調達された可能性は高い。とりあえず、それで充分だろう。

統一郎は店を出て、凶器の包丁をパンチパーマの男の足もとに置いた。男のポケットを探《さぐ》ってみる。はたしてこれで〝リレー〟は終わりか、それとも〝バトン〟が何か出てくるのか……。

分厚い財布が出てきた。お札は一枚しか入っていないが名刺が山ほど入っている。数が多すぎて、これが〝バトン〟だとは、ちょっと考えにくい。その中に男自身のものが含まれているのかどうかも判らない。ざっと見たところ、少なくとも、だぶっている名刺はないようだが。運転免許証の類《たぐい》は見当たらない。持っているとしても車の中に置いてあるのだろうか。

もどかしい気持ちを抑《おさ》えながら、さらに男の尻のポケットを探ってみると、紙片が出てきた。見るとレシートだ。

レシート……なにしろA氏の前例もある。統一郎は、これだと確信した。

〈硝子堂書店〉とある。たしか、アーケード内に在る店だ。

日付が今日の午後一時十分となっていた。商品は文庫が一冊。

しかし男は、書籍らしきものを持っている様子はない。車で来たのなら、その中に置いてあるのかもしれないが、店の前の駐車スペースに停《と》められている乗用車の中を覗き込んでも、〈硝子堂書店〉の紙袋などは見当たらない。

まあいい、とにかく〈硝子堂書店〉へと行ってみよう。

＊

早く決着をつけたい統一郎とは裏腹に、いつまでもこの泥沼状態を引っ張りたい人物がいた。もちろん真奈である。

統一郎が事件の〝環《わ》〟を追いかけるのに必死になっているころ、真奈は真奈で、何とかA氏の素性《すじょう》を突き止めようと躍起《やっき》になっていた。

もちろん〝謎〟を解明するためなのだが、真奈の目的は、その上で真相を統一郎の眼から隠蔽《いんぺい》することにある。なにせ〝時間牢《ろう》〟の中で朽《く》ち果ててやるわ、と決意している彼女だ。

統一郎を出し抜くためには、何としてもA氏の素性を突き止めなければいけない。そう真奈は考えていた。それさえ判っていれば、あとは如何《いか》なるミスリードも自由自在なのだから、と。

ただ、A氏の素性を探るといっても、彼の氏名や住所などは調べようがない。そういう身元照会的な問題は、この際、真奈にとっては、あまり重要ではない。

彼女の興味は、ただひとつ。それはA氏が、この町でいったい何をしようとしていたのか、という疑問だ。それさえ判れば、彼がいったい何者なのか、おおよそのところは想像できる。

真奈はすでに、ひとつの仮説を組み立てていた。あとは彼女が想像しているものが、そこに在るかどうかを確認するだけ。

真奈は自信があった。なにしろ彼女は、統一郎が全然気がついていない、重要な証拠品を手に入れているのだ。

〝これ〟が、あそこに在ったということは――。

も、それしかないじゃん。

＊

統一郎は〈硝子堂書店〉へ到着した。

ここも自動ドアだったが、ちょうど出てこようとしていた客がいたため、左右に大きく開いたまま固まっている。

店内に入ってみた。

平積みになった単行本に手を掛けたまま止まっている者、レジで財布を出しかけて止まっている者、その他を、ひとりひとり異常がないか、注意深く見て回る。

う。

呻《うめ》きとともに統一郎は凝固してしまった。丸いフレームのメガネを掛けた中年男が下半身を剝《む》き出しにした恰好《かっこう》で、中年女性のスカートの裾《すそ》を握りしめている。張り詰めた肉をパンストに包み込んだ下半身を晒《さら》したその女性も相当気の毒だが、シャツをはだけた腹部に墨で、陰茎を鼻に見立てた象の顔を落書きされた男のなさけなさに至っては、思わず涙を誘われる。

もちろん真奈の仕業《しわざ》だろう。ざっと見回したところ、店内に於《お》ける彼女の〝犠牲者〟は、この男と中年女性だけのようだ。真奈は、中年女性を巻き添えにする形で金ヶ江を〝血祭り〟にあげた後は、急に虚《むな》しくなって悪戯《いたずら》を打ち止めにしたわけだが、もちろんそんな経緯《いきさつ》を統一郎は知らない。被害者がふたりだけならば、彼らを元どおりにしておいてあげたほうがいいかもしれないと、しばし悩む。だが彼らを元どおりにしてあげる以上は、外にあと何百人いるか判らない犠牲者たちも、みんな何とかしてあげないと不公平になるのでは？

どっと虚脱感に襲われた統一郎は、先刻のと同じ自己欺瞞《ぎまん》でもって見なかったふりを決め込み、店の奥へと進んだ――いまはそれどころじゃない、もっと差し迫った懸案があるのだ、と。

ふと、文庫本をひろげている、ひとりの老婦人が眼にとまる。

彼女の脇腹から柄が生えていた。溜息《ためいき》をついて統一郎はナイフを抜き取る。傷口が覗いて、思わず眼を逸《そ》らす。

折り畳み式のナイフだ。真新しい。半《なか》ば予想どおりというべきか、刃先には血痕が、まったく付着していない。

この店の備品だろうか？　そうかもしれないが。どうも統一郎の感覚としては、このナイフは書店の雰囲気にそぐわない気がする。むろん、使い途《みち》ならいろいろあるのだろうが……。

もし仮に、このナイフが、この店内、すなわち現場から調達されたものではないのだとしたら、初めてのパターンだな――つい、そんなことを考えてしまう。さっき思いついたばかりの法則性が、早くも崩れるわけだ。

しかもこれは、A氏に刺さっていたあの折り畳み式のナイフによく似ている。まるで店で買ったばかりのような綺麗さも含めて。

……まさか、これも、あの〈河内商店〉で手に入れたものだ、とか？　そんな疑念が浮かぶものの確認しようもない。たとえそうだとしても、それが何を意味するのかも判らない。

老婦人は、灰色の髪を後ろで束《たば》ねた、いかにも隠居して悠々自適《ゆうゆうじてき》という感じの上品そうなタイプだ。文庫本の内容に興《きょう》が乗っているのか、穏やかな笑みを浮かべている。

彼女の身体に触れるのは、これまでのケース以上に冒瀆《ぼうとく》的な気がして、統一郎はいたたまれなかったが、もしかしたら、また〝バトン〟があるかもしれない。確認しなくては。

統一郎は（彼女が死亡しているかどうかは不明ながら）合掌《がっしょう》しておいてから、老婦人のハンドバッグを探る。いろんな物が入っていたが、その中で特に統一郎の注意を惹《ひ》いたのは、銀行の現金自動支払機《ATM》の明細票だった。

なぜそんなものが注意を惹いたかというと、中にパフを包み込んでいたからだ。本来、固形ファンデーションのコンパクトケースの中に入っているべきものを。化粧には詳《くわ》しくない統一郎だが、これが不自然であることは明らかだ。

明細票に記《しる》されている名前は、あの交差点の角に在る銀行だ。支店番号が記されているが、あの支店のものなのかどうかは判然としない。

とにかく行ってみることにした。

＊

ちょうどそのころ。

真奈はその銀行の建物の前に佇《たたず》んでいた。別に統一郎がここへ向かっていることを予測して待ち受けていたわけではない。

自分の仮説が正しいかどうか〝実地検証〟をしていたのだ。建物の横の小さい路地に自分が想像していた通りのものを見つけて（先刻、一度見ていたのだが、あらためて確認して）、真奈はご満悦である。やっぱり、あたしの考えは正しかったようね。くだんのA氏が、氏名などはともかく、何者であるのかはだいたい判った。

んふふ。あたしって天才かも。真奈は自画自賛である。先に真相が判っちゃったもんね。でも、もちろん末さんには教えてあげない。この真相とは反対のことを教えて混乱させてやるのだ。

そうほくそ笑んでいると、当の統一郎が、息を切らして走ってきた。それが、まるで真奈を追いかけてきたように見え、彼女は一瞬、もしかして自分はこれまでずっと彼に尾行されていたのではないか、という不安を抱いた。

「あーら」そんな不安を、おくびにも出さず、しんねりと髪を掻《か》き上げて見せる。「どうしたの？　慌《あわ》てて」

「な、何だ。きみこそ」一方、ここで真奈に出くわすとは思っていなかった統一郎、どう対応したものか、咄嗟《とっさ》に気後《きおく》れする。「こんなところで何をしているんだ。家に帰って寝るとか、さっき、言ってなかった？」

「そのつもりだったんだけどね、ちょっと気が変わっちゃって」

「気が変わった？」

「うん。いろいろ、やることもあったし」

「まさか、わざわざあんなことをするために、引き返してきたのか？」

「え？」

「あの悪戯だよ」

「悪戯あ？」

真奈は、そらとぼけようとしたが、統一郎は許さない。

「ズボンをずり下げたり、髭を描《か》いたり」

「なんだ。見たの？」

「見えるに決まってるだろ。あれだけ思い切りやってあれば。いったい、どういうつもりだ」

「どういうつもりって、別に」

「時間が動き出したら、どんな騒ぎになるかってことぐらい、判るだろ？」

「判るわよ」彼の詰問《きつもん》調に真奈は拗《す》ねて、ひらきなおった。「だから、やったんじゃないの」

「じょ、冗談じゃないぜ、おい。きみは、あのひとたちに、いったい何の恨《うら》みがあるんだ？」

「恨み？ 恨みなんかないわよ。ただ、面白《おもしろ》いからやっただけ」

「面白半分にあんなことをやっちゃいけない。僕の能力を悪用しないでくれ。彼らの立場は、いったいどうなるんだ？ 尊厳とか社会的信用とか、そういうものが、いっさい台無しになるかもしれないんだぞ。すべてきみの悪戯のせいで」

「そんなオーバーな」

「オーバーだと思うのなら、もういっぺん、自分の眼で確かめてこいよ、町の惨状を」

「あー、うるさいわね」己《おのれ》の出《で》来心《きごころ》を後悔してはいるものの、後始末をするのは絶対に嫌な真奈は、不《ふ》貞《て》腐《くさ》れたふりをして、そう突っ張った。「そんなに心配なら、あんたが、なおしておいてあげればいいじゃない」

「ど、どうして僕が……」やはり後始末をさせられるのは嫌な統一郎は、慌てて話題を変える。

「ここで何をしている？」

「ん？」と、そらとぼける。「べっつに」

「……何かあったんだな？」

「え？」

真奈は、どきっとした。統一郎の口調があまりにも断定的だったせいで一瞬、A氏に関する情報を独《ひと》り占《じ》めしておこうという思惑を見《み》透《す》かされたかのような錯覚に陥《おちい》る。

そんな彼女の戸《と》惑《まど》いを見逃さず、統一郎は畳みかけた。「誰だ？」

「え？ 誰って、そ、そんな」統一郎の詰問の意味を誤解したまま、勢いに負けて、つい、ぽろっとそう口走る。「名前までは知らないわよ。いくら何でも。だいたい、どうやって――」

「どこにいる？」

「……あん？」

A氏なら、あっちの道に倒れているに決まってるじゃんと言いかけて、真奈は口をつぐんだ。ようやく様子がおかしいと気づく。

「あんた……なに言ってんの？」

「また誰かが刺されているんだろ？　それを見つけたんじゃないのか？」

「どうして――」なーんだ、こっちの思惑が見透かされてたわけじゃないのかと、少し腹立たしい気持ちを抑えながら、「また誰かが刺されている、なんて思うわけ？」

「これがあったんだ」

統一郎が取り出したATM明細票を、真奈は胡散臭《うさんくさ》げに一瞥《いちべつ》して、「……これが？」

「彼女のバッグにあったんだ」

「誰よ、彼女って」

「だから、〈硝子堂書店〉で刺されている……」

統一郎は口をつぐんだ。真奈はまだ杉本以降の被害者、すなわちパンチパーマの男と書店の老婦人のことを知らない。だが、それを説明するとなると、杉本が刺されている事実まで教えなくてはいけなくなる。いくら幻滅《げんめつ》したとはいえ、杉本が刺されたとなると、さすがの真奈も冷静ではいられないのではないか。

どうしたらいい？

「……何だか知らないけどさ」

そんな統一郎の葛藤《かっとう》も知らず真奈は、その様子からして彼はどうやら事件が拡《ひろ》がりを見せたことに困惑しているらしい、と見当をつけた。よし。それならば――当初はA氏の素性に関して、まちがった情報を与えて混乱させてやるつもりだったが、ここはひとつ、ほんとうのことを教えてやったほうがいいかもしれない、と思いつく。むろん親切心からではない。そのほうが、もっと効果的に統一郎を混乱させられるからだ。結果、事件の全体像は、ますます見えなくなるという寸法。

「あたし、重大発見、したよ」

「え？」

「A氏のこと」

「彼が？　どうしたの」

「素性が判った」

「なんだって」統一郎は驚いた。「ほんとか、それは？　しかし、どうやって……」

「まあまあ。順番に説明してあげる」

「あれは誰なんだ、いったい何者なんだ？」

「名前までは知らないわよ」

「な、なんだそれは」

「でも、何者なのかは判ったと思う。そして、どうしてあんなことになったのかも、ね」

「あんなこと、っていうと——刺されたことを言っているのかい？」

「それがまちがいなの。刺された、というのが」

「……なんだって？」

「あたしたち、彼が刺されているとばかり思い込んでいてさ、実際に、あの凶器が本物かどうかまで確かめなかったでしょ。それがまちがいだったんだよね。あれはね、本物のナイフじゃない。多分、悪戯のための玩具《おもちゃ》の類《たぐい》。身体にくっつけて、いかにも刺さっているかのように見せる、という」

「お……おいおい」

口を挟《はさ》もうとした統一郎を、真奈は余裕綽々《しゃくしゃく》と遮《さえぎ》って、「ま。ま。最後までお聞き。そう考えれば納得ゆくことがあるのよ」

「納得？　なにを」

「A氏はさ、あなたとすれちがおうとした時に、ばたっと倒れたんでしょ？」

「そうだけど……」

「作為を感じない？」

「作為——というと？」

「彼が倒れた途端《とたん》、時間が止まった。だから、とりあえず騒ぎにはなっていないけれど、もしも時間が止まっていなかったら、今ごろどうなっているかを考えてみて」

「時間が止まっていなかったら？　そりゃ大騒ぎになっているだろうさ。白昼堂々、通行人が刺されてしまったんだ」

「そうね。で、誰が彼を刺した犯人だと目《もく》されていたと思う？」

「誰がって」統一郎は、ふと顔を上げた。「誰が、って……？」

「そう。あなたよ。タイミング的にも位置的にも、あなたしか彼を刺せるひとはいなかったと。目撃者たちは、みんなそう思い込んでいたはずよ——これを見てちょうだい」

真奈が掲《かか》げてみせたのは真っ赤なビニールパックだった。薄くて平たい。真っ赤なのはパックの色でなく中に入っている液体だ。

「な、なんだい、これ？」

「チノリ？」

「血糊《ちのり》に決まってるじゃない」

「もちろん、本物の血じゃないわ。偽物《にせもの》。これね、実は、A氏の足もとに落ちていた写真週刊誌の下にあったの」

「え……週刊誌の下？」

真奈は、最初に見た時から雑誌が普段よりも厚めに見えることに気づいていたのだと得意気に断わっておいてから、説明を続ける。「つまりね、彼は写真週刊誌で自分の身体にくっつけた玩具のナイフを隠しながら、あなたに近づいていった。そして刺されたふりをすると同時に、この中味を、どばーっと、ぶちまける。すると、いかにも刺されたって感じになるでしょ？　でもA

氏は、不器用だったのか何なのか、中味をぶちまけそこねた」

「……こんなものがあったのか」

「ここまで説明すれば判るでしょ？　要するにA氏は刺されたふりをして、通行人たちや、それからかけつけてきていたであろう警官たちの注意を、あなたに集中させるつもりだったのよ。その間に仲間が仕事をしやすいように、ね」

「仲間だって？」

「うん。多分、あれを狙《ねら》ってたんだと思う」

真奈が顎《あご》をしゃくったのは、銀行の横の路地だった。ふたりの銀行員らしき男たちが台車を押す恰好のまま固まっている。台車の上にはジュラルミンケースが二個載《の》っており、その先には警備会社のワゴンが停まっていた。

「そ。銀行強盗よ。A氏は、その一味ってわけ」

「銀行強盗……」

「仲間が強奪に成功した後は、A氏も隙《すき》を見て逃げ出すつもりだった――ざっと、そういう計画だったのよ。お判り？」

「い、いや、しかし、だね」

「判ってるって。これはあくまでも、ひとつの仮説よ。もしかしたら、彼らが狙っていたのはジュラルミンケースではなくて、別のものだったのかもしれない。その可能性はあるわ。だって、そうでなければ、他の場所でも、みんなが陽動作戦を請《う》け負《お》う必要はないものね」

「なんだって、他のみんな？」

「他の被害者たちも、ほんとうは刺されていないんだと思う。みんな、玩具の柄を自分でくっつけて、刺されたふりをしてるだけなのよ。当然みんな〝共犯〟ね。ぴったり同時刻に、それぞれが別の場所で刺されたふりをして、ひっくり返る。何が狙いなのかは定かではないけれど、とにかく、刺されるふりをして何かの陽動役を請け負っているのは多分、確かだと――」

あれ……待てよ。真奈は口をつぐんだ。

この案だとすっきり解明できてしまって、末さん、納得しちゃうんじゃないかしら？　そう思い当たったからである。混乱させるつもりが、推理に興が乗った勢いで、つい整合性を持たせてしまった。これじゃあ、逆効果だ……。

しかし統一郎は、真奈が予想もしなかったことを言い出した。「そんなはずはない」

「え？」

「みんな、刺されたふりをしているわけじゃ、ないんだ。A氏も、あとのみんなも」

「ど……どうして判るの？」

「調べてみたんだ。凶器を抜いてみて。血は流れちゃいないが、傷口はあった。あれは本物だ。みんな刺されている。ほんとうに。ひとり残らず」

「そんな……だって」

「第一、刺されたふりをして陽動役をする目的ならば、ひとがいる場所でないと意味がないだろ。杉本氏みたいに、自室に独りで閉じ籠《こも》った状態で刺されたふりをしたって何の――」

「なんですって？」

しまった、と統一郎は口を押さえた。

が、すでに手遅れ。

制止の声も聞かず真奈は走り出している。

八章　ハイパー・サークル——時のない環《わ》

統一郎は銀行に入ってみようとした。

もし、あのATM明細票が〝バトン〟ならば、ここに次の被害者がいるはずだからだ。しかし、正面玄関は自動ドアである。

ぴったり閉まっている。

横の路地に入ってみた。現金自動支払機《ATM》コーナーが在《あ》る。そこも自動ドアだ。やはり、ぴったり閉まっている。

どうしよう。手でこじ開けてみるか？　しかし、さっき〈王冠〉で失敗しているだけに自信がない。通用口か何かないだろうか——そう思って周囲を見回して、ようやく気がついた。

ジュラルミンケースの載《の》った台車を押している、ふたりの男。彼らの背中からナイフのものとおぼしき柄《え》が生《は》えているのだ。路地の外から見ている時には、まったく気がつかなかった。

ひとりは、大学を卒業したばかりといった雰囲気の青年。もうひとりは、頭が薄くなった停年間際《まぎわ》という感じの男性。一見、親子のようなふたりの銀行員たちは、揃《そろ》って、背中の腰に近い部分から柄を生やしている。

統一郎は柄を抜いて傷口を確かめてみた。まちがいなく刺されている。今回も。刺されているが、やはり刃に血痕《けっこん》は一滴たりとも付着していない。しかも二本とも。

不思議だ。いや、何度も強調するように、刺されたのと時間が停止したのが完全に同時であれば、こういうことは起こり得る。

だが、ひとりならばともかく、すべての犠牲者たちがそうだとなると事情はちがってくる。全員をゼロ・コンマ何秒の誤差もなく同時に刺す、そんな離れ業《わざ》が可能だろうか。犯人が単独だろうが複数だろうが関係ない。絶対に無理だ。しかし統一郎も、このころには不思議と思う感覚が麻痺《まひ》してきていて、血痕の付着していないナイフを見ても、うん、当然こうでなきゃいけない、みたいな予定調和的感慨しか浮かんでこない。

二本とも飛び出しナイフだ。断定するわけではないが、銀行に常備される類《たぐい》の道具とは思えない。書店の老婦人のケースに続き、現場で調達したのではないとおぼしき凶器が出てきたわけだ。

しかも、確証はないが、この飛び出しナイフは二本とも、あの〈河内商店〉に並べてあったものと似《に》ているような気がする。

もっとも〈河内商店〉は、道路を挟《はさ》んで銀行の斜め向かいだ。路地から出れば建物が見える。少し距離があるものの、もし〈河内商店〉で手に入れたものだとすれば、現場（付近）から調達したものという分類も、できないことはない。

さて、問題は次の〝バトン〟だ。このふたりのどちらかに、仕込まれているのだろうか？　統一郎は、若い銀行員のほうから探《さぐ》ってみる。

ポケットの中からマッチが出てきた。〈なかがわ屋〉という店名が入っている。さっき統一郎がザル蕎麦《そば》を食べた店だ。単に、この銀行員がそこで昼食を摂《と》っただけなのかもしれないが、他に〝バトン〟に該当しそうなものは見当たらない。

続いて停年間近そうな銀行員。

小さいビニール袋が、丸めてポケットに詰められていた。〈セット・マート〉という店名が入っている。同じアーケード内に在るコンビニだ。

袋の中に商品は何も入っていない。なぜ、こんなものをわざわざポケットに入れておかなければいけないのか、不自然である。どちらかといえば、こちらのほうが〝バトン〟くさい。

アーケードに向かいかけて、ふと統一郎は足を止めた。真奈が戻ってくるのを待とうと思いなおす。いまさら慌《あわ》てても仕方がない。なにしろ〝時間〟はたっぷりあるし、事件の〝環《わ》〟も、まだ閉じてくれそうにない。

駐輪場に停《と》めてあるバイクのサドルに腰を下ろした。真奈が戻ってきたらすぐに気づくよう、アーケードの入口を向いて待つ。

タバコを喫《す》いたい、と思った。しかし〝時間牢《ろう》〟の中では火は点《つ》かない。不自由なものだ。我ながら毎度まいど。そろそろ慣《な》れたと思っていたのだが、とんでもない。

今回は戸惑《とまど》いの連続だ。まるで〝時間牢〟に初めて閉じ込められた〝素人《しろうと》〟並みに。

いま何時ごろだろう――判《わか》っていても、ついそう思ってしまう。

何時だって。決まってるじゃないか。さっきから二時五分のままだ。たとえ何時間経《た》とうとも。太陽も空で輝いたまま。

考えてみれば……これまであまり頓着《とんじゃく》しなかったことが、やたらに気になる。考えてみれば、これって地球の自転も止まっている、ってことだよな。そうでなきゃ、おかしい。

しかし、だとしたら太陽の光がそのままというのは変じゃないか。タバコの火が燃えないのなら太陽だって燃えないんじゃないか。でも現実の巷《ちまた》は、そのまま明るい。ただ、暑さはあまり感じないので、熱の放射は止まっているとか、そういうことなのかも。さっき真奈と話したように、自分たちの身体《からだ》を光に晒《さら》す行為は、太陽に対する〝干渉〟にはならないようだし――。

いや。

判らない。なにも。はっきりいって。

物理的なことは全然判らない。そもそも、このストップモーションという現象からして物理学を思い切り無視しているわけだが。

統一郎に言えるのは、このひとことだけ。

ご覧のとおりだ――と。

何を訊《き》かれても、そう答えるしかない。

風も吹かない、太陽も翳《かげ》らない、そんな停止した風景の中で、少しでも動くものがあると、それは異様に目立つ。

　真奈だ。

　アーケードを出て、悄然《しょうぜん》とこちらへ向かってくる。横断歩道の上で停止している乗用車を避けて、道路を渡った。

「——どうだった？」

　間抜けな質問だと思ったが、統一郎としては、そう訊かずにはいられない。

「……ん」彼女は唇を歪《ゆが》めて、「死んではいないと思うわ、多分」

　真奈は杉本のマンションへ行ってきたのだ。そこには当然ながら、固まったまま鼠蹊《そけい》部を刺された彼がいた。その凶器のペティナイフを、真奈は抜いてきた。

　柄の感触が掌《てのひら》に残っているような気がする。引き抜く際、彼の屹立《きつりつ》したものにうっかり触れてしまったが、彼女にはもう嫌悪感はなかった。ただ妙に、もの悲しい気持ちになっただけ。

　いや、それだけではない。引き抜く時、杉本に対して少し——ほんの少し、申し訳ない気持ちになったのだ。

　あくまでも、ほんの少しだけ、だが。

「刺された場所が場所だから」そんな彼女の胸中をそれとなく察してか、統一郎は神妙に、「ま、それが救い、かな」

「別に抜かなくてもよかったんだけど……」

「抜いてきたのか？　凶器を」

「うん」自分の掌を、そっと見つめる。「……なんとなく」

「血はどうだった？」

「……え？」

「血痕だよ。ペティナイフの刃に血痕は付着していたか？」

「ええと——」真奈は首を傾《かし》げた。どうして彼がそんなことを訊くのかが判らない。「そういえば、付いていなかったわね」

真奈は刃の状態を頭に思い浮かべてみる。たしかに血痕は付着していなかった。綺麗《きれい》なものだった。しかし、そのことに何か意味があるのか。統一郎の真意を測《はか》りかね、少し不安になる。

「でも、どうして？」

「いや。傷口は、どうだった？」

「どうだった、というと？」

「その、つまり——あった？」

「あったわよ、そりゃ」うっかり見てしまった、赤っぽい裂《さ》け目を憶《おも》い出して、真奈は気持ちが悪くなった。「変なこと、訊かないで」

「すまん」

「いま、何時？」真奈は、けだるげに、その場にしゃがんだ。「二時五分——なんて言わないでね。あたしが訊きたいのは、あれからいったい何時間経ったのか、ってこと」

「判らない。まったく」

「疲れた、ほんとに」

「僕もだ」

「もういや」

「判るよ」

「もう帰りたい」

真奈は、その呟《つぶや》きが己《おのれ》の偽《いつわ》らざる本音《ほんね》であることを知る。ほんのついさっきまでは〝時間牢〟の中で朽《く》ち果ててやると本気で思い詰めていたのに、もうそんな気持ちはなくなっている。きれいさっぱり霧散《むさん》している。杉本に対する幻滅と嫌悪感が薄れたせいだろうか、それとも単にこの状態に飽《あ》きてしまったせいだろうか。いずれにしろ変わり身の速《はや》さに我ながら呆《あき》れるが、そんなことはどうでもいい。一刻も早く正常世界に戻りたい。

「戻してよ、もとの世界に」

「僕だって戻りたいのは、やまやまだよ」

「だったら、納得してよ。とにかく早く。何でもいいから」

「そうは言っても、なかなか納得できるもんじゃない。A氏。堀井嬢。ナンピアくん。補導員のおばさん。杉本氏に、パンチパーマの男――」

「誰、それ？」

「実は、杉本氏が通《かよ》っていた例のビデオショップへ行ってみたんだ。もしかして、あの袋が〝バトン〟なんじゃないか、と思って。そしたら――」統一郎は、かぶりを振って、「その次が書店の老婦人。そして今度は彼らだ」

真奈は、ふたりの銀行員を、まるで仇《かたき》のように睨《にら》んで、「……どっちのひと？」

「ふたりともだ」

「ふたりとも？」

「それぞれ、こんなものが出てきた」

〈なかがわ屋〉のマッチと、〈セット・マート〉のビニール袋を見せる。

「てことは、まだ続くわけ？」

「かもしれない。いまでも合計九人。もしこのふたつの品が〝バトン〟だとしたら十人、いや、あるいは十一人に増えるかもしれない。これまでの九人に限っていえば、全員が同時刻、つまり午後二時五分に刺されている。それぞれ離れた別の場所でだ。こんな現象を、いったいどうやって合理的に納得すればいいというんだ？」

「簡単じゃん」

「え？」

「超常現象が起こったのよ」

「超……なんだって？」

「犯人は超能力を使えるやつなのよ。テレポートか何かでさ、離れた場所へ物体を飛ばせるの。その超能力を使って刃物を九本、いっぺんに飛ばした。無差別に選んだ被害者たちに向かって」

「そんな、無茶な」

「なにが無茶ですって？」真奈は眼を吊り上げて怒鳴《どな》った。「あんたに言われたくないわよ。そんなこと、あんたにだけは。そもそもね、こんなふうに時間が止まってしまうこと自体が無茶なんじゃない。え。しかも独《ひと》りで勝手に止まっているのならともかく、赤の他人を承諾もなしに巻き込むなんて。これこそが無茶の極致《きょくち》じゃんよ。そんな無茶がアリならば、テレポーションを使って凶器を自由に瞬間移動させるヤツがいたって、も、ぜんっぜん無茶じゃないと思うな、あたしは」

「そ」統一郎は首を竦《すく》めて、「それは、そうなんだけどさ……」

「でしょ？　だったら、さっさと納得したらどう。犯人は、あんたみたいに、いまの科学では説明できない特殊な能力を持った人間だと。凶器は、異次元空間か何かを通って、いっせいに町に飛んできたのよ。以上、証明終わり」

「申し訳ないけれど、僕はそんな説には、ちょっと賛成できない」

「じゃあ、どう説明しようっての？」

「やっぱり普通人の犯人がいるんだと思う。しかし単独犯ではあり得ない。少なくとも九人はいる。もちろんこれは現在確認している数字であって、これからもっと増えるのかもしれない。被害者の数とともに、ね」

「言わせてもらうけど、そっちのほうが超能力説よりも、もっと無茶だと思う。どうして、少なくとも九人もの人間が、そんな変な共犯関係を結ばなきゃいけないの？」

「共犯じゃないのかもしれない」

「なによ、それ。単独犯じゃない、って言ったくせに、さっき」

「厳密には単独犯が九人いた、というべきかな。別々に。それが、示し合わせたわけでもないのに、たまたま同じ時刻に犯行が重なってしまった——つまり、偶然だったのかもしれない」

「偶然？」真奈は悲鳴を上げながら笑うという、なんとも複雑な表情を浮かべてみせた。「ぐーぜん、ですって？　そういや、あんたは、さっきもそんな戯言《ざれごと》を——」

「うん。そうだったね。さっきと同じことを言うようだけれど、確率が破壊的に低いことも認める。でもゼロとは言えまい。九人の犯人が、それぞれの思惑《おもわく》を秘めて別々に犯行に及んでしまった。しかも、まったく同じ時刻に」

「そして、その上、偶然にも、まったく同じような方法で？」

「もしかしたら二時五分という時刻に何か特別な意味でもあったせいで、みんな、そのタイミングを選んでしまった……とか」

「そんな考え方していたら、いつまで経っても、なんの結論も出せやしないわよ、はっきり言っておくけど。あんたどころか、幼稚園児だって、たぶらかせやしない」

「まあ……そうかもしれない」

「犯人が別々にいたなんて考えるより、みんな共犯関係にあったと考えるほうが、よっぽど納得できる。ただし共犯関係にあったのは犯人ではない。被害者たちよ。厳密にいえば、被害者と思われているひとたちこそが、犯人だった」

「すると」統一郎は腰に手を当てて、「自分で自分を刺したというのか、彼らは？」

「他にあり得ないってば」

「でも、さっき言っただろ。みんな、ほんとうに刺されてるんだって」

「だったら、ほんとうに刺したんでしょうよ、自分自身を」

「ばかな」

そう言いながら統一郎は、もしかしたらそうかもしれない、とも考え始めていた。前にも思い当たったことだが、すべての物体が停止している状態にあっては、すべての凶器が人体にくっついたままだったものだから、どうしても、深く突き立てられていたかのような錯覚に陥《おちい》りがちである。しかし実際には、どの被害者の傷も、それほど深いものではないのだ。杉本氏は確認していないが、それ以外の者たちは、ナンピアくんと同様、せいぜい一センチ前後といったところだろう（ただ、心配なのは書店の老婦人だ。傷が浅くても、年齢的にいって、ショック死という可能性がある）。

したがって、自分自身を刺した、という仮説は、それほど荒唐無稽《こうとうむけい》ではないのかもしれない。だが、理屈は判っても、痛みに弱い統一郎としては、どうしても感覚的に受け入れがたい面が残るのである。

「だって、そうでも考えないと、他のケースはともかく、杉本先生の一件の説明がつかない。あなた、自分がベランダへ、えっちらおっちら登ったんだから、よく判ってるでしょ。二〇一号室は密室状態だったのよ。ロックもチェーンも掛けられて。先生が自分で自分を刺さないで、いったい他の誰が刺せたっていうの？」

「でも、窓は開いていた」

「だからなによ。刺した犯人が窓から一瞬にして消えたとでも？　いい、刺した時刻は二時五分。そこから時間は動いていない。もし他のひとが刺したのなら、その犯人は、いまもあの部屋で固まっていなきゃいけないはずでしょ。それとも、あそこに先生以外の人間が誰かいた？」

「いや、いなかったはずだ」

「でしょ。だったら、先生を刺した人間は先生本人よ。他に考えようがない。あなたは合理的に納得したいんでしょ。これこそが合理的な解釈というものでしょ」

「じゃあ、杉本氏以外のみんなも、それぞれが自分で自分を刺したというのか？」

「決まってるじゃない」

「半分以上の者が背中を刺されているんだぜ？」

「どれも、自分で刺そうと腕を回せば、充分に届く位置だわ」

「しかし、どうしてそんなことをするんだ？　それがどうしても納得いかない」

「さあ。でも、催眠術かしら、もしかして」

「え。催眠術？」

「詳《くわ》しくは知らないんだけど。なんていうの、後《ご》催眠？　時間が二時五分になったら、隠し持っていた凶器で自分自身を刺すようにと、ひそかに暗示をかけられていた——とかさ」

最初は単なる軽口程度のつもりだったが、説明しているうちに真奈は、これってけっこう悪くない、もしかして統一郎を納得させられるかも、と期待を膨《ふく》らませた。

「ふーむ……」

だが、本人は乗ってきてくれない。

「なにか、ご不満？」

「いや、まあまあの説だと思うよ。少なくとも、これまで出た仮説の中では一番かも。でも」

「でも、なによ」

「二時五分になったら実行するように彼らが暗示をかけられていた。それはいいとしよう。そして彼らは、その暗示どおりに自分自身を刺した。それもよしとしよう。だが、たとえそうだとしても、みんなが完全に同時に実行するなんてことはあり得ない。仮に全員が時計を見ながらタイミングをはかっていたとしても、各自の動きに微妙な誤差が生じる事態は避けられなかったはずだ。みんなの時計が完全に合っていたはずもないんだし」

「それは判らないでしょ。みんな、正確に時計を合わせてたのかも」

「たとえそうだとしても、二時五分になった、さあやるぞと行動に移すに要する時間は、やっぱり個人差が生じるはずだよ。反射神経の差とか、その場の状況とか、各人の事情によって、いろいろとね。あるいは刃物を振り下ろす速度がちがうとかさ。それなのに、状況を見る限り全員がゼロ・コンマ何秒もたがわず同時に刺しているというのは、どう考えても不自然だろ」

「それは断定できないでしょ。単に出血していないというだけなら、全員が完全に同時だったとは限らない。ほんとうは微妙な誤差があったのだと、そう考えてもいいじゃない」

「いや、誤差はまったくない。これは絶対に確かなんだ。なぜなら、彼らは出血していないだけじゃなくて、どの凶器にも血痕が、まったく付着していないんだから」

「ああ」真奈は、ようやく納得した。「それで血痕のこと、こだわってたのか」

「なぜ血が一滴も付いていないのか。それは、時間が停止したのが、凶器の刃が細胞組織を切り裂いた直後、かつ出血が始まる直前という、微妙も微妙、瞬間的なタイミングの谷間だったからだ。それが、どれだけ短い一瞬だったかは想像もつかない。すべての凶器が同じ状態だった以上、犯行はこの瞬時の一点でしか起こり得なかった。つまり全員が、完全というのもまだ生易《なまやさ》しいほど同時に刺されたのは、明らかなんだ」

「でも、A氏はちがうでしょ、彼だけは、少しだけ早く刺されているはずよ」

「逆にいえば、ちがうのはA氏だけという点こそが不自然でもあるんだよ。あとの八人が、それほど奇蹟《きせき》的なタイミングで同時に刺されている——というか、いまは自分で刺したという前提で話をしているわけだが——にもかかわらず、なぜA氏だけがフライングしたんだ？　単なる不測の事故の類か、それとも何か意味があるのか。すたすたと僕に向かって歩いてきている段階ですでに彼の腹にナイフが刺さっていたのだとしたら、他の八人とのタイミング的な差は、たとえ数秒といえども無視できない。むしろ途轍《とてつ》もなく大きい差だ」

「あー、もう、ほんとにややこしいったら」

「それに、もし被害者たちが操《あやつ》られていたのだとしたら、暗示をかけた張本人は、彼らを町民の中からランダムに選んだのか？　それとも、何か明確な選別基準があったのか？」

「そんなこと、重要？」

「重要だとも。それによって、暗示をかけた犯人の目的もちがってくる」

「じゃ、ランダムに選んだんでしょうね、多分」

「どうして、そうだと判る？」

「被害者たちを陽動役に使うつもりだったと考えられるからよ。あちこちでいきなり通行人たちが、ばたばた倒れる。しかも刺されている。周囲はパニックになる。その隙《すき》を衝《つ》いて何かをやるつもりだったのよ。それが、さっき言ったような銀行強盗だったのかどうかは知らないけど」

「たしかに、銀行強盗というのは、なかなかいいセンだと思うんだ。A氏が持っていた偽《にせ》の血糊《ちのり》なんか、そうとでも考えないと説明がつかないような気もするしね。でもそれならば、他の八人はともかく、A氏だけは、操られていたのではなくて強盗の仲間だったわけだ。だったら、ほんとに刺されていちゃいけないよ。まあ、いけないってこともないが、単なる陽動役のために自分を実際に刺す必要なんか、ないはずだろ。にもかかわらずA氏も刺されていた。それが腑《ふ》に落ちない」

「たとえば、仲間に裏切られた、とか？」

「え？」

「ほんとうは玩具《おもちゃ》のナイフで芝居をする予定が、本物のナイフを渡されてしまった。そうとは気がつかないA氏、玩具とばかり思い込んで、凶器を思い切り自分の腹に、ぶすり……と」

「そんなこと、あり得るかなあ。本物なら途中で気がつくと思うけど」

「あー、めんどくさいな、もう」真奈はイライラと歩き出した。「いまここでごちゃごちゃ言っていても仕方ないわ。とにかく、その〃バトン〃が示す場所へ行ってみましょ。また被害者が増えたら、状況そのものが変わってきかねないんだし」

＊

先《ま》ず赴《おもむ》いた〈なかがわ屋〉では、厨房《ちゅうぼう》にいた板前の背中にナイフが刺さっていた。十人目の犠牲者である。

統一郎が抜いてみる。折り畳《たた》み式のナイフだ。A氏に刺さっていたものと似ている。やはり血痕はまったく付着していない。しかし、このころになると統一郎も、いささか食傷気味になってしまって、その事実にはまったく頓着せず、まったく別の疑問を優先する。

「なんか、変だな」

「なにが？」

「凶器さ。これまでのパターンだと、現場に調達できる刃物があれば、それを使う傾向があったんだけれど——」

「というと、このナイフは、この店のものじゃないってこと？」

「いや、この店のものなのかもしれない。それは判らない。でも、これまで飲食店が現場の場合、その厨房に常備されているとおぼしき包丁で刺されているんだ。堀井嬢と補導員のおばさんは〈ワッコドナルド〉の包丁、ナンピアくんは〈エンジェル〉の包丁という具合に。もちろん確認したわけじゃないけれど、店に置いてある他の包丁と見比べたかぎりでは、そんな感じだった」

「ふーん。調べてるんだ、いろいろと」

「だけど、このナイフの場合、この店のものというよりも何だか、ほんのついさっき、そこの雑貨屋で買ってきたばかり、みたいな感じで。いや、あくまでも、そんな感じがする、というだけの話にすぎないんだけれど」

「この板前さん、何か〝バトン〟に該当するもの、持ってる？」

「それが、どうやら持っているみたいだね」

統一郎が板前のポケットから取り出したのは、パーマをかけるのに使うカーリングロッドだ。

「ま、お断わりするだけ野暮《やぼ》かもしれないけれど、このひとが普段から、こういうものを持ち歩いている可能性も――」

「まあ、絶対にないとは言えないが。まずないだろうね。この近くに美容院は在るの？」

「在るわ。たしか、〈パーラー・ナイン〉とかって名前の」

「ほんとに詳しいんだね。地元でもないのに」

「あたしが、この数日、この近所をどれだけ綿密《めんみつ》に歩き回ったと思ってるの？」

「そうだったね」

ふたりは美容院に向かう前に、先ず〈セット・マート〉というコンビニを覗《のぞ》いてみた。

レジでバーコード読み取り機を持った恰好《かっこう》で固まっている青年がいる。彼の背中には、ナイフが刺さっていた。

十一人目。

「これは……飛び出しナイフか」

抜いてみた。傷口からして彼が刺されているのはまちがいない。

だが、やはり血痕は付着していない。

「これ、この店に置いてあるものかしら？」

「ちがうだろ。ここはナイフの類は売っていないようだ。ただし、包丁なら奥の厨房にあるんじゃないかと思うんだが」

ふたりはレジの奥に入ってみた。厨房というよりも、レジの横に並べるフライなどの揚《あ》げ物を用意するための簡易キッチンという趣《おもむき》だが、一応包丁は包丁立てに並んでいる。

「ということは、今回も、現場にある刃物を使っていないわけか……」

「でもさ、凶器をどこで調達したとか、そんなことを詮索《せんさく》して、なにか判るの？」

「さあね。どの情報が役に立つのか、あるいは、立つとしても、どういうふうに役に立つのか、まったく見当がつかない」

「〝バトン〟は？」

「ちょっとすごいものが入っている」

統一郎がつまみ上げたのはアジの開きだった。剝《む》き出しのまま青年の制服のポケットに入っていたのである。

「ということは、鮮魚店かな。名前は憶《おぼ》えていないけど、この先に魚屋さんが在るわ」

「行ってみよう」

距離的に近かったので、ふたりは先ず〈辰吉《たつよし》鮮魚店〉という魚屋に行ってみた。

バンダナを頭に巻いて前掛けをした中年男が店先に佇《たたず》んでいる。商品をアピールでもしていたのだろうか、主婦らしい通行人に向かって口を開け、笑った表情のまま固まっている。

男の背中から柄が生えていた。

十二人目。

「飛び出しナイフだ……」

うんざりする気持ちを抑《おさ》えつつ、統一郎は凶器を抜いてみた。

やはり刺されているのは、まちがいない。そして血痕は皆無《かいむ》。

「あなたが何を言いたいのか、判ってるわよ。この店だって包丁はいっぱい置いてあるのに、ってことでしょ？」

「うん。どうも解《げ》せない」

「〝バトン〟は？」

ふたりがかりで探したが、今度は、それらしいものは何も見つからなかった。

「――どうやら、この分の〝流れ〟は打ち止めってことかしら？」

「だといいけど」

ふたりは鮮魚店を後にした。

〈パーラー・ナイン〉という美容院に向かう。

店の奥の洗髪台で、お客の頭を洗っている姿勢のまま固まっている若い女性。何か冗談でも交《か》わしていたのだろうか、ガーゼを被《かぶ》ったお客に向かって頬笑《ほほえ》みかけている。

背中に折り畳みナイフが刺さっていた。

十三人目。

統一郎は惰性《だせい》で凶器を抜いてみた。刺されていること、そして刃に血痕が付着していないことを確認しても、なんの感慨も湧《わ》かない。

「今度は、凶器に関しては不審な点はないわね。だって、ここに包丁はないわよ」

「そうだけど、鋏《はさみ》がある」

「え、なに言ってんの？　普通、鋏なんかでひとを刺したりする？」

「他に刃物がなければ、ね」

「つまり、ナイフがあれば、当然そっちを使うということでしょ」

「まあ、それもそうなんだが……」

ふたりは女性従業員の服を調べてみた。床に何か落ちていないかもチェックする。

しかし〝バトン〟に該当しそうなものは、見つからなかった。

ということは……

ひとまず事件の〝環〟は閉じた——そういうことなのだろうか？

どちらからともなく、統一郎と真奈は、お互いの顔を見合わせた。

ふたりとも眼の下に隈《くま》が出来ている。

九章　ハイパー・アクション――時のない事件

統一郎と真奈はアーケードを出た。

ふたりとも疲れきっている。ともかくどこかへ腰を落ち着けようとしたのだが、アーケード内の店はどこへ行っても刺された人間がいるかのような妄想《もうそう》が払拭《ふっしょく》できないという話になり、少し離れた場所へ移動する。

横断歩道を渡って銀行の裏側に回ると、お好み焼き屋が在《あ》った。

若者が、暖簾《のれん》をくぐって出てこようとする恰好《かっこう》のまま固まっている。その身体《からだ》を避けて、ふたりは店内に入った。

「まさか、ここでも誰か刺されてる……なんてことはないわよね」

「大丈夫だろ。〝バトン〟もないのに、そんなことになってたら反則だ」

ついそんな〝洗脳〟された答え方をしてしまった統一郎だが、やはり不安で店内を隈《くま》なく調べる。店員にも客にも身体から刃物の柄《え》を生《は》やしたりしている者はいない。そのことを確認して、ようやく肩から力が抜けた。

「――ここは安全みたいだ」安全というのも、よく考えたら変な言い方だと思ったが、それが実感でもある。「やれやれ」

「疲れた」

空《あ》きテーブルを見つけると、ふたりは鉄板を挟《はさ》んで座る。

「喉《のど》、渇《かわ》いた」真奈は落ち着く間もなく、すぐに立ち上がった。「おなか減った」

余所《よそ》のテーブルを順番に回って、コーラを注《つ》がれたグラス、焼き上がってひと口サイズに切り分けられたばかりの特大お好み焼き、皿に移しかえられたヤキソバ、メロンフレイバーのフラッペ、抹茶《まっちゃ》ソフトクリーム、そしてキムチラーメンなどを次々にかっぱらってくる。

「それ」統一郎は呆《あき》れて、「まさか独《ひと》りで全部、食べる気か？」

「もちろん食べますよ。食べ盛りなんだもん、あたし。あ。だめ。あげないわよ。欲しいのなら自分で取ってくること」

「どうでもいいけれど、ちゃんと代金、置いておくんだぞ」

「判《わか》ってますよう、だ」真奈はメニューで料金を調べて、それぞれを掠《かす》め取ってきたテーブルにお金を置く。「時間が動き出したら、みんな驚くでしょうね。さあ焼けたやけた、切り分けた、よーし食べるぞと勢い込んだ途端《とたん》、お好み焼きが消えちゃうんだもんね。ぱっと眼の前から」

「それどころじゃない。あの商店街界隈《かいわい》は大パニックになる。なにしろ合計十二人の人間が、いきなり倒れるんだぜ」

「十二人？　十三人でしょ？」

ソースが薄い部分にもっと塗ろうとしたら、刷毛《はけ》からぶら下がったソースの塊《かたまり》が宙で停止してしまい、真奈は苦笑。へらで叩き落とす要領で、ようやくソースをお好み焼きに載《の》せる。

「わは。なんか手品みたい」

「杉本氏は自宅にいるからね。外で刺されているのは十二人だ」

「だったら中華料理店の前のおじさんも、銀行員のひとたちも、厳密には、あのアーケード内の事件には含まれないことになるじゃん」

「いや、現場が屋内か屋外かというちがいは、やっぱり大きいよ」

「大きいって、どういうふうに？」

「どういうふうに——と訊《き》かれると困るけど、大きいような気がする」

「考えをまとめてから発言せよ」

「とにかく、ほんのついさっきまで何の異常もなかったひとたちが、いきなり倒れるんだからね。みんな驚くよ。しかも倒れたひとたちの身体にはナイフが刺さって——というか、僕が全部抜いてしまったから、その近くに落ちているわけだが、どちらにしろ大騒ぎだな」

「なにが起こったのか、も、わけ、わかんないでしょうね、誰にも」

「そうだな」

「永遠の謎になるよね」

「え。じゃあ、この事件は永遠に解明できそうにないってこと？　〝時間牢《ろう》〟から脱出することを諦《あきら》めてしまったのか？」

「そうじゃなくて。世間のひとたちにとって、という意味よ。だって、仮にあたしたちがこの謎を解明したにせよ、それをみんなに教えてあげるわけにはいかないでしょ」

「そうか。それもそうだ」

「なんであたしたちにそんなことが判ったの、って話になる。そうでしょ。まさか、実はあたしたち、時間停止モードで、あれこれ調べてたんですう、なんて言える？　言えないよ。言ったって誰も信用してくれないし」

「そういうことだ。確かに永遠の謎になるね」

「真相を知っているのは、末さんとあたしのふたりだけ、と」

「謎が解《と》ければ、ね。それに何度も言うようだけれど、僕が納得すれば〝ここ〟から出られるということは、それが真実とは限らないわけだし」

「なるほど。厳密にいえば、あたしたちふたりも永遠に真相を知らないままになってしまう可能性も、あるわけよね」

「そうだ。結局、真相を知るのは犯人だけ、ということになるのかも」

「あなたは納得しないようだけど、被害者たち自身がイコール犯人たち、という考え方が、あたしにとっては一番説得力がある」

「それは僕もそう思うさ。というか、だんだんそう考えるようになってきた。さっききみが指摘した、杉本氏の〝密室〟の問題もあるからね。でも、もしそうだとしたら彼らの動機が判らない。なんのためにそんなことをするのか？　しかも十三人もの人間が、いっぺんに……」

「動機はともかく、十三人が共犯関係にあることだけは確かよ」

「どうやら、その前提で考えを進めていかないといけないみたいだな――どうする？」

「なにを？」

「これまでは駈《か》け足で、誰と誰が刺されているのかを確認して回っただけで、十三人の素性《すじょう》を詳《くわ》しく調べる余裕がなかっただろ。いまのところ身元がはっきりしているのは杉本氏だけで、あとはよく判らない。補導員だとか魚屋とか多少の見当がついているひともいるけれど。彼らが、いったいどういう関係でお互いに結びついているのか探《さぐ》ろうと思うなら、各人の身元を先《ま》ず、はっきりさせておかないといけない、と――」

「それって正論だけどね。でも、あまり効率的じゃないわ」

「どういうこと、効率的でないって？」

「考えてみて。先ず身元を調べるのが大変。運転免許とか身分証明書の類《たぐい》を身につけていればいいけど、そうでない場合はどうするか。あるいは、運良く住所とか本籍地が判っても、それが遠方の場合、どうするか。なにしろ車が動かないんだから、機動力ゼロなのよ、あたしたち」

「そうか。そうだな。問題山積《さんせき》だ」

「仮に運良く全員の身元が判明したとしても、お互いの関係とか共通点を調べる術《すべ》は、あたしたちにはない」

「でも、それは身元を調べてみてからじゃないと、なんとも言えないと思うが」

「いいえ。この際はっきり言っておくけど、そんな探偵の真似事《まねごと》をやっても無駄だと思う。幾《いく》つか手がかりは得られるでしょうけど、肝心《かんじん》のことは何ひとつ判らないわ、きっと」

「要するに、きみは、めんどくさいことをしたくないだけなんじゃないのか？」

「えへへ。ま、ね」

「まさか、さっき〝悪戯《いたずら》〟したひとたちを、そのまま放ったらかしにしてきたのも、単に後始末がめんどくさいから、とか……」

「当たり」

「信じられない。あんな眼を覆《おお》わんばかりの仕打ちを見ず知らずのひとたちにしておいて、責任もとらず、めんどくさいのひとことで済ませるつもりなのか？　きみにはモラルというものがないのか？　罪悪感というものがないのか？」

「いいじゃん、別に」真奈は肩を竦《すく》める。「殺しちゃったわけでもないんだし」

「殺さなきゃなにをしてもいいってことは、ないだろ。だいたい殺すというのは、肉体的な意味合いばかりじゃない。公衆の面前であんな醜態を晒《さら》したばっかりに、社会的に抹殺《まっさつ》されるひとだって出てきかねないんだぞ」

「そんなに心配なら、あんたが後始末しといてあげればいいじゃん」

「ったくもう。不条理なことを平気で」統一郎は頭をかかえて、話をもとに戻す。「じゃあ、どうすればいいんだ？　被害者たちの身元調査をしないで、いったいどうやって、この事件を解明しようっていうんだ？」

「やっぱり、手持ちの材料で考えてみることね、事件の枠組《わくぐ》みを」

「枠組み、といわれてもねえ」

「検討できることはいっぱいあるじゃない。たとえば〝バトン〟の問題。多分、被害者たちが事前に示し合わせて用意したんだろうけど、どうして、あんなものが必要なのか？」

「ひとつ考えられるのは、事件が発覚した際、世間や警察のひとたちに、お互いを関連づけて考えてもらいたいから、なのかもしれない」

「こんなの、嫌でもお互い関連づけて考えられるわよ。見れば判るじゃん。警察だって、ばかじゃないんだし」

「そうとは限らないよ。さっきも言いかけてたことだけど、被害者たちの間にはなんの関係もないと思うんだ、僕は。少なくとも表面的には、なんの繋《つな》がりも出てこない。たとえ警察が調べてみてもね、なんにも出てこないんじゃないかと思う。特に根拠があるわけじゃなくて、まあ言ってみれば単なる印象なんだけれど——」

「その印象は、あたしも賛成だな。見た感じ、彼らがお互いに知り合いだとか、そんなふうには思えないもの」

「そうだろ。もし仮に僕らの印象が当たっているのだとしたら、彼らは〝バトン〟によって、お互いを繋ぐ〝環《わ》〟を形成しようという意図《いと》があったのかもしれない」

「ほらね？」

「なにが、ほらね？」

「足で調べる前に検討しておかなきゃいけない問題は、けっこう残っているでしょ。先ず座って考えてみなきゃ」

「動き回るのが嫌なだけだろ」

「ええ、嫌よ。もう疲れたわ。動きたくない。なんだかさ、周囲のものやひとが完全に停止しているのに自分だけ動いている状態って、独特の疲労感を生むみたいで」

なるほど、それはそうかもしれない、と統一郎は思った。「じゃ、提案どおり、手持ちの材料で考えられることがあるかどうか検討してみよう。先ず話題になったばかりの〝バトン〟のことだけど——何か書くもの持ってる？」

「書くもの？　便箋《びんせん》でいい？」

「いいけど……便箋なんかを持ち歩いてるの？　いつも？」

「いつ手紙を書かなきゃいけないことになるか、判らないでしょ」

杉本先生のために？　と、うっかり訊きかけて、統一郎は危《あや》うく思いとどまった。真奈がバッグから取り出したボールペンと便箋を受け取り、箇条《かじょう》書きを始める。

①　A氏……〈ワッコ〉のレシート

②　堀井嬢……〈エンジェル〉のマッチ

③　ナンピアくん……

そこで手が止まった。「あれ」

「なに。どうしたの」

「ええと……ナンピアくんが持ってた〝バトン〟って、なんだったっけ？」

「え、もう忘れたの。あれは――」真奈の声が失速する。「なかっ……たっけ？」

「な？」統一郎は惚《ほう》けたように宙を見据《みす》えて、「なかった……よな？」

「あれ。でも、そしたら、あたしたち、どういう経緯《いきさつ》で、四番目の補導員のおばさんのところへ行ったんだっけ？」

「えーと――たしか、彼女が妙に気になる、という話になったんだよ」

「あ。憶《おも》い出した。あたし、あのおばさんとナンピアって、もしかして親子じゃないか、なんて思ったんだった」

「そうだ。となると、これはいったい、どういうことなんだ？」

「どういうことって？」

「いろいろいっぺんに起こったせいで、これまでずっと、〝バトン〟によるリレー形式で事件全体がちゃんと繋がっているように錯覚していたけれど、実際には、もう三番目と四番目の間で途《と》切《ぎ》れているじゃないか」

「ちょっと貸して」真奈は彼の手からボールペンを取って、別の箇条書きを始める。「えーと、各自がいた場所は――」

①　A氏……路上
②　堀井嬢……〈ワッコ〉
③　ナンピア……〈エンジェル〉
④　補導員のおばさん〈ワッコ〉
⑤　杉本先生……自宅

「えーと……」真奈は顔を上げて、「中華料理店で刺されてるひとって、どんなひと？」

「パンチパーマの男だ。その次の〈硝子堂書店〉は品のいい老婦人」

真奈はメモに書き込む。

⑥　パンチパーマ……〈龍虎園〉
⑦　老婦人……〈硝子堂〉
⑧　銀行員A……路上
⑨　銀行員B……路上
⑩　蕎麦《そば》屋の板前……〈なかがわ屋〉
⑪　コンビニ店員……〈セット・マート〉
⑫　鮮魚店の親父……〈辰吉〉
⑬　美容師……〈パーラー・ナイン〉

「これが〝バトン〟が渡されてゆく順番ね。上が便宜《べんぎ》上の呼び名で、下はそれぞれの発見場所。もちろん⑧と⑨の銀行員は、厳密にはどちらが先に設定されているのか見分けられる材料はないし、そこから派生した⑩から⑬も、本来の順番は、あたしたちには判らない。便宜的に、発見していった順序ということで——いい?」

「ああ」

「さて。では、リレーされた〝バトン〟の内容だけど、これは——」

真奈は、さきほど統一郎が書きかけていた箇条書きの続きを引き継いだ。

①　A氏……〈ワッコ〉のレシート
②　堀井嬢……〈エンジェル〉のマッチ
③　ナンピアくん……なし
④　補導員のおばさん……杉本先生の名刺
⑤　杉本先生……〈王冠〉の袋
⑥　パンチパーマ……

「〈硝子堂書店〉のレシートだ」統一郎は、そう口を挟んだ。「老婦人は、ATMの明細票」

⑥　パンチパーマ……〈硝子堂〉レシート
⑦　老婦人……ATM明細票
⑧　銀行員A……〈なかがわ屋〉マッチ
⑨　銀行員B……〈セット・マート〉袋
⑩　蕎麦屋の板前……カーリングロッド
⑪　コンビニ店員……アジの開き
⑫　鮮魚店の親父……なし
⑬　美容師……なし
「そうか」真奈は頷いた。「なるほど」

「何か判ったのか？」

「つまり②と④のケースは、⑧と⑨のケースと同じだったんじゃないかしら？」

「⑧と⑨というと——銀行員がふたり一緒に刺されたケースだな」

「ふたりとも〝バトン〟を持っていたため、そこから〝流れ〟が分岐するでしょ。つまり、堀井嬢と補導員のおばさんも、本来ならばこれと同じケースだったんじゃないかしら。つまりA氏が持っていたレシートを見て、あたしたちは〈ワッコ〉へ向かう。最初は、たまたま堀井嬢にしか気がつかなかったけれど、ほんとうなら一緒に、補導員のおばさんにも気がついていてもよかったわけでしょ。そして、ふたりの持っていた〝バトン〟によって、ここからも〝流れ〟は分岐する予定だったのだけれど、あたしたちは、おばさんに気づく前に〈エンジェル〉へ向かった。だから——」

「つまり、もしもあの時、補導員のおばさんのことが気になって〈ワッコドナルド〉へ戻っていなかったら、リレーは③のナンピアくんのところで途切れた、すなわち事件はそこで終結したと、僕たちは勘違《かん》いしていたかもしれないわけだ」

「そういうこと。結果的に、あたしたちを誘導する企《たくら》みは失敗していたでしょうね」

「なるほ……」頷《うなず》きかけて統一郎は口をつぐんだ。首を傾《かし》げて、「え？」

「どうしたの」

「誘導する企み、というのは？」

「誰かが、こうして〝バトン〟を使って、あたしたちの鼻面《はなづら》を引きずり回したわけじゃない」

「それはおかしいよ、考え方自体が」

「え」

「いま〝時間牢〟の中にいるから、そんなふうに思うけど、時間が停止していないと仮定して考えてごらん。十三人ともまったく同時に刺されているということは、各人の周囲で騒ぎはいっせいに起きるわけだろ。警官たちは、それぞれの現場に、いっせいに駈けつける。当然〝バトン〟は、あちこち、ばらばらに発見される。多少時間差はあるにしても、ほぼ同時に。つまり、それを順番に辿《たど》っていって、ひとりひとり被害者を見つけてゆく、なんて展開にはならないわけだよ。〝バトン〟によって誰かの鼻面をあちこち引きずり回すなんて、発想自体がナンセンスなんだ」

「そういうことでしたね」真奈は舌を出す。「時間を一旦《いったん》止めて〝バトン〟を順番に辿ってゆくことが可能な者がいる——なんて前提で計画すれば話は別だけど。そんなわけはないもんね。判っているつもりなのに、うっかり勘違いしちゃう」

「だから〝バトン〟は、刺された十三人の間には何か関係があるのだと。たとえ表面的にはないように見えても実は何かあるのだという、犯人たち——すなわち被害者たちの意思表示みたいなものじゃないだろうか？」

「なるほどね。それ、いいじゃん。あたしは納得したぞ」

「しかし、だとしたら、いったいなんのためにそんな意思表示が必要だったのか、という新たな疑問が生まれるわけだけど」

「ま、それもそうね」

「すると、ほんとうに被害者たちがイコール犯人たちなのかなあ、という疑問に舞い戻ってきたりもする。しつこいようだけど、やっぱり僕は、それぞれの凶器のことが気になるんだ」

「現場で調達したのかどうか、ってこと？」

「うん。ちょっと貸して」と、真奈からボールペンを受け取って、「つまり——」

①　A氏……ナイフ（近くの雑貨屋から調達？）

②　堀井嬢……多分、現場にあった包丁

③ナンピアくん……右に同じ
④補導員のおばさん……右に同じ
⑤杉本先生……

「杉本氏に刺さってたペティナイフ、あれ、彼のものなのか？」

「知らない。あたし、先生の部屋に上がったの、あれが初めてだったもん。どんな包丁を持っているのか、なんて全然判らない」

「そうか。あのペティナイフ、調理用というか、包丁の〝仲間〟に分類されるような気が、僕はしたんだけど。どう思う？」

「さあ。それでいいんじゃないの」

「だったら――」

⑤杉本先生……多分、現場にあったもの
⑥パンチパーマ……右に同じ

「ここまでは、おそらく現場にあった刃物を凶器として使ったと推測される。ところが⑦の老婦人以降は全部、新品のナイフになるんだ。老婦人の場合は現場が書店だからともかく、板前さんやコンビニ店員など、近くに包丁が在るにもかかわらず、わざわざ外部から持ってきたと思われるナイフを使っている。このちがいは、なんなのかな。なにか意味があるような気が――」

「でも、それって、そんなに悩むようなことなのかしら。凶器なんて、どれを使っても同じじゃん。要するに犯人たちは――すなわち被害者たちは、その時の自分の都合で凶器を選んだ。単に、それだけの話でしょ？」

「もうひとつ気になるのは、一番最初のA氏が現場調達組なのか、それとも非現場調達組なのか、ちょっと区別がつきにくい、という点だ」

「どういうこと？」

「ここに書き込んだとおり、A氏が倒れていた場所の近くに雑貨屋が在るんだ。〈河内商店〉というんだけど。ここには、凶器に使われたのとよく似たナイフが多数、置いてある。したがって、犯人、つまりA氏自身が、この雑貨屋から凶器を買うなり盗むなりしていたのだとしたら、現場で調達したのだという見方もできる」

「なら、いいじゃない」

「でも、A氏に刺さってたナイフって、⑦の老婦人に刺さってたものと、よく似てるんだよ。〈なかがわ屋〉の板前さんと、それから〈パーラー・ナイン〉の美容師に刺さっていた折り畳《たた》み式ナイフも、よく似ている。あと、銀行員やコンビニ店員、鮮魚店の親父たちに刺さっていた飛び出しナイフにしても、似たような品がその店には置いてあった。なんだか、偶然とは思えない。もしかしたら、⑦以降の凶器も全部、その雑貨屋から調達したんじゃないか、と思ってしまうくらい――」

「だったら、そうだったのよ、きっと。そうだとしても別に変じゃないし」

「そうかなあ。しっくりこないんだよね、なんか。だって、ほんとうに雑貨屋でナイフを調達したのだとしたら、その数は七本――いや、A氏のものも含めると八本、全体の半分以上だ。どうして半分以上も？　一、二本だけというわけでもなく全部というわけでもない。なにか不自然というか、中途半端なんだよ。なぜって、たとえば凶器の調達場所が同じ店に集中するのはまずいと警戒したのだとすると、八本は多すぎる」

「凶器の調達に関しては各人の自由な選択に任《まか》されていた――単に、それだけの話じゃない？」

「だったら、身近に刃物がたくさんある者まで、わざわざナイフを買う理由はない」

「それは判らないわ。仕事に使う大切な道具で自分を刺すことには、心理的抵抗があるひとたちだったかもしれないでしょ」

「そうかもしれない。しかし彼らには、できることなら全員が同じ店で凶器を調達したほうがいいという理由があったと思われるんだよ。他でもない、さっきの〝バトン〟に関する考察さ。もしもあれが当たっているのならば、彼らはお互いに繋がりがあることを示したかったはずだろ。だったら凶器も、明らかに同じ店から調達したと知れるナイフで統一するほうが、〝共通項〟を必要とする彼らにとっては好都合だったはずじゃないか」

「それはそうだけど――もしかして、店にナイフの在庫がなかったとか？」

「いいや。雑貨屋には、まだ売るほど――って、売ってるんだけどね――たくさんナイフがあった。折り畳み式、飛び出し式、まるで専門店並みの品揃《しなぞろ》えだった。数が足《た》りなかったとは思えない」

「たとえば、十三人のうちのひとりが代表して凶器を調達しにいったとするわね。ところが、防犯上の理由から、ひとりの客に何本以上のナイフを売っちゃいけない、という条例がこの町にはあって、売るのを拒否されたとか？」

「そんな条例、聞いたことないけど。もし仮にそうだとしても、だったら代表に任せてないで各人が自分で買いにゆけばいいだけの話じゃないか。どうも中途半端なんだよ。凶器を同じものに揃えると示し合わせていたのだとしたら、八本というのは少なすぎるし、示し合わせていなかったのだとしたら、逆に多すぎる」

「そんなの、単なる偶然なんじゃないの？　各人が勝手に凶器を用意した結果、たまたまそうなっただけでさ」

「偶然……そうかなあ」

「そうよ」

「偶然といえば、気になることがある」

「なに」

「どうして、この町なんだろう？」

「どういうこと？」

「この事件は、いったいどうして、この町で起こったんだろう？　もしかして、なにか特に理由でもあったのかな」

「そんなの、広い意味での動機に含まれるべき疑問でしょ。考えたって判りっこないわよ、多分。犯人自身に訊かなきゃ」

「そうだろうね。でも、一部の例外を除いて、あのアーケードに現場が集中しているのは、何か意味があるのかな」

「さあねえ……」ふと真奈は首を傾げて、「さっきあんたも言ってたけどさ、あたしたちは、この事件を時間が停止した状態で見ている。もしかしたら、そのせいで何か誤解していることが、なにかあるかもしれない」

「それは、あるだろうな、絶対」

「誤解というか、見逃しているものがあるんだと思う。もしも時間が停止していなければいったいどんなふうに事態が展開しているのかを、もっとじっくり見極《みきわ》めなきゃ」

「もっともだ。しかし具体的には、どんなふうに見極める？」

「そうね。たとえばこういうのはどう。二時五分に、十三人の被害者たちは、あちこちでいっせいに倒れる。近くにいた通行人たちは誰も犯人の姿を見ていない。まるで、透明人間の仕業《しわざ》か、あるいは異次元から刃物が飛んできたみたいな不可解な状況。さて。ここからなんだけど。この後どうなると思う？」

「警官が駈けつけてくるだろう」

「現場は混乱するわね。でも被害者たちは、いつまでも、そこにいるわけじゃないでしょ」

「そりゃそうだ。救急車が呼ばれて、病院に運ばれるさ」

「そこなんだけどさ、全員が同じ病院へ運ばれるのかしら？」

「そうとは限らないんじゃないか。というのも、被害者たちは、まだ増えるかもしれないからね。僕たちが見つけているのは十三人だけど、実際には、もっといるのかもしれない」

「悲観的なこと、考えてんのね」

「〝バトン〟によるリレー形式は一応途切れているけれど、それが打ち止めを意味するかどうかを断定できる材料は、いまのところ、ないんだから。極端な話、まだあと何十人も犠牲者が出ているのかもしれない。したがって、被害者たちが複数の病院へ搬送される可能性もある」

「でも、大部分の被害者たちは、一番近くにある救急指定病院に運ばれるはずでしょ？」

「それは、そうだろう」

「だったら、その病院に何かある、とか」

「なんだい、何か、って？」

「判らないけど。いま、ばらばらに散らばっている被害者たちが一堂に会するとしたら、その場所は病院以外にあり得ないでしょ。だから、そこに何か意味があるのかな、と思っただけ」

「何か意味があるといっても……一堂に会するのが目的ならば、なにもわざわざ、こんな事件を起こす必要はないだろ」

「そうだけど、でも、病院というのは、ひとつのポイントかもしれない」

「どういうふうに？」

「引き続き、被害者たちを刺したのは彼ら自身という前提で進めるけど。いい？」

「ああ。どうも他に現実的な答えは、ありそうにないからね。ただ、たとえば、現場の厨房《ちゅうぼう》に置いてあったとおぼしき包丁を、どうやって店員に見咎《みとが》められずに持ってこられたのかとか、いろいろ細かい問題もあるけれど」

「そんなことよりも一番大きな問題は、あなたも指摘していたように、動機よ。彼らは、なぜそんなことをしなければいけなかったのか？　その検討に入るためには、もうひとつ前提を導《みちび》き出しておく必要がある。それは、彼らは果たして自分の意志で刺したのか、それとも催眠術か何かは判らないけれど、他人に操《あやつ》られて自分を刺してしまったのか——どっちなんだと思う？」

「どうだろう。単に刺されたふりをするならばともかく、彼らがほんとうに自分を刺している以上、他人に操られている可能性のほうが強いと、僕は思うけどね」

「では、その前提に立って推論を進めていきましょうか。被害者たちを操った黒幕が存在するとする。そしてその黒幕が使った方法は、ここでは便宜的に催眠術だとしておきましょう。どうせ考えたって、詳しいことは判りっこないんだから、一番判りやすい形で——いい？」

「うん。黒幕は催眠術を使って、あの十三人に、二時五分になったら自分を刺すように暗示をかけた、と。それで？」

「黒幕の狙《ねら》いは何か。それは、もし時間がそこで止まっていなければどうなっていたか、を考えてみればいい。すなわち、いまごろ救急病院は被害者たちで溢《あふ》れかえっているはず」

「そうなるだろうな、当然」

「その混乱に乗じて、黒幕は何かをやろうとしている——」

「だから、その何かとは、たとえばどういったことなんだ？」

「それが判れば、あなた、苦労しないわよ。でも、大がかりな陰謀の類でしょうね。陰謀なんていうと大袈裟《おおげさ》に聞こえるかもしれないけど、この町全体を巻き込んで、何か悪事を企んでいるんじゃないのかな」

「というと、きみはたとえば、黒幕の狙いは、大量の死傷者を同時に出すことによって救急病院の機能を麻痺《まひ》させることにあるとか、そういうふうに考えているのか？」

「正常な機能が麻痺させられるかもしれないのは病院だけじゃないわ。不可解な傷害事件が同じ地区で同時多発したら警察だって混乱する。なにしろ被害者や目撃者たちの証言は、空中から急に刃物が現われたように見えた、なんて奇々怪々《ききかいかい》なものになるだろうし。その上、被害者の数がまだ増えるかもしれないともなれば警察の機能は完全に麻痺してしまってもおかしくない」

「なるほど。決して大袈裟ではなく町がパニックに陥《おちい》るかもしれないな。黒幕は、その混乱に乗じて何をするつもりなのか？」

「そこまでは、手持ちの材料では推論できないわ。さっきの、銀行強盗というのは、なかなかいいセンだと思うんだけど、それだけが目的ならば、なにもこんなにたくさんのひとたちを刺す——というか、厳密には自《みずか》ら刺すように操る——必要なんかないでしょうし」

「まあね。この町が、たとえば官公庁とか文化的に重要な施設などが集中している土地柄だったら、都市ゲリラがクーデターを計画している——なんて極端な仮説も、あり得たんだけどなあ」

「あんた、もしかして」統一郎の口調が残念そうなのが真奈には可笑《おか》しい。「その都市ゲリラ説が気に入ってるんだ?」

「ちょっぴりね。たとえば、ここが東京の中央《ちゅうおう》区だったら、救急病院と警察の機能を麻痺させ混乱に乗じて町を占拠《せんきょ》するための尖兵《せんぺい》的戦略という説に、きっと納得していただろう」

「あらま、それは惜《お》しいや。なんとかならないかしら、都市ゲリラくんたち。頑張《がんば》れ」

「何を頑張るんだよ。でも、都市ゲリラとかクーデターほど極端にいかなくても、この町全体を混乱に陥《おとしい》れ、それに乗じて悪事を企むという説は充分、ありなんじゃないか? ただ、その場合、では〝バトン〟にはどんな意味があるのかが、また判らなくなってくるけれど」

「そうねえ……もしかしたら、犯行声明の代わり、とか?」

「犯行声明?」

「被害者たち同士を繋ぐ〝環〟を仕込んでおけば、これが何者かの意志によって引き起こされた騒動であると、明確に表示できる。そういう意味での犯行声明——ちがうかな?」

「なんともいえないなあ。混乱に乗じて何をするつもりなのか、それさえ判れば——いや、詳しく判る必要はないんだ。だいたいこんなことなんじゃないか、と思えるような仮説があれば——」

「納得できるってわけね」

「まあね」

「あるいは、町全体ではなくて、もう少しスケールダウンして考えた方がいいのかもね」

「というと?」

「さっき、あなたが言いかけてたでしょ。あのアーケード内に事件が集中しているのは何か意味があるのか——と。あるのかもよ」

「たとえば？」

「たとえばさ、これはけっこう大胆なシミュレーションになるけど、事態が混乱する時って、デマが飛び交《か》うでしょ？」

「デマ——ああ、そうだろうね」

「ましてや、何もないはずの空中からいきなり刃物が出現して刺された——なんて〝真相〟がすんなり受け入れられるはずはないんだから。たまたま近くにいた通行人たちの間で交わされた憶測が、デマとなって拡《ひろ》がってゆく可能性は充分にある。たとえば、アーケード内のどこそこという店で食中毒が発生した、とか」

「それは、あり得る。やがてはそれが誤報だということは明らかになるだろうけれど、一時的に集団食中毒かと勘違いされても、おかしくない。情報ってけっこう、伝わってゆく段階で変質するし。以前に毒ガス事件が起きた時、最初、爆発事故と誤報された例もある」

「つまり、これって商店街全体に対する恨《うら》みの犯行なんじゃないかしら。ひとつの考え方でしょ？　混乱に乗じて黒幕は流言蜚語《りゅうげんひご》を流す。それによって商店街にダメージを与えるのが、そもそもの目的だった、と」

「なるほど。それは、なかなか現実味のある、面白《おもしろ》い仮説だ。しかし、だとしたら、わざわざ催眠術を使って不可思議な事件を演出する必要なんかないんじゃないの。ほんとうに食中毒を起こすほうが、ずっと簡単だよ」

「食中毒というのは、あくまでもひとつの例よ。実際にはデマがどういう内容に発展するのかは、黒幕本人にだって予想できない。だから演出する状況は不可解であればあるほどいい。もしかしたら、あのアーケードは呪《のろ》われているんじゃないかとか、そういう怪談めいた噂《うわさ》に発展するかもしれない。アーケードの評判はガタ落ちだし、うまくいけば封鎖されることだってあり得る、と」

「しかしもしそうならば、すべての事件をアーケード内に集中させなければ意味がないだろう。ところが実際には杉本氏やパンチパーマの男など、アーケードから離れたところで刺された――というか、自分を刺した――被害者たちがいる。それはどうしてなんだ？　ふたりの銀行員などの場合は、アーケード内ではないにせよ、一応近くだから、まだ判らなくもないが」

「それは彼らが、黒幕にとって予定外の行動をとった結果じゃないかしら」

「予定外の行動？」

「つまり、あの十三人は、本来ならば全員、二時五分という時刻にはアーケード内にいるはずのひとたちばかりだった。たとえば杉本先生も例のビデオ店に行った帰りに、あそこを通るのが習慣になっていたわけでしょ。だから本来ならば、先生もアーケード内で自分を刺す予定だった。それがたまたま、いつもよりも早めに自宅に帰り着いてしまったものだから、ああいう、密室の中で刺されたみたいな変な状況が出来上がってしまったのよ」

「では、パンチパーマもふたりの銀行員も同じように、黒幕にとって予定外の行動をとったと、そういうことかい。その結果、アーケード外で自分を刺してしまった——と？」

「そうよ。逆にいえば、そういう予定外のハプニングが起こり得ると予想していたからこそ、黒幕は十三人、あるいはそれ以上の〝出演者〟が必要だったんだわ。どんなアクシデントが起きても、アーケードという〝ステージ〟上には必ず何人かを確保しておけるように、と」

「なるほど」

「……納得したの？　それとも——」

「大筋ではね。なかなかいいと思うんだ。黒幕の動機も、いかにも現実味があって納得できる。でも、細かいことを言って申し訳ないが、やっぱり凶器のことが気になるんだよね、僕は。彼らが、それぞれ自分の手で自身を刺した——それはいいんだ。しかし、ナイフ組はともかく、現場調達組のひとたちは凶器をどうやって手に入れたのか。たとえばナンピアくんは〈エンジェル〉の厨房にあった包丁を、そして補導員のおばさんは〈ワッコドナルド〉の厨房にあった包丁を、それぞれ使っている。堀井嬢の場合は判るよ。彼女が店の包丁を手に取っても誰も不審には思わない。しかし、お客が厨房に入り込んで包丁を持っていこうとしたら、店員の誰かが見咎めているはずだろ、絶対に」

「でも、さっき末さん、自分で認めてたよ。それらの凶器が現場から調達されたものであるとは確認できない——と」

「それはそうだけど。少なくともナンピアくんと補導員のおばさんは、そんな感じだった。それにパンチパーマだって——あ。そういえば、パンチパーマは、もっと不可解な状況なんだ」

「もっと不可解？」

「彼は明らかに、あの中華料理店へ入ろうとする恰好で固まっていた。なのに、どうやって店内の厨房から包丁を調達できたんだ？　これが出ていこうとしているのなら、まだ判る。いや、たとえそうであっても、やはり客である彼が厨房から包丁を持ち出そうとしたら、確実に従業員に見咎められているはずなんだ」

「でも、それだって店の厨房にあったものだとは確認できないわけでしょ？」

「まあ、そうなんだけどね。特に、パンチパーマの場合、厨房に置いてあった他の包丁と、特に似《に》ているわけでもなかったし……」

「なんだ。じゃあ、そんなこと、悩んだって仕方がないじゃない。現場から調達したという前提そのものが怪《あや》しいんだから——あ。でも」

「なんだい？」

「もしかして、黒幕があらかじめ包丁を盗んでおいた、なんてことはないのかな？　各現場から」

「黒幕が……？」

「その盗んだ包丁を、各被害者たちに催眠術をかけておいてから、手渡しておいたのよ。二時五分になったら、それを使って自分を刺すようにと、暗示をかけて」

「しかし、なんでまた黒幕は、そんなことをする必要があるんだ？」

「不可能興味の演出の一環よ、多分。眼に見えない相手に刺されたような状況だけでも不可解なのに、さらに、現場から一旦消えていたはずの包丁が凶器として出現したら、不可思議さが、また一段と意味ありげになるじゃない」

「なるほどね。まあいいだろ。でも、だったら、すべての被害者が、その現場で調達した凶器で自分を刺してなきゃおかしいじゃないか。特に蕎麦屋の板前とか魚屋の親父とか」

「彼らの場合は、だって、被害者自身が仕事で使うものをそのまま凶器に使っても、意外性はあんまりないからじゃないの？」

「そうかもしれないが……なんだか、ちぐはぐなんだよな」

真奈は肩を竦めた。しばらく食べることに専念したいとばかりに、黙々と箸《はし》を動かす。

つられて空腹を覚えた統一郎は、彼女に倣《なら》い、代金を置いて他の客の、すでに焼き上がっているお好み焼きを持ってきた。

ふと、その客が拡げているスポーツ新聞の見出しが眼にとまる。妙に気になり、それも一緒に持って席に戻った。

「なあに？」ずるずるとキムチラーメンをすすり込みながら、真奈はコーラをがぶがぶ。「こんな時にプロ野球の結果でも気になるの？」

「いや……」

統一郎は先ず記事をゆっくり読んでみた。その後で真奈に新聞を差し出す。

今朝の新聞だ。彼が指さしているのは、彼女も初めて見る記事である。

『大麻《たいま》を自宅栽培　××署など一斉摘発』

「――これが？　どうしたの」

「詳しく読んでみなよ」

『――市内の民家で大麻が栽培されているという情報をもとに内偵していた××署と県警本部生活保安課は、二十七日、大麻取締法違反容疑で一斉摘発に乗り出し、民家数軒を家宅捜索。同法違反の現行犯でひとりを逮捕し、もうひとりから事情聴取をしている。

逮捕されたのはテレビタレント、小川華世《おがわはなよ》容疑者（二十九）。事情聴取を受けているのは同市内の英会話教室経営、A容疑者（三十五）。

小川容疑者は自宅のベランダで鉢植え二十五鉢、およびプランター八ケースで大麻草、約五十本を栽培。さらに乾燥大麻一二七・五グラムを所持していた。またA容疑者は六月下旬から二十七日までの間、経営している英会話教室兼自宅で大麻草十本を鉢植えで栽培していた疑いを持たれている。

××署の調べによると、小川容疑者の自宅からは瓶《びん》詰めの乾燥大麻以外に、外国製と思われる吸引道具も押収《おうしゅう》されており、常習的に大麻を使用していた可能性が強い。

またA容疑者の自宅には英会話講師を名乗る身元不詳《ふしょう》の外国人複数が日ごろから出入りしており、××署では任意同行を求める方針。汚染はさらに拡大する様相を見せている。

小川容疑者は地元のテレビ情報番組でパーソナリティを務めるタレントで、CMその他、ローカルニュースにもリポーターとして出演している。帰国子女で英語が堪能《たんのう》であるため、以前、A容疑者の英会話教室で働いていたこともあり、捜査本部は関係を追及している。

なお、小川容疑者の逮捕を受けて、テレビ局や関係者は対応に追われており、二十八日に予定されていた、小川容疑者の司会予定の××商店街の納涼イベントは中止されることが決定――』

「このタレント、知ってる」真奈は妙に嬉《うれ》しそうな声で、「うちの学校の卒業生だもん」

「へえ。そうなのか。僕もテレビで観《み》たことあるけど。でも、こういうことをやらかしそうなタイプには見えなかったな」

「そうかな。あたしは特に意外には思わない。彼女みたいなぶりぶりタイプって、裏で何をやってるか判ったもんじゃないし」

「それはそうかもしれないが」

「いまでも学校じゃ有名だよ。それは、すさまじかったんだって、裏表が。少しでも自分の得になる相手には、教師でも生徒でも気味が悪いくらい媚《こ》びまくるんだけど。利用価値がないと見ると掌《てのひら》を返したみたいに、シカトぶっこいてたんだって。昔の担任が言ってるんだから、まちがいない」

「へーえ」他ならぬ教師が卒業生の評判を貶《おとし》めるような噂話を在校生とするのは問題ではないのかと思う統一郎だが、とりあえず好奇心が勝つ。「上昇志向の強いタイプなのかな」

「プライドがむちゃくちゃ高いくせに頭はむちゃくちゃ悪いもんだから、日本の大学はひとつも受験せずに、いきなり留学」

「え。どういう脈絡なんだ、それ?」

「なんでも親も、すんごいミーハーでさ、娘をタレントにしたかったんだって。もちろん全国区の。だから、とりあえず帰国子女にしたらハクがつくだろうという目算で」

「ふーん」

「でもさ、この記事、英語が堪能、なんて書いてあるけれど、ろくに喋《しゃべ》れないのが実情らしいよ。向こうでは学校の授業なんか全然出なかったとか日本人としか付き合いがなかった、という噂もあるし。さしずめ、あっちで覚えてきたのはマリファナだけだったわけだ」

「そんなところなのかもしれないな」

「帰国しても案《あん》の定《じょう》、全国区のタレントなんか無理だったもんね。地元のミスコンとか次々に受けまくったけど、準ミスにもなれなかったらしいよ。父親か母親のコネで、やっとローカルテレビ局にもぐり込んだんだってさ。ばかよね。身のほど知らずっていうか、ものの価値が判っていないっていうか。ようやく、まがりなりにも手に入れたタレント業、自分の手でふいにしちゃうんだもの。学校の成績が悪いからアホだとか、そんなことは決してないけど、このひとの場合は、なんていうのか、全方位型のアホだよね」

「随分《ずいぶん》、手厳《てきび》しいんだね、しかし」

「あたし、こんなタイプ、嫌いだもん。こんな奴がいるせいで、女子高生や女子校出身の娘はアホばっかりだ、なんていう世間の偏見と戦わなくちゃいけないんだぞ」

「そんなものなんですか。僕は別に、女子高生がアホだとは思わないけどね」

「アホどころか、世間のおじさん連中よりも、よっぽど頭いいよ。でもアホだと思いたいのよね、世間はさ。そういうイメージを押しつけときたいんだ。あたしたちが日々なんの悩みもなく、チーズの塊に群がるネズミみたいに流行と男を追いかけるだけの、きゃぴきゃぴした存在だと思いたいのよね。若い娘は可愛《かわい》くて頭がからっぽなのが理想というおじさんたちが、この日本を支えてるってわけだ。なぜだか判る？」

「可愛くて頭がからっぽなのが、なぜ、おじさんたちの理想なのか、ということ？　さあ」

「怖《こわ》いからよ」

「え……怖い？」

「若い娘が自分たちと同じように日々悩んだりする存在だとは思いたくないのよ。何にも考えていない人形であって欲しいのよ。そうでなきゃ、怖くて近寄れないのね」

「怖い……ねえ」

「逆にいえば、若い娘は何も考えていないから怖くないんだと。近寄っても大丈夫なんだと。そんなふうに、いじましく自分のエッチな願望を正当化して勢いをつけてるってワケよ。相手は頭がからっぽなんだから、お金さえ渡せば何とかなるんじゃないかとか、後腐《あとくさ》れもないんじゃないかとか、さ。あたしたちも随分、舐《な》められてるけどさ、それを承知の上で、ちゃっかりおじさんを利用するアホが多いもんだから、なるほど女子高生というのはアホなんだという認識がますます既成事実化されちゃって、悪循環が世にはびこるという寸法――あ。脱線しちゃったわね。悪いわるい。で、この記事が、どうかしたの？　まさか、単に小川華世のファンなんだ、なんてオチじゃないでしょうね」

「実は、記事の最後のほうにある、この納涼イベント云々《うんぬん》なんだけど――」

「これが？」

「この××町商店街って、あそこのアーケードのことだろ？」

「そうでしょ。って、地元のひとが、余所者のあたしに訊くか」

「なんだか、きみのほうがここら辺《あた》りの事情には詳しいような気がするから。で、この納涼イベントだけど、アーケードの中でカラオケ大会とか、いろいろやる予定だったらしい」

「ふうん。そういえば、何とか大会って垂《た》れ幕が掛かってたのを見かけたような気がする」

「うん。早々に取っ払われちゃったみたいだけど。しかし、司会者が逮捕されたからって、イベントそのものが中止になるなんて、なんだか随分、神経質な反応だな」

「そうだよね。司会なんて、いくらでも代役がいるでしょうに。もしかしたら別の事情が絡《から》んでいるのかもしれないけど」

「問題は、そのイベントが、本来なら今日行なわれていたはずだ、ということなんだ。しかも、僕の記憶が正しければ、たしか午後二時からだった」

「ほう」

「ということは、もしこのタレントが逮捕されず、予定通り納涼イベントが行なわれていたとしたら、どうなっていたのかな……と思って」

「開始早々中止になっていた——その可能性はあるわよね。なにしろ、アーケードのあちこちで刺されるひとが続出するんだから」

「うん。もしかしてそれが、事件の眼目《がんもく》だったんじゃないのかなと、ふと……」

「でもさ、このイベント、結局中止になってるんだよ。こうして新聞に載っているということは昨日《きのう》の段階で、とっくに決定していたはずでしょ。だったら、いまさら——」

「そうなんだ。仮に、この事件が、納涼イベントを妨害する目的で仕組まれたとしよう。しかし、中止になった以上は、もう、むりに騒ぎを引き起こす必要はない」

「でしょ」

「だが、もしも、被害者たちにかけられた催眠術が解かれていなかった——としたら？」

「催眠術が？」

「きみの仮説が正しいのなら、黒幕は十三人の住人に後《ご》催眠とかいうやつをかけていたわけだろ。いってみれば時限爆弾をセットするようなものだ。それが、もう爆弾を爆発させる必要はなくなったとなれば時限装置を解除しなければいけない。しかし中止が決まったのは昨日のことだ。それから今日までの間に十三人もの住人のもとを回って、ひとりひとり催眠術を解くのは——」

「なるほど。時間的に無理だったと。結果的に、こうして〝時限爆弾〟は爆発しちゃったんじゃないかと。そう言いたいわけね」

「うん、そうなんだが……」

「判ってるって。自分で唱《とな》えてはみたものの、納得できないんでしょ」皮肉っぽく店内を見回しておいて、真奈はフラッペにとりかかる。「さっきの仮説と同じで、凶器をどうやって見咎められずに調達したのか、それとも最初から持っていたのか云々の問題に舞い戻ってきちゃうもんね」

「そうなんだ。そのとおりなんだ」

統一郎は溜息《ためいき》をつくと、お好み焼きにとりかかった。ソースを二種類、刷毛にたっぷりとしみ込ませ、表面に塗《ぬ》りたくる。

「げっ。ちょっとお」真奈は吐きそうな顔で、「それ、もうソース、たっぷりたっぷり、かけてあったんだよ。気がつかなかったの？」

「知ってたよ」統一郎は平然と、「だけど、まだ足りなかったから」

「どこが。あ、あんなに真っ黒だったのに……あーあ。身体に悪そう」

「夏場はこれでいいんだよ。塩分が不足して体力を消耗するから」

「あんたが、そんなもっともらしいご託《たく》を並べる時って、実は単なる自分の好みをごまかすためだってこと、もうばれてんのよ」

「まあね」統一郎は笑って、ソースまみれ——というより、ほとんどソースの塊を、躊躇《ちゅうちょ》なく口に押し込んだ。「んまいっ」

「うえっ。よ、よくまあ、そんなに嬉しそうに。見てるこっちが吐きそう」

「僕に言わせりゃ、キムチラーメンを食べながらコーラをがぶがぶ飲むほうが、よっぽど気色《きしょく》悪いと思うけどね」

「そんなの好きずきじゃん。放っといてよ。そういえばさ。話をもとに戻すけど」

「ん」

「その、納涼イベント妨害目的っていう説だけど、ちょっと面白いかな、と思うんだ」

「そうかい。でも——」

「まあ聞いて。単に妨害といってもさ、いろんな意味合いがあるじゃない。どうして妨害しなきゃいけないのか、その理由とか」

「そりゃそうだ。もしかしたら住民たちの間で深刻な確執《かくしつ》があるとか」

「それそれ」勢い込んだ拍子《ひょうし》に、真奈の口から氷のかけらが飛ぶ。「もう怨念《おんねん》ドロドロの確執があったんじゃないのかな。余所者の無責任な立場からの発言をご容赦《ようしゃ》いただきたいんだけど」

「怨念ドロドロ？」

「その納涼イベントって、お店とか出ないの？　食べもの関係の」

「食べもの？　さて。そういえば、タコ焼きか何かの屋台が出るという話は聞いたけど」

「やっぱり、あんた、ウスターソース関係しか頭に残らないひとなんだ。ま、それはいいや。うん。やっぱりねえ」

「何が、やっぱりなんだ？」

「どこの町でもそうだけどさ、共同体である以上、そこで仲間外《はず》れにされるひとって、出てくるわけじゃん？」

「そうかもしれないな」

「で、何か経緯《いきさつ》があって仲間外れにされたひとが、ここにいるとする。そのひとは、この町の住民たち全員を恨んでいて、仕返しをしてやろうと陰険な計画を練《ね》る」

「陰険な計画？」

「無差別に住民を毒殺してやる、と」

「おいおい。あんまり不穏《ふおん》なことを言うなよ。仲間外れにされた恨みで住民を無差別に毒殺？そんなばかな」

「判らないよ。仲間外れにされた事情とか、その人物の性格によっては、そういう極端なこともあり得るって」

「まあ、あくまでも仮の話なんだよな」

「そりゃそうだけど。まあ、真面目《まじめ》に聞いて。とにかく、その仲間外れにされたひとは、この町の住民に対して復讐のオニとなったわけだ。そして今回の納涼イベントに眼をつけた。不特定多数の住民が集まってきて、屋台に出ているものにも口をつける。それを狙って——」

「毒を仕込もうっていうのか？」

「こっそりとね」

「そんな……妄想だよ、そんなの。だいたい、毒って簡単にいうけどさ、どこから手に入れるんだ、そんなもの？」

「そりゃ、そのひと次第《しだい》よ」

「たとえば、わざと腐ったものを食べさせて腹を下《くだ》させるとか、そういう嫌がらせなら、まだ判らなくもない。だけど、いきなり毒にいくかなあ」

「でも、この場合、毒じゃないと、ね。そうしないと、あとの仮説が成立しない」

「あとの仮説、というと？」

「この町を狙った無差別毒殺計画。それを、ある住民が偶然、知った――そう考えてみて」

「どうやって？」

「そこまで訊く？」

「だって、きみの説によると、その人物はコミュニティから仲間外れになっているんだろ。そんな人物がひそかに毒殺計画を練っている、なんて、住民側がいったい、どうやって知るのさ」

「そんな細かいことまで、いまは判らないわよ。とにかく、何かひょんなきっかけがあったと。そういうことで先に進むわよ。さて。毒殺を計画しているひとを、仮にドックと呼ぼう。別に医者という意味じゃないけど」

「判ってるさ。毒の洒落《しゃれ》だろ」

「解説しないでいい。さてドックの計画を、ある住民が知る。そんなことをさせてはならじと、住民は何とか納涼イベントを中止させるよう画策《かくさく》する。しかし、どうもうまい口実が見つからない。そこで一計を案じて――」

「ちょっと待てよ。その住民はどうして、ドックの計画を然《しか》るべきところに告発しないんだ？

警察とか、あるいは町内会とか――」

「それができない事情があるのよ。しかも無差別に毒殺なんて俄《にわか》には信じがたいような話でしょ。うっかりそんな告発をしたら、逆に自分の人間性が疑われかねないじゃない。ドックに続いて今度は自分がコミュニティから孤立しかねない」

「それは、そうかもしれない」

「で、この住民は一計を案じた」

「それがつまり、今回の事件の騒動――というわけか？　騒ぎを起こせば、みんな、そちらに気を取られて毒が混入されたものを食べないだろうと。そういう思惑《おもわく》で？」

「そのとおり」

「やっぱり催眠術をかけたのか」

「ううん、ちがう。そうじゃない」

「え？」

「被害者たちは共謀の上、我が身を刺して騒ぎを起こそうとした。つまり純粋に自分の意志によって、身を挺《てい》してイベントを中止に追い込もうとした。腐った食べ物なんかじゃなくて毒でなければ成立しない仮説だといった理由が判った？　町民の誰かが毒殺されるかもしれないという危機感があったからこそ、被害者たち十三人は、いわばボランティア精神で、この町の平和を守ろうと――」

「そんなわけがあるか」

「え？」

「そんなわけはないと言ってるんだよ。もしそうならば、イベントそのものが中止になっているんだから、彼らの妨害計画だって自動的に中止になっているはずだろ？」

「それは、だから」フラッペを掬《すく》うスプーンを舐めなめ、「仲間たちに対して連絡が徹底していなかったから——とか？」

「連絡って、計画が中止になったという連絡のことかい。しかしね、イベントが中止になっていることくらい見れば判るじゃないか。会場は各自のいる場所の、すぐ眼の前なんだぜ」

「たまたま気がつかなかったのかもよ」

「気がつかなかったとしたら、それはアーケード以外で刺されているひとたちだけだったろう。杉本氏に、パンチパーマに、銀行員——いや、杉本氏は、イベントが中止されていると知ってたはずだ。だってビデオ屋へ行った後、アーケードを抜けて自宅へ戻ったんだから」

「でも、先生は、アーケードの裏にある道を使うことも、あるのよ。ほら。例の〈エンジェル〉の在る通り」

「判ったよ。だったら杉本氏は中止を知らなかった組に加えてもいい。だけど、それでも事情は全然変わらないんだ。アーケード内にいた被害者たちはみんな、イベントが中止になっていることを知ってたはずだ。第一、今朝の新聞に、こんな大きな記事が出ているじゃないか。なのに、どうして妨害計画を実行してしまったんだ？」

「それは、みんな、たまたま今朝の新聞は見なかったとか——ちょっと待ってよ。これは真面目な話なんだから。そんな、不貞腐《ふてくさ》れたような、ひねた顔しないで、ちゃんと聞いて」

「たまたま十三人全員が、今朝の新聞を全然見なかった、というのかい？」

「あり得ることでしょ？」

「そりゃ、なにごとも確率はゼロとはいえないさ。しかし、それでは説得力が――」

「被害者になる予定のひとたちは、十三人よりも、もっといたかもしれないでしょ？」

「え。もっといた……というと？」

「つまり、たとえば五十人とかよ。これって決して極端な数字なんかじゃない。それぐらい大勢のひとたちがいきなり倒れてこそ、イベントを中止に追い込むだけの力を発揮するのよ。だって考えてみて。いくら騒ぎが起きても子供なんかは状況を把握《はあく》しないままタコ焼きを口に入れてしまいかねない。そうでしょ。そうなったら、なんにもならないんだから。二時のスタートから間《ま》を置かず思い切りインパクトのある事件を起こして、みんなの注意を完全に屋台から逸《そ》らしてしまう。そして、ヘタにものを口に入れてはいけないという雰囲気をつくる必要があったわけだから」

「なるほど。それは判る。ということは、十三人以外の仲間たちは、ちゃんと、イベントが中止になったことを知っていた。だから我が身をこっそり刺すという計画を実行に移さなかった――そう言いたいわけ？」

「そう。ところが、たまたま新聞記事を見ず、しかも〈ワッコドナルド〉の堀井さんみたいに、ずっと店に引っ込んでいたひとたちは、当然イベントが始まっているものと思い込んでいた。ほんとうなら立案者が責任をもって中止になったことを全員に伝えなければいけなかったんだけど、さっきあなたがいったように、中止になったことなんか見れば判るはずと、そう高《たか》を括《くく》ってしまったのね」

「結果的に連絡が不徹底になってしまった——ということか」

「そう。どう？」

「しかし、それでもやっぱり凶器の問題が……」

「なに言ってんのよ。凶器の問題があったのは、被害者たちを操っている黒幕がいる、という前提があったからでしょ。被害者たち本人が、別に操られたわけではなくて、自分たちの意志で自身を刺したのなら、何の疑問もないじゃない。あなたは、店の従業員に見咎められずに厨房にある包丁を、どうやって持ってこられたのか不思議だって言うけれど、その従業員たちさえも計画に協力していたことは一目瞭然《いちもくりょうぜん》でしょ」

「なんだって」

「たとえば堀井さん。彼女は厨房にいたんだから。自分を刺す分はもちろん、補導員のおばさんの分も簡単に調達できた。そうでしょ」

「すると、あのナンピアくんは……？」

「〈エンジェル〉の従業員が協力して、包丁を手渡したんでしょ。凶器はその場にあるものを使わなければいけないという取り決めはなかったから、魚屋や蕎麦屋のおじさんたちは、敢《あ》えて商売道具を使わずナイフを代わりに使った——こう考えれば、凶器に関する疑問は、すべてクリアできる」

「なるほど……」

統一郎は頷いた。

真奈本人も、説明し終えてみると、なかなか説得力のある仮説に思える。だが、周囲の風景は一向《いっこう》に動き出す気配がない。

「……まだ何か不満があるわけ？」

「残念ながら、ある」

「なんなのよ、いったい。もう疑問点は全部カバーしたと思うけど」

「〝バトン〟だよ。もしも被害者たちが意識的な共犯関係にあったのだとしたら、あんなものを各自が持っていたことを、どう説明する？」

「それは、各自が病院へ運ばれて警察に事情聴取を受ける際に、全員の事件に関連があることを強調するためでしょうね。それによって犯行そのものが不可能であるという状況をも強調して、ひいては事件そのものをきわめて自然な形で迷宮《めいきゅう》入りにしてしまうためだった。彼らの目的は、あくまでも納涼イベントさえ中止に追い込めばよかったんだから。事件を必要以上に探られるのは困るでしょ。だから最初にガツンと、思い切り警察を攪乱《かくらん》しておこうっていう算段だったのよ」

「なるほど。そんなふうに言うと思った。しかし、それでは納得できない点がある」

「え。なによ？」

「被害者を装《よそお》う予定だった協力者は、あの十三人以外にも、まだたくさんいる――それが、きみの仮説の前提になっている。そう考えてもいい？」

「ええ、いいわよ」

「つまり、全員が、お互いをリレー形式で繋ぐ〝バトン〟となるものを用意していた、そういうことになるよね。その内訳も当然、あらかじめ全員で相談して、きちんとリレー形式で繋げられるもので揃えておいたはずだ――これもいい？」

「もちろん、いいわよ。だから？」

「イベントが中止になったため、〝バトン〟は不要のものとなる。大部分の仲間が、それを捨てるか、あるいは仕舞《しま》うか、とにかく処分しただろう。しかし、たまたまイベント中止を知らなかった十三人は予定どおり計画を実行してしまった。用意しておいた〝バトン〟を持ったまま――ほんとうに、それでいいの？」

「いいに決まってるじゃない」

「おかしいじゃないか。なのに、どうして十三人の〝バトン〟が繋がってしまうんだ？」

「だって、最初から繋げるために用意して――」

「繋がってしまっては、おかしいだろ」

「え……え、どういうことよ？」

「当初の協力者の数は仮に五十人だったとしよう。ということは、実行しなかった人数は三十七人。合計三十七個分の〝バトン〟が使われないままに終わった。当然のことだが、この三十七個の〃バトン〃は、あとの十三個とも繫がって、大きな〃環〃を形成するはずだった——そうだね？」

「だから、さっきからそう言ってるじゃない。どこがおかしいの？」

「十三個がお互いに矛盾なく繫がっている、ということ自体がおかしいのさ。判らない？　五十個の予定で用意していた〃バトン〃のうちの三十七個が抜けたら、残りの十三個は、お互いの繫がりを失っているはずだろ。何が何やらわけの判らないものになっていたはずじゃないか」

「あ……」

真奈にも、ようやく理解できたのだった。

十章　ハイパー・ゲーム――時のない解決

「……だけど」真奈は、反論を試《こころ》みる。「厳密にいえば、一ヵ所だけ〝バトン〟が繋《つな》がっていないところがあるわよ」

「ん。どこ？」

「杉本先生とパンチパーマの間」

「というと――」

「杉本先生の〝バトン〟は〈王冠〉というビデオショップを指《さ》していたはずでしょ？　あなたは店の中に入れなかったものだから、自動的に隣の中華料理店の前にいたパンチパーマに繋げて考えちゃったみたいだけれど、もしかしたらビデオショップの中には、実は十四人目がいたかもしれないじゃない。そうでしょ？　その彼もしくは彼女は、杉本先生からの〝タッチ〟を受けてパンチパーマに繋げる〝バトン〟を持っていたかもしれない。いえ、それどころか、先生とパンチパーマの間には、ひとりだけではなく、あと何人かの被害者が挟《はさ》まれているという可能性すらあるわ」

「つまり〝環《わ》〟は、実際には繋がっていない、というんだな」

「でも……判《わか》らないけどね」急に真奈は自信なげに言葉を濁《にご》す。「パンチパーマは単に、〈王冠〉を出て隣の中華料理店へ行こうとしていただけ、だったのかもしれないし」

「うーん……たしかに、きみのいまの仮説は、なかなか説得力があったよ。詰めが弱かったにせよ。感心した。ほんとうだ。でも、僕はどうも、彼らが自分たちの意志で我が身を刺したという考え方に、もうひとつ馴染《なじ》めない」

「ということは」ようやく構築した仮説が、あっさりと否定されて、真奈は諦《あきら》め顔である。「その前提が入っているかぎり、どんなに頑張《がんば》っても、あなたは納得しないってわけね」

「いや。そうでもない。よっぽど、その理由に強い説得力があれば……いや、まあ、ちがうと思うな、僕は。やっぱり彼らは、誰か——黒幕に操《あやつ》られたんだという気がする」

「催眠術で？」

「いや。いま憶《おも》い出したんだけれど、催眠術というのは、被験者に、本人が望んでいないこと、たとえば命にかかわるような行動をとらせることはできないらしい」

「へえ、そうなの？」

「詳《くわ》しくは知らないけどね。いずれにしろ、これまで便宜《べんぎ》的に催眠術という言葉を使ってきたものの、実際は、何かもっと現実的な方法があったんじゃないかと思うんだ。たとえば、これはあくまでも仮にだけれど、きみが言ってたように、悪戯《いたずら》用の玩具《おもちゃ》だと偽《いつわ》って本物の刃物を十三人に

刻に刺せるはずはない」

「それにしたって彼らは、なんらかの形で犯行を示し合わせていたはずよね。でなければ、同時刻に刺せるはずはない」

「騙《だま》されてね。でも、自分の意志でそうしたというのとは大きな隔《へだ》たりがある」

「それって結局、彼らが自分で自分を刺したってことじゃないの」

渡したとか——何か、そのような方法が」

「そうとはかぎらない。二時五分かっきりに己《おのれ》を刺せ——あるいは刺すふりをしろ、という指示を黒幕から受けていたみんなは、自分以外にも同じ指示を受けている人間がいることを、まったく知らなかったのかもしれないし」

「で、示し合わせてもいないし、そのつもりでもなかったけれど、彼らは結果的に、全員が同時に自分を刺すことになった——そういうこと？」

「そういうことだ」

「でも……」

真奈は反論しかけて口をつぐんだ。

全員が完全に同時に行動を起こしたとする見方には、重大な疑問があるはずではなかったのか？　すなわち、たとえ被害者たちが正確に時刻を合わせた時計を持っていたとしても、それぞれの反射神経、筋肉の動き、その場の状況など諸々《もろもろ》の条件によって犯行時刻には必ず誤差が生じるはずだ。したがって、A氏を除く全員がゼロ・コンマ何秒の誤差もなく同時刻に自分を刺せたはずはない。にもかかわらず、そのあり得ない出来事が起きたかのような状況なのはどうしてなのか、と。

そもそも、この疑問を提起したのは、他ならぬ統一郎だったではないか……そう思ったものの、真奈は敢《あ》えて指摘してやらないことにした。だいたい、そんなややこしい問題をいちいち論じていたら、彼は、いつまで経《た》っても〝納得〟してくれない。それはおそらく、統一郎自身が抱いている〝危機感〟でもあろうから、もしかしたら共時性問題《シンクロニシティ》に関しては、わざと忘れたふりを決め込んでいるのかもしれない。

だったら、わざわざ真奈が蒸《む》し返してやる義理はない。彼女にしてみれば、その疑問に触れてもらわずに済むのは大歓迎だ。

「――じゃあ、彼らをひそかに操る黒幕がいるという前提で、説明してみてよ。いったい、どういうことなのかを」

「あらためて強調しておくと、行動自体としては、彼らは自分の手で自分を刺した――これは多分、まちがいないところだろう。問題は黒幕が、彼らをどんなふうに言いくるめたか、だ。ここで考えておかなければいけないのは、はたして彼らは、ほんとうに自分を刺せと命じられたのか、それとも偽物《にせもの》と偽った刃物を渡されて、刺すふりをするだけでいい、と騙されたのか――」

「どうでもいいけどさ、なんだか、あたしたち、さっきから同じ議論でごたごたしてるわね。全然、進歩がないって感じ」

「そうかもしれない。でも今度は、その黒幕候補の具体的な容疑者がいる」

「え」真奈は驚いた。「誰のこと？」

「この、逮捕された小川華世というタレントだけどさ、両親は何をしているひと？」

「さあ？　知らない。全然、興味ないもの。でも、彼女の母親もやっぱりセンジョの出身で、校友会とかPTAでは、やたらに威張《いば》っているという話は聞いたことあるわね。娘と同じで、すげえ裏表が激しいってさ」

「お父さんは、ありきたりのようだけれど、政治家とか、それとも何か地元の有力者とか、そういう人物ではないの？」

「政治家というと、国会議員とか？　さあ。そんな話は聞いたことないわね」

「でも、コネで娘をローカルテレビ局に押し込んだとか、さっき言ってたじゃないか」

「でも、どんなコネなのかまでは知らないよ。それほどの有力者なのかしら」

「家庭はお金持ちとか？」

「それは多分そうだと思う。さっき言った母親、保護者の集会《ぐさ》に来る時、それは派手《はで》はでしい恰《かっ》好《こう》だったらしくてさ。成金《なりきん》趣味まるだしの。いまだに語り種《ぐさ》になっているくらい」

「だとしたら、金の力で何とかしたのかな？」

「何とかって？」

「だから、どうやって十三人を言いくるめたのか、という話をしているんじゃないか」

「要するに、あなた、黒幕はこの小川華世の父親か母親じゃないかと疑ってるわけ？」

「うん。ただ、彼らは直接、被害者たちに頼んだわけじゃないと思うね。多分、間にひとを入れて、自分たちの存在は浮かんでこないような細工《さいく》をしているんだろう」

「被害者たちに頼む——というのは？」

「だから、玩具の刃物を使って誰かに刺されたふりをしてくれ——そう頼んだんだろう」

「つまり、ほんとうに自分を刺せ、という指示はされていない、というのね」

「そうとしか思えないだろ。まさか、いくらなんでも、自分を刺せと言われて、唯々諾々《いいだくだく》と従う奴はいないよ」

「どうかしら。被害者たちは小川華世の両親に、よほどの恩義があるか、あるいは弱みを握られている者たちだったのかもしれない。その場合は、ほんとうに刺した。つまり自分の意志で刺した、ということもあり得るわよ」

「恩義を売っていたり弱みを握っているような連中に、こんなデリケートな計画を持ち込むかな。僕ならやめとくね。たしかに忠義は尽くしてくれるかもしれないけれど、そういう連中との関係って隠しきれないだろ。事件が発覚した後、被害者たちがみんな自分に繋《つな》がる人脈だってことは、警察が少し調べれば、すぐにばれると思うよ。だから、やっぱり自分の顔は出さず、ひとを使って、無作為《むさくい》に協力者を選んだほうが無難なはずだ」

「まあ、そういうことにしときましょ。では、そうやって無作為に協力者を集めた小川パパは、いったい何をするつもりだったの？　黒幕がパパのほうだったとしてだけど」

「もちろん、問題の納涼イベントを、ぶち壊そうとしたのさ」

「大事な娘の晴れ舞台なのに？」

「晴れ舞台ってほどのものかね」

「へたしたらギャラも出ないかもしれないけど、売れないローカルタレントにとっては充分、晴れ舞台だったんじゃないの？」

「だからこそさ。さっきの新聞記事を、もう一度見てごらん」統一郎は新聞を示して、「くだんの小川嬢は、大麻草《たいま》を合わせて五十本、乾燥大麻を百グラム以上所持していた。素人《しろうと》考えなんだが、これってかなり多い量だろ？」

「全然、判らない」真奈は首を傾《かし》げて、「だって喫《す》ったことないもん、大麻なんか」

「僕もよく知らないんだが、多分かなりの量なんだと思う。証拠品が押収された自宅というのは、彼女が両親と一緒に住んでいる家なのか、それとも独《ひと》り暮らしをしている家なのかは、この記事からは判らないけれど、両親が小川嬢の所業について知っていたということは、あり得る」

「そうね。記事の論調からして、タレコミかなにかあって発覚した、みたいな感じだもん。いかにも無防備にハッパを喫ってて、へろんへろんになってたのかもね」

「そこだ」

「え？　どこ？」

「まったくの想像だけれど、小川嬢はマリファナを常習しているうちに、言動がおかしくなってしまったんじゃないかな」

「大麻の影響で？　でも、人体にそんな副作用があるものなの？」

「よく知らない。でも、常習していると記憶力が落ちる可能性があるという話は聞いたことがある。マリファナが好きな海外のアーティストなんかは、大麻はまったく害がないんだと、よく主張しているけどね。依存性もないし副作用もない、まったく安全な代物《しろもの》で、むしろアルコールのほうが害がある、なんていってさ。それがほんとうかどうか僕は知らないけれど、少なくとも巷《ちまた》では反対意見があるようだね。神経を弛緩《しかん》させるのが常態となると情緒障害などが起きる危険性がある、とかさ。ま、全部聞きかじりだから、ほんとにそうなのと訊《き》かれたら、ちょっと困るけど」

「とにかく、小川嬢はマリファナを常習していたため、もしかしたらヘンな言動をとるようになっていたのではないか、と?」

「うん。だとすると、テレビ出演などの場合は、VTRのまずいシーンをカットするとか、まだ対応が利《き》くけれど、公開イベントとなると、ごまかしようがない」

「それだけ、ひどい状態だったっていうの、小川の華世ちゃんは?」

「まあ全部、無責任な想像だけどね。でも彼女自身はそんなにひどい状態ではなかったにしても、普段から娘の素行《そこう》を心配していた小川パパが、公開イベントの司会をやっているうちに何かへまをやらかして、それがきっかけになって大麻常習のことが世間にばれるかもしれないと、そう勝手に気を回した、という可能性は充分ある」

「で、困った挙《あ》げ句《く》、納涼イベントを無理なく中止に追い込むために一計を案じた、と」

「ひとを通じて十三人の住民をランダムに選び、刺されたふりをさせる。最初は小川パパも、ふりだけで充分だと思っていたんじゃないかな。でも、どうもインパクトが弱い気がしてきて、協力者たちには内緒で本物の刃物を渡した。そのほうが騒ぎが大きくなると期待して」

「ところが、妨害工作を実行する前に、小川嬢本人が逮捕されてしまった。小川パパは娘のことで手いっぱいになってしまって、自《みずか》ら仕掛けていた〝時限爆弾〟のタイマーを止めておくことを、すっかり忘れてしまっていた——というわけ？」

「そんなところだ」

「なるほどね」

「そんなにあっさり頷《うなず》くわりには、きみ、全然納得していないだろ？」

「まあね。これまでの諸説紛々《しょせつふんぷん》よりも、もっとひどい」

「はっきり言うね」

「そういうけど」と真奈は周囲を見回して、「あなた自身、全然納得していないじゃない。それどころか、なんだか投げやりな仮説という印象を、あたしは受けたぞ」

「実は、説明しているうちに、きみが何か否定するなり補強するなりしてくれるんじゃないか、なんて期待をしてたんだが」

「やれやれ。やっぱり、あたしが考えてあげないとだめみたいね。いい。玩具だと偽って本物の刃物を渡しておく——その前提からして、そもそもダメなわけよ。判る？」

「そうかな」

「だいたい重さで、本物なのか偽物なのか、判るでしょ？」

「重量のある偽物だってあるだろ」

「それにしたって途中で、おかしいと気づきそうなものだわ。少なくとも、十三人が十三人とも気づかずに自分を刺してしまう、なんてあり得ないわよ。うっかりほんとうに刺してしまうひとなんて、せいぜい、ひとりかふたり。三人まではいないわね。賭けてもいい」

「それじゃ……」統一郎は自信なげに、「きみは、やっぱり彼らが自分の意志で自分を刺した、というのかい？」

「残念ながら、ね。でも問題はあたしがどう考えるか、じゃないでしょ。あなたにとって説得力があるかどうか、なんだから」

「うーん……でも、きみがそういうんなら、もう一度、自分の意志で刺した、という仮説を検討してみようかな」

「弱気になってるわね、なんか」

「ちょっと、ね。全然進展しないもんだから。こんなこと初めてだよ。もしかしたら〝長期滞在〟の新記録を樹立するかも。それだけ、僕も〝ここ〟の中で老《ふ》けてしまうわけだが」

「またそうやって。それとなく、あたしにもプレッシャーをかけるんだから」

「きみも同感だと思うけど、我々はどうも、いろいろ仮説を出しているようでいて、その実、同じところをぐるぐる回っているだけみたいだね」

「そうね。思い切った発想の転換をしたほうがいいのかも——すなわち——ねえ、末さん」

真奈は統一郎のことを三種類に呼び分けている。あなた、あんた、そして末さんだ。どういう基準で使い分けているのだろう。単なる気分次第《しだい》なのか。

「なんだい」

「この謎、解《と》けると思う？」

「解かなきゃ出られないよ」

「そうじゃなくて、世間に、よ」

「世間に？」

「十三人の人間がいっせいに、眼に見えない犯人に刺されたとしか思えない、そういう事件が起きた。さて、警察はいったいどんなふうに辻褄《つじつま》を合わせると思う？」

「さあ……何が言いたいの？」

「つまりね。黒幕――というのがいたとして、だけれど、こんな事件を起こして、いったいどういう効果を期待しているのかなと思って。ほら。さっき、都市ゲリラ云々《うんぬん》の説が出たじゃない？　あれは、町全体を混乱に陥《おとしい》れること自体が狙《ねら》い、という考えだよね。いってみれば、事件に対する世間の反応なんかどうでもいい。そんなことに照準を合わせた企《たくら》みではないわけだ。でも、もしかしたら世間の反応こそが黒幕の狙いだったのかも」

「世間の反応……つまり、この事件を世間はどう解釈するか、ということかい？」

「あたし思うんだけどさ、みなさん、コレは超常現象が起きたんです、なーんて言い出す奴が出てくるね、絶対に」

「それは、まちがいないな」

「さっきあたしも言ったけど、テレポーテーションを操れる犯人が、異次元から凶器を飛ばしたんだ、とかさ。も、そういうオカルト信奉者が我がもの顔で、しゃしゃり出てくる」

「マッチポンプなんじゃないか、というんだね。つまり、オカルトを本物だと世間に認めさせようと狙う輩《やから》が、自らこんな事件を起こすことで世間を〝啓蒙《けいもう》〟しようとしているんじゃないか、と――そういうこと？」

「だめかな？」

「発想としては面白《おもしろ》いよ。でも、もうちょっと具体的に詰めてくれないと。それだけじゃ、なんとも漠然《ばくぜん》としていて――」

「たとえばさ、末さん、言ってたじゃん」

「何を？」

「あたしより以前に、この〝時間牢《ろう》〟に巻き込んだひとたちの中に、新興宗教の教祖になってしまった奴がいる――って」

「……それが？」

「はたしてどういうつもりで宗教に走ったのかは知らないけど、とにかくソイツは〝時間牢〟という現象が起きることを知っているわけよね」

真奈は意味ありげに言葉を切る。

統一郎は考え込んでしまった――なるほど、これは盲点だったかもしれない、と。

これまで統一郎たちは、犯人側が〝時間牢〟という現象を計画の中に組み込んでいる、などという可能性はまったく度外視して、すべての仮説を組み立ててきた。しかし、もし誰かが〝時間牢〟の効用を充分承知の上で、すべてを企んだのだとしたら、どうなる？

事件の本質は、まったくちがう次元に存在することになる——真奈が仄《ほの》めかしているのは、まさに、その可能性なのだ。

「そして、末さんという特定の人間が、その現象を起こせる超能力者だということも、ソイツは知っているのよ」

事件の〝観察者〟から〝当事者〟へ——まるで、観客席からむりやり舞台に上げられようとしているかのような、不条理な戸惑《とまど》いが統一郎に忍び寄ってくる。意表を衝《つ》かれるあまり、軽いパニックに陥《おちい》ってしまった。

「いや、ちょっと待て……さっきいったように、いくら〝時間牢〟に巻き込まれても、現実を否定する派が主流なんだ。そして、たとえ信じたとしても、彼らは自分に何か神秘的な力が具《そな》わったのだと解釈する。決して、僕がそれを引き起こしたなんて考えはしない」

「そうかしらね、はたして」

「ちがう……というのか？」

「彼らが、心からそう信じていると、末さん、断言できる？」

「いや、そういわれると……でも、そんな雰囲気だったけれど」

「たしかに〝時間牢〟から解放された直後は、単純に自分にこういう超能力が具わったのだと信じるかもしれない。でも問題は、その後よ。自分に具わっているはずの能力が、その後ちっとも発揮されなくなったら、彼らだって、これはおかしいと考え始めるんじゃない？」

「それは……」

「でしょ？　その結果、もしかしたら、あの時、自分と一緒に〝時間牢〟の中で動いていた黒ずくめの男こそが超能力者だったんだと——そんなふうに認識を改めたとしても、ちっともおかしくないわ。そうでしょ？」

「それはそうかもしれない。しかし、だとしたら、いったいどういうことに……？」

「彼らの中に、末さんを陥れようと謀《はか》った人間がいたのかもしれない」

「僕を……陥れるだって？」

「彼らの中に——なんて曖昧《あいまい》な言い方はやめて、はっきり言うね。ずばり、その新興宗教の教祖になった人物が怪《あや》しいと思う。男なのか女なのか知らないけど」

「女だった……年齢は三十くらいの」

「いつ、巻き込んだの？」

「一昨年《おととし》——いや、一昨々年《さきおととし》だったかな」

「名前は？」

「さあ。なんといったかな、こういっちゃあれだけれど、きみほど鮮烈な印象が残っていないもんで。名前もよく憶い出せないが」

「お世辞《せじ》はいいからさ、ソイツの名前を憶い出してよ。なんていうヤツ？」

「樽谷《たるや》……だったかな。いや、それは別口だったっけ？　うーん、自信ない」

「仕方ないわね。じゃ、便宜的に問題の新興宗教の教祖の名前は樽谷だったとして話を進めるよ。彼女は〝時間牢〟を経験したことで、己に神秘的なパワーが宿ったと誤解し、新興宗教を興《おこ》して自ら教祖におさまった。ところが、以降、その神秘体験が、まったく起きない。これはどうしたことかと彼女は焦《あせ》る。信者たちも不審を抱きはじめる。これはいけないということで、彼女は末さんに眼をつけた。多分、プロの探偵を雇《やと》うなりして、身辺調査を始めたんだと思う」

「探偵？　探偵なんか雇ったところで、いったい、なにが判るんだ？」

「末さんがストップモーション能力を持っていることが判る」

「そんな」統一郎は思わず笑ってしまった。「まさか。そんなことが普通の探偵に、どうやって判るんだ？　一緒に〝時間牢〟に入ってこられるわけでもないのに――」

「そんな必要はないわ。ただ、末さんを四六時中監視していればいい。ある現象が起きることを確認しさえすれば、樽谷女史には、末さんこそがストップモーション能力を具えた超能力者であると確信できるんだから」

「ある現象って？」

「末さんが、いきなり消える、という現象よ」

「え？　消える……？」

「文字どおり消えるのよ。判らない？　末さんは〝時間牢〟の中に入ったら、その同じ位置にとどまっていたりする？　しないでしょ？」

「あ……」

「なにしろ〝滞在〟が長びけば、こうして食事もしなきゃいけない、用も足《た》さなきゃいけない、謎を解明するために、時には歩き回って調べものもしなきゃいけない身だもの。とても同じ位置にとどまってなんかいられない。つまり、ストップモーションが開始された時と、そしてそれが解除された時では、末さんのいる位置が必然的に変わってくる——そういうことでしょ？」

「そ……そうか」

「そうなのよ。〝時間牢〟の中に、どんなに長くいたとしても、客観的な時間経過からすれば、それは一瞬よりも短い——そういったのは、末さん、あなたよ。つまり、末さんの行動をじっと観察している外部の視点にとって、ストップモーションの前と後では、一瞬のうちに末さんが消えて、そして瞬間移動をしたかのような現象が起きる。少なくとも、彼らの眼にはそう見えるのよ」

「それを確認すれば——」

「判ったわけよ、樽谷女史には。あなたこそが追い求める人材であることが」

「人材……というと？」

「決まってるでしょ。自分が興した教団のために、あなたを利用しようというのよ」

「僕を利用？」

「末さんはきっと、樽谷女史にも、あたしにしたのと同じような説明をしたでしょ？　つまり、何か疑問を抱くと、こんなふうに〝時間牢〟に入ってしまうとか、その時に必ず誰かをひとり巻き込んでしまうとか、そういったことを」

「多分……したはずだ」

「でしょ？　樽谷女史は、末さんの説明を憶《おぼ》えていたからこそ、それに基《もと》づいて今回の計画を練《ね》った。あなたの能力をうまく利用して、信者たちに神秘体験をさせるという計画を、ね」

「し、しかし……」統一郎は戸惑う。「なるほど。それはよく判る。彼女がそういう発想をしたとしても、少しもおかしくない。しかし、そのことと、十三人の人間が謎の犯人に刺された事件とは、何か関係があるの？」

「もちろんよ。言ったでしょ、樽谷女史は、末さんを陥れようとしているんだ、って」

「でも、具体的にはどういうふうに？」

「先《ま》ず前提として十三人の被害者たちは、みんなグルよ。共犯――それは、いい？」

「うん、認めざるを得ないだろう。もう、こうなった以上は」

「そして十三人を陰で操る黒幕がいる。これが樽谷女史よ。もちろん便宜的な仮名だけど」

「それも認める」

「十三人は、事前の打ち合わせどおり、二時五分にいっせいに自分自身を刺した。彼ら自身が、その状態でストップモーションがかかると教えられていたかどうかは判らない。でも、黒幕である樽谷女史は当然、知っていた」

「つまり、彼らが同時多発的に刺されたばかりの状態で固まってしまう――そういう状況を、わざとつくって見せた、というのか？」

「そうよ。まさしく、末さんに見せるためだけに、そうしたのよ」

「でも、そんなことをして、なんのメリットがあるんだろう？」

「とっておきのメリットがあるわ。信者たちに神秘体験をさせるという、ね」

「どんな神秘体験を？」

「順番に説明すると、先ずA氏が、さりげなく末さんに近寄る。おそらく、あの付近には、彼以外にも末さんの動向を見張っている仲間がいるんでしょうね。タイミングを測《はか》っていたA氏は、二時五分に末さんの前で、いきなり倒れて見せる。もちろん、それによってストップモーションをかけさせるのが彼の役目だった」

「じゃあ、A氏もやっぱり、自分で自分を刺したわけだね」

「当然そうよ。彼は末さんに〝餌《えさ》〟を撒《ま》くという、重要な役割を担《にな》っていたんだから」

「〝餌〟……」

「〝謎〟という名前の〝餌〟よ。末さんは、果たして、この〝餌〟に喰《く》いついてくる。A氏に近寄った人間は誰もいないのに、いったい彼はどうやって刺されたのだろうかという疑問に囚《とら》われ、時間は停止する。このタイミングは重要だった。なぜなら、それに合わせて、あちこちに散らばっていたA氏の仲間たちが、いっせいに自分の腹を刺す段取りになっていたから」

「ちょっと待ってくれ。A氏が持っていた、あの偽物の血糊《ちのり》は？　あれはいったい、なんのために持っていたんだ？」

「〝餌〟を撒く演出の一環よ。派手な出血をしてみせれば、よけいに末さんの注意を惹《ひ》くことができるでしょ」

「おいおい。ほんとうに刺すのならば、偽物の血糊なんか必要ないだろ」

「どうして？　時間が止まってしまったら出血だって止まる。樽谷女史は、そのことが判っていたはずよ。だったら、むしろ刺す前に偽の血糊を使う演出をするようA氏に指示をしていたとしても、全然おかしくないじゃない」

「な、なるほど」

「結果的には、偽の血糊を使う前にA氏は固まってしまったわけだけれど」

「すると……堀井嬢をはじめ、補導員のおばさん、ナンピアくん以下の、その他大勢は、みんな樽谷女史の信者だというのか？」

「信者でなければ、なんだというの？　強い結束、そして教祖に対する帰依《きえ》がなければ、自分自身の腹を本物の刃物で刺すなんてこと、できるわけないじゃない」

「それはそうだ。しかし、さっききみは、信者たちに神秘体験をさせるのが今回の事件の目的だと言ったよね。でも、そんなことをさせられて、彼らがいったい、どういう不思議な体験を味わえるというんだ？　ただ、無為《むい》に自分を刺して苦痛を味わうだけじゃないか」

「そこがちがうのよ」

「え？」

「なんのために信者たちに神秘体験をさせるか。彼らの信心を獲得して教団を繁栄させるためでしょ。逆に言えば、もともと信心の篤《あつ》い者たちに、わざわざ苦労して神秘体験をさせる必要はない。つまり、あの十三人は後者なのよ。樽谷女史の熱烈な信奉者で、彼女の計画に自ら協力した者たちなのよ。したがって、樽谷女史が神秘体験をさせて信心を獲得しようと謀っている者たちは、あの十三人以外に別にいるってわけ」

「あの十三人以外に？」

「おそらく、アーケード周辺に、さりげなく通行人のふりをして待機しているんでしょうね。たくさんの信者たちが」

「待機って……いったいなにを？」

「もちろん、末さんが、いきなり消えて、次の瞬間に、まったく別のところから現われる〝奇《き》蹟《せき》〟を待っているに決まってるじゃない」

「あ……」

「そうなのよ。ここがポイントなの。いい。樽谷女史の計画はこう――先ず、末さんが〝時間牢〟に入る瞬間を、信者たちに見せる。その信者たちは、あの交差点付近で通行人のふりをして、さりげなく集まっているんでしょうね。もしかしたら、あのソフトクリームの女の子を連れた母親も、信者のひとりなのかも」

「そうやって意図的に、僕が〝消える瞬間〟を目撃させる、というわけか」

「ストップモーションに入った末さんは、謎を解明するために、あれこれ調べなければいけない。食事もしなければいけない。当然あちこちを行き回らなければいけないから、ストップモーションが解除される時には全然別の場所に現われることになる。〝停止モード〟に入っている彼らには、動き回っている間の末さんの姿は見えないから、いきなり消えた末さんが一瞬のうちに、まったく別の場所に現われる、すなわち、あたかもテレポートを行なったかのように見えるわけ。それはさっき説明したとおりだけど、おそらく樽谷女史は、その不可思議現象を自分のパワーで起こしたんだと、そんなふうに信者たちに説明するつもりなのよ」

「なるほど。それはよく判る。でもさ、僕が消える瞬間はいいよ。A氏が〝餌〟を撒くという、はっきりした段取りがあるんだから、僕が消える瞬間に信者たちを立ち会わせることは至って簡単だろう。しかし、僕が再び現われる瞬間を彼らに目撃させることは、そう簡単にはできない。というか、はっきりいって不可能だ。そうだろ。だってストップモーションがいつ、どこで解除されるのかは、この僕自身にだって予測ができないんだよ。樽谷女史にせよ誰にせよ、次の瞬間、僕がどこに現われるのかなんて予測は不可能なはずで——」

「どっこい」真奈は不敵な微笑を浮かべた。「それが可能だったとしたら？」

「え」

統一郎は驚くというより、ぽかんとなった。しかし、真奈の表情からすると、冗談を言っている様子はない。

「可能……だって？　そんな——」

「末さんがどこから出現するか、樽谷女史には予測できる——そう言ったら、信じる？」

「おいおい」統一郎は、まだこの時は、笑う余裕があった。「そんなこと、できるわけないだろ。まさか、樽谷女史には未来予知能力でもあるというんじゃないだろうね？　そんな能力があるのなら、僕という人間を利用しなくったって、信者は簡単に獲得できるよ」

「まさに、そういうことね。でも、彼女は予知能力なんか持っていないし、末さんが次の瞬間どこに出現するのかを予測するためには、別に予知能力なんか必要ない」

「まさか」あまりにも真奈が自信たっぷりなものだから、統一郎は不安になってきた。「まさか、ほんとうに……？」

「なんなら賭ける？」

「え？」

「あたしが、ほんとうに納得するに足る仮説を持っているのか、末さん、半信半疑なんでしょ？　なんなら賭けてみる？　はたして、あなたを納得させられるかどうかを」

「別にいいけど——何を賭けるんだ？」

「そうねえ。あたしが勝ったらさ、末さんを彼氏にしちゃおっかな」

「え？　だけど、きみは……」

「気の多い女だと思う？　杉本先生に幻滅したばかりだっていうのに——うん。自分でも、けっこう呆《あき》れてる。困ったヤツだ。でもさ」真奈は妙に濡《ぬ》れた瞳《ひとみ》で上眼遣《うわめづか》いに彼を見る。「あたしが立ちなおるチャンスをくれてもいいでしょ？　先生のこと、しばらく忘れるために、とりあえず末さんに夢中になりたいと思うのって、それほど悪いこと？　こんなあたし、嫌い？」

「い、いや、嫌いというわけじゃない」はたして真奈がどんな仮説を持っているのか気になって仕方がない上に、思わぬ告白をされて、統一郎は頭の中がぐちゃぐちゃになる。「判ったよ。僕のほうは別にかまわない」

「ほんと？　嬉《うれ》しいな。じゃ約束よ。末さんが納得して、〝ここ〟から出られたら、あたしと付き合ってね」

「うん――それで？」

「そもそもね、どうして十三人もの〝人員〟が必要だったんだと思う？」

「え？」

「これが、この事件の最大の謎なのよ。これまで、あたしたち、この点をあまり重要視していなかったきらいがある。でも考えてみたら、すごく不自然でしょ？　末さんに〝餌〟を撒くためだけならば、A氏だけで充分だったはずなのに」

「そういえば……」

「なのに、どうして、あと十二人も、わざわざ自分で自分を刺さなければいけなかったのか――この疑問、解ける？」

「いや……」

「この疑問が解ければ、さっきの答えも出るわ」

「さっきの答えって――僕が次の瞬間どこに現われるのかを予測できる、ということ？」

「その通り」

「いったい、ど、どうやって……」

「〝バトン〟よ」

「え……？」

「A氏が、どうして身元を示すものを何も持っておらず、代わりに、すぐ捨てるはずの〈ワッコドナルド〉のレシートなんかを持っていたのか？　判ってみれば簡単なことだわ。あれは最初から、末さんを誘導するためのものだった」

「誘導……」

「他になにも手がかりになるものが見つからなければ、末さんは〈ワッコドナルド〉へ向かう。樽谷女史たちの計画は、ひとえにその蓋然《がいぜん》性に賭けられていた。賭け、そうたしかに賭けよ。でも一旦《いったん》、末さんを〈ワッコドナルド〉へ誘導してしまえば、あとは簡単だった。末さんは確実に、次々と被害者たちを見つけるはずだと――実際、そのとおりになった。ここまで言えば判るでしょ。樽谷女史は、末さんが立ち寄る場所を、あらかじめ〝設定〟しようとしたのよ。〈エンジェル〉、蕎麦《そば》屋、鮮魚店、その他。末さんは事件を調べるために、それらの決められた場所に必ず立ち寄る」

「決められた場所に……必ず」

「そう。そうなのよ。たしかに樽谷女史にしろ誰にしろ、末さんが出没する場所を予測することはできない。ならば逆に、末さんを誘導して、立ち寄る場所をこちらで限定してしまえばいい。その目的のために十三人という〝人員〟が必要だったのであり、そして彼らには〝バトン〟という〝餌〟が常に仕込まれていた」

「僕を〝誘導〟するために……？」

「それによって、末さんの再び現われる場所が予測できる――樽谷女史はそう考えた。そしてそれらの場所には信者たちを待機させておく。ストップモーションが解除され、末さんが、なにもないはずの空中から忽然《こつぜん》と現われる瞬間を目撃した信者たちは、さぞ驚くことでしょう。しかも、末さんがその一瞬前に交差点付近で消えていることは、そちらに待機していた信者の口から知れ、ここに〃奇蹟〃が実現するという次第――樽谷女史の計画は、ざっとこんな具合だった」

「〃バトン〃は、僕が立ち寄りそうな場所を設定して、出現場所を予測するためだった……」

「なかなかいい考えでしょ？」真奈は今度こそ自信がある。「というより、〃バトン〃を合理的に説明しようと思えば、これしかないって感じ」

「しかし、その理屈だと、出現する場所によっては信者たちは僕を目撃できないケースが出てくる。たとえば杉本氏のマンションだ。もしも、あそこで何らかの〃納得〃をしたとしたら、僕はあの部屋に出現するわけだろ。それでは信者たちは〃奇蹟〃を目撃できないじゃないか」

「どうして？　杉本先生がいるじゃない」

「というと、彼も信者なのか？」

「あたりまえでしょ。しかも、かなり有力な信者だと思うわ。だって神秘体験のために、自室を、しかも独りで確保させてもらえるんだから。かなり熱心というか、献金とか寄付とか、たくさんしているクチなんじゃない？」

「それなら彼は、どうしてあんな大切な時刻に、あんな行為に耽《ふけ》っていたんだ？」

「それこそカモフラージュでしょうね。ちょうど、ズボンを下げて下腹部を露出しているところを刺されたんだ、というフリをしたわけよ」

「それに、なぜ、わざわざ部屋に鍵を掛けてあったんだ？　おまけにチェーンまで」

「そのかわり窓を開けていたでしょ。二階だから、末さんはその気になれば登ってこられる――

樽谷女史はそう読んで、わざとそうしておくように杉本先生に指示しておいたんだと思う。それによって、もうひとつオマケの〝奇蹟〟を演出しようとした。つまり、末さんは部屋を立ち去る時、ドアをそのままにしてゆく。ロックはマスターキーでもう一度掛けられるけど、チェーンは無理。となれば、時間が再び動き出した時、たとえ末さんはあの部屋にいなくても、ドアのロックとチェーンが知らないうちに外れていたという不可思議現象を、杉本先生は体験することになる――ね？」

「あ」

「何から何まで計算していたってわけよ」

＊

その瞬間――。

店内は唐突な喧騒《けんそう》に包まれた。あちこちで、テレビがいきなり最大音量で点《つ》けられたみたいな、ひどく無遠慮なざわめき。

「あれっ？」頓狂《とんきょう》な女の声。「あたしのブタタマどこ？」

ソースの香りが店内に充満する。

「お。金だ」別の男の声。「金だ。ここにも。なんだこりゃ。ん。俺の新聞は――」

「どこなの？」

鉄板の上で、熱せられた野菜が水分を噴《ふ》き出す音がする。

「あたしのブタタマッ」

＊

時間が再び動き出していた。

十一章　ハイパー・ラヴ――愛に時はない

七月二十九日の朝刊の記事より抜粋《ばっすい》。

『現代の〝かまいたち〟？　姿なき切り裂《さ》き魔、市民を襲う。――

二十八日、午後二時すぎ、××町の路上やアーケードの店内、その他、複数の場所で一度に十人以上の市民が通行人などの眼の前で、いきなり倒れるという前代未聞の事件が発生し、町は一時騒然とした雰囲気に包まれた。

病院に運ばれた被害者たちは十二人、いずれも刃物による傷を負っているが、幸い急所を逸《そ》れていたり、傷が浅かったり、また手当てが早かったため、命に別状はない模様。

不可解なのは、被害者たちのそばには凶器とおぼしき包丁やナイフが落ちていたものの、まったく血痕《けっこん》が付着していないこと、それぞれ周囲にいた通行人たちの誰も、刺した犯人を見ていないこと。状況的には、被害者たちがそれぞれ自分を刺したとしか思えないのだが、十二人の店員や銀行員、主婦たちは、いずれも、そんなことはしていないと口を揃《そろ》えている。

なお、この日は暑さのせいか、同町では不審な行動を取る人物が続出し、ちょっとした騒動が夕方まで続いた』

＊

統一郎は、その新聞記事の切り抜きに眼を通している。彼が佇《たたず》んでいるのは、ちょうどA氏が倒れていた辺《あた》りだ。

八月も終わろうとしているが、まだまだ暑い。それなのに統一郎は、相変わらずの黒いスーツとサングラスという恰好《かっこう》で、通行人の好奇の視線に晒《さら》されながら腕組みをしている。

もう一度、記事の切り抜きを見た。

最後の、不審な行動を取る人物が続出云々《うんぬん》のくだりは、むろん真奈の〝悪戯《いたずら》〟のことだ。結局、時間が動き出す前になんの措置《そち》もしなかったせいで、ズボンをずり下ろした変質者のような男たちと、顔を墨《すみ》だらけにした女性たちが町に溢《あふ》れる騒ぎとなってしまった。

どういう経緯《いきさつ》があったものか、マスコミは、それを「ちょっとした騒ぎ」と表現するにとどめて詳細には触れていないが、実際には〝かまいたち事件〟などよりも、こちらのほうがもっとすさまじい大騒ぎになっていたのである。真奈の悪戯の成果が、あまりにも広範囲かつ爆発的だったため、十二人の市民が、眼に見えない何者かの仕業《しわざ》としか思えないような状況で刺された事件のほうは、すっかり霞《かす》んでしまったくらいだ。

しかし新聞は〝かまいたち事件〟のほうを大きく取り上げ、真奈の悪戯に関しては、ほとんど黙殺を決め込んでいる。あまりにも下品というか、戯画的にすぎて洒落《しゃれ》にならないのかもしれない。このまま闇から闇へと葬《ほうむ》り去られる雲行きである。

それと一緒に〝かまいたち事件〟のほうも、一カ月足《た》らずで、ひとびとの記憶から、ほぼ消え去ってしまった感がある。

「――やっ」

ぽん、と統一郎の肩を誰かが叩く。

振り返ると真奈だ。身体《からだ》を傾けて彼の顔を覗《のぞ》き込みながら、にかっとVサイン。

「ごめん。待った？」

「いや、それほどでも」

「うふ」真奈は嬉《うれ》しそうに、統一郎の腕にぶら下がる。「今日は、どこへ行くの？」

「そうだな」統一郎は歩き出す。「〈ワッコドナルド〉はどう？」

「いいけど」風に飛びそうになった白い幅広の帽子を手で押さえて、「どうして、あそこ？」

「堀井嬢は、まだいるのかなと思って」

「え、末さん、どうしたの」眉根《まゆね》を寄せる。「もしかして、彼女のこと……」

「そんなんじゃない。心配なだけだよ。傷は、どうなったのかな、と思って」

〈ワッコドナルド〉へ赴《おもむ》くと、レジで女子店員が笑顔で注文を聞いてくれる。

名札を見ると『堀井』とあった。

「完治したんだ」真奈は、テーブルに身を乗り出して囁《ささや》く。「よかったね」

「うん。死者が出なかったのは、ほんとうに幸いだった。全員が軽傷で済んだというんだから、奇蹟《きせき》的だよ」

「そういえば、ずっと訊《き》こうと思ってたんだけど、あの翌日に出た新聞記事には、病院へ運ばれた被害者は十二人、と出てたわよね」

さっき統一郎が見ていた記事だ。

「うん。そうなっていた」

「あれって誤植？」

「ちがう」

「でも、実際に刺されたのは十三人なのに」

「あとのひとりは、事情があって自己申告しなかったらしいよ。あるいは、できなかった、というべきかな。つまり——」

「あ、待ってまって。最初から、ちゃんと説明してちょうだい」

「最初から、というと、やっぱりA氏だな」

「え、どうして、そこまで戻る？」

「きみに謝《あやま》らないといけない」

「あたしに？　どうして？」

「きみの仮説が当たっていたからさ」

「なに言ってんの、いまさら。当たってたに決まってるでしょ。だから、こうして出てこられたんじゃない」

「そうだね。あの時は、たしかに納得した。でも、後からいろいろ考えていると、また納得できなくなってしまって――」

「え」

「だって、そうだろ。もし樽谷女史なる人物が、きみの言うとおりの陰謀を巡《めぐ》らせていたとしても、僕が〝納得〟に至る場所と〝バトン〟の位置が一致するという可能性は、それほど高くない。むしろ、低いと言うべきじゃないか。なにしろ、考えなきゃいけないこと、調べなきゃいけないことは、いっぱいあったんだから」

「そしたら、末さん、もしかしてまた〝時間牢《ろう》〟の中に入ってたの？　独《ひと》りで――じゃないか、別の誰かと一緒に？」

「いや。幸い、すぐに、もっと納得のいく答えが出たものだから」

「もっと納得のいく答え？　この前の、あたしの仮説よりも？」

「そう。でも、きみの考えが全部まちがっていたわけじゃない。当たっていたものもある。たとえば、A氏が銀行強盗の一味だったという説だ」

「樽谷女史の手先――じゃなくて？」

「ちがう。彼は銀行強盗だったんだ。玩具《おもちゃ》のナイフで刺されたふりをして偽物《にせもの》の血糊《ちのり》を撒《ま》き、僕を犯人に見せかけることで、みんなの注意を逸らせておこうとした――きみの考えたとおりのシナリオが、あの時、進行中だったんだ」

「でも、A氏は実際に刺されてたじゃない。あなたが自分の眼で確認したことよ」

「そこがややこしいところだ。少なくとも二時五分の時点では、A氏が倒れたのは、ほんとうはお芝居だった。彼は刺されていなかった。彼が刺されたのは、もっとずっと後のことだ」

「もっとずっと後……？」

「順番がちがっていたんだよ。実際には事件は、ここから――」と店内を見回す。「始まった」

「どういうこと」

「実は、一番最初に刺されたのは――」と、カウンターの向こうで笑い声を上げている堀井嬢を顎《あご》でしゃくる。「彼女だった」

「だって、彼女は――」

「彼女は不運だった。なぜって、犯人には、彼女を刺さなければいけない理由なんて、特になかったんだからね。強《し》いていえば、彼女はこの店にいたために刺されてしまった」

「もっと、よく判《わか》るようにいって」

「簡単なことなんだ。犯人にとって、ほんとうに刺さなければいけない動機があった相手とは、実は、ふたりしかいなかった」

「ふたり？　十三人のうちで？」

「そう。ナンピアくんと補導員のおばさんだ。このふたりは、犯人に刺される、ちゃんとした理由があった。ちゃんとした、という言い方も変だけれど。とにかく、あとの十一人は、別に刺されなければいけない理由はなかった」

「なんにも？」

「なんにも。順番の話に戻ろう。さっき言ったように、A氏は実は最初に刺されたんじゃない。実は、彼が刺されたのは六番目なんだ」

「六番目……？」

「つまり——」

統一郎は手帳を出して、書く。

①　A氏
②　堀井嬢
③　ナンピアくん
④　補導員のおばさん
⑤　杉本氏
⑥　パンチパーマ

・「こういうふうに思っていた。しかし、実際に刺された順番は——」
「ちょっと待ってよ。順番というのは変でしょ。だって、あなたが〝停止モード〟を発動させる前に倒れたA氏はともかく、あとの十二人は全員、同じ時刻、つまり二時五分に刺されたはずだもの」

「そうなんだ。まさにそのとおり——と言いたいところだけれど、実際はそうじゃなかった。彼らは同時に刺されたんじゃない。ひとりずつ、順番に刺されたんだ」

「どういうこと」

「簡単な話さ。彼らは〝停止モード〟に入る直前に刺されたんじゃない。入った後で刺されたんだ。それだけの話だよ」

「〝停止モード〟に入った後……」

「その時に動けた人間は、ふたりしかいない。だから容疑者はそのふたりだけだ。つまり、僕か、それともきみが犯人ということになる」

「じゃ、あなたが——」

「僕には動機がない」

「あたしにだって、ないわ」

「いや、ある」統一郎は断言した。「きみには動機がある。だから、きみが犯人だ」

＊

「僕がきみを疑ったきっかけは、〝バトン〟に関するきみの発言だった。きみは言ったよね、ナンピアくんが補導員のおばさんと親子じゃないかという疑惑が浮かばなかったら、リレーはそこで途切《とぎ》れていたかもしれない、と。犯人が僕たちを誘導するのに失敗していたかもしれない、と。あれを憶《おも》い出して、おや、と思ったんだ。もしかしたら、ほんとうに僕たちは――というか僕は、誘導されていたのかもしれない、と。それも樽谷女史なんて架空の人物によってじゃない。他ならぬきみによって、ね」

「でも、あの発言は……」

「〝停止モード〟という特殊な状態に慣れていないせいで、つい勘違《かん》いをした――きみはそう言い訳したし、疑惑の種がそれだけだったら、僕もその言い分を鵜《う》呑《の》みにしていたかもしれない。でもきみは、もうひとつミスをした」

「ミス？」

「例のお好み焼き屋でのことだ。被害者たちのリストをつくって、各人が持っていた〝バトン〟と、そして彼らが発見された場所を箇条《かじょう》書きにした。憶《おぼ》えているかい？」

「ええ。それが？」

「あの時、きみは中華料理店で発見されたのは、どんな男だったのかと訊いた。その時、僕は特におかしいとは思わなかった。パンチパーマの男と老婦人に関しては、あの段階で、詳《くわ》しい説明をまだきみにはしていなかったからだ。ところが、きみは発見場所の箇条書きをする際、その中華料理店の名前を書いたんだ――〈龍虎園〉と」

「あなたが、そう教えてくれたから……じゃなかったかしら」

「教えていないよ。しかし一歩譲って、教えていたとしても、おかしなことは、まだある。〝バトン〃のリストを箇条書きしている時、きみは杉本氏の項目に、なんの躊躇《ためら》いもなくこう書いた——ビデオ店の袋、とね」

「それが、どうしたの？」

「変じゃないか。いいかい。僕はたしかに、あのビニール袋を〃バトン〃と解釈して、ビデオショップへ向かった。ところが店の入口は自動ドアだったため、入れなかった——おそらく、きみもそうだったんだろう？」

真奈は黙り込んだ。

「もしかしたら、停電中の自動ドアは手でこじ開けられるものなのかもしれないが、僕は生来《せいらい》の不器用さが祟《たた》って無理だった。きみが試してみたかどうかは知らないが、とにかく店へは入れない。どうしようかと迷ったきみは、ふと隣の中華料理店に入ろうとしているパンチパーマに気がついた。よし、この男でいい——そう妥協《だきょう》したんだ。僕がビデオショップに向かいさえすれば絶対にこの男の存在には気がつくはずだ、と。そこからリレーは継続してゆくだろう、と」

「……ちょっと反論していい？」

「なんだい」

「ちょっと無理があるんじゃないの、それ。だってあなたが言うことを聞いていると、まるであたし、あなたがビニール袋を〃バトン〃と解釈する展開を予測していたみたいじゃない？」

「もちろん、予測していたとも」

「でも、それって言い換《か》えると、最初にあたしと一緒に行って、一旦《いったん》は無事だと認めたはずの杉本先生のところへ、あなたは必ず舞い戻るつもりだと、あたしが予測していた、という理屈になるのよ？」

「造作《ぞうさ》もないことさ。僕が杉本氏のマンションへ戻ろうとしなければ、きみは自分から、もう一度先生のところへ行ってみると提案すればよかった。そして彼が刺されている事実を指摘して、ビニール袋が〝バトン〟の可能性を自《みずか》ら示唆《しさ》すればそれでいい。実際、僕が戻る気を起こさなかったら、きみはそうしていたはずさ」

真奈は、にやっと笑う。肩を竦《すく》めた。「……判ったわ。続けて」

「杉本氏とパンチパーマの間の〝バトン〟は、厳密には繋《つな》がっているとは言えないものだった。当然きみはそのことを知らないはずだし、そのように振る舞ってもいた。にもかかわらず、実は明らかに知っているとしか思えないような事実、すなわち、繋がらないはずの〝バトン〟と現場の名前を、僕に確認もせずに箇条書きした。ということは、もしかしたら僕が見にゆく前に、きみは先に現場へ行っていたのではないかと。それだけじゃない、きみこそがパンチパーマを刺した犯人なのではないかと――そう疑い始めたんだ」

「ふーん」

「そして、もうひとつ。きみは、十三人の被害者たちは、ひそかに進行していた住民無差別毒殺計画を阻止《そし》するためのボランティアだった、という仮説を披露《ひろう》しただろ。僕はそれを否定した。その根拠となったのが、もしそうならば結局不参加になった仲間たちの〝バトン〟が抜けてしまったのに、十三人のがリレー形式で繋がってしまうのはおかしい、という点だった」

「そうだったわね」

「ところが実際には、さっき言ったように、杉本氏とパンチパーマの男は、厳密には繋がってはいない状態だった。だからきみは、ビデオショップの中にもうひとり被害者がいるのではないか、という反論を試《こころ》みようとしただろ。ひとりだけではなく、杉本氏とパンチパーマの間には、もっとたくさんの被害者たちが抜け落ちているかもしれない、と。あの反論は、もっともだった。あのまま押されたら僕は否定しきれなかったかもしれない。なのにきみは、僕が再考らしい再考をしないうちに、なんと自らその反論を引っ込めてしまった。しかも、いかにも自信なげな態度で――きみの性格を考えると、あの自信のなさは、ちょっと唐突であり、そして不自然だったよ。一旦は反論しかけたものの、〝バトン〟欠落問題を、あまり突っつくのはまずいと、きみは途中で気がついたんだろ。〈王冠〉のドアが自動ドアで入れなかった事実を、現場に行っていないはずのきみが、どうして知っているのか……その矛盾に僕が気づく前に、きみはさっさと反論を諦《あきら》めたというわけさ」

「末さんは、あたしが犯人だと言いたいんだ。でもさ、柄《がら》にもなく自信がなさそうだったというだけで疑おうっていうの？」頬杖《ほおづえ》をつくと、真奈は挑戦的に統一郎の顔を覗き込む。「そんなの、他人を糾弾《きゅうだん》するための論拠としては、ちょっと弱すぎるんじゃないかしらね」

「そうかい。じゃあ決定的なやつをひとつ。そもそもの原点に戻ろう」

「原点？」

「Ａ氏の財布からレシートを発見して〈ワッコドナルド〉を調べることになった時のこと、憶えているかな」

「ええ。どの部分？」

「僕が客席を調べている間に、きみはレジや厨房《ちゅうぼう》、そして店の奥のトイレを調べていた――きみは、そう自己申告したね」

「そうだったわね」

「しかし、それは嘘《うそ》だ」

「……どうして判るのよ？」

「きみは、少なくとも〈ワッコドナルド〉のトイレを調べてなんかいない」

「だから、どうしてそれが判るの？」

「きみと別れた後で僕はあそこのトイレを使ったんだ。実はちょっと腹具合が悪くなってね。きみの言うとおり男女兼用トイレで、中の男性便器の前では男性客が用を足す姿勢で固まっていた――きみが見たくないモノを露出して」

「あ……なるほどね。そういうことだったの」

「そういうことだったんだ。きみは〈エンジェル〉の男子トイレを僕に調べさせた際、〈ワッコドナルド〉は男女兼用だったから、仕方なく調べた――そう言った。でも、もしもそれがほんとうなら、あの時きみは〝変なもの〟を見てしまったと大騒ぎしていたはずなんだ」

「きっと、そうだったでしょうね。我ながら眼に浮かぶようだわ」

「でも、きみは冷静だったし、そんなこと、ひとことも触れなかった。ということは、あの時きみはトイレを調べてはいなかったんだ。トイレだけじゃない、〈ワッコドナルド〉の店内を調べるふりをしながら実は、まったく調べてはいなかった。僕はそのことに、もっと早く気づいていてもよかったんだ。なにしろ、きみ自身が正直にそう告白していたんだからね」

「え。あたしが？」真奈は眼を丸くして、「正直に告白？　どういうこと？」

「堀井さんが刺されているのを発見した後のことを憶い出してごらん。これまでとはちがう視点で調べなおそうという意味の提案をきみはした。その際、きみはこう言っただろ――店員の控室らしきものが在《あ》ったけれど、さっきは全然調べなかったから見てくる、とね」

「なるほど」真奈は苦笑した。「あらためて指摘されると、我ながら不自然きわまりないわね」

「不自然だ。あの時きみは、何か手がかりが店内に残っていないかと躍起《やっき》になっていた。もし店員の控室なんてものが在り、しかもそこには各人のロッカーなどという〝証拠の山〟に化《ば》け得るものが在ると知っていて、その場ですぐに調べないなんて、どう考えてもおかしい。でも実際、きみは控室を調べてはいなかった。控室だけじゃない、調べたと自己申告したトイレも調べてはいないんだ。要するに、きみはあの時、この店の中にはいなかった。では、どこにいたのか？」

「判っているんでしょ、もう？　例の、秘密の近道のこと――」

「実際に通り抜けてみたよ。それで判ったんだ。あの時きみは、〈ワッコドナルド〉のトイレを調べるふりをして、背中合わせになった裏口を抜けて、〈エンジェル〉へ行っていたんだ、とね。ナンピアくんを刺すために」

「そして、堀井嬢のポケットに忍ばせるためのマッチを取るために、ね」

「そういうことだ。少し時系列的に何が起こったのかを整理しよう。先《ま》ずA氏の財布から出てきたとされるレシート。あれも実は、きみが持っていたものだ。それを、いかにもA氏の財布から見つけたふりをして僕に見せた。その日に昼食でも買ったときに、たまたま捨てずに持っていたのを、咄嗟《とっさ》に利用したんだろう」

「そのとおりよ。でも、どうしてA氏の財布から見つけたと嘘をついたのかな？」

「〈ワッコドナルド〉へ僕を連れてゆく口実《こうじつ》が欲しかったからさ。その前に、きみは僕から〝時間牢〟の説明を聞いていた。そして閃《ひらめ》いたんだ。これはチャンスかもしれない、と。自分の仕業とは絶対にばれないで邪魔《じゃま》者を排除できる、千載一遇《せんざいいちぐう》のチャンスだと、きみは考えた。なにしろ時間が止まっている間にやるんだからね。時間が動き出して事件が発覚しても、その近くにいなければ、きみの犯行であることは絶対にばれない」

「まあね。完全犯罪だと思ったわ。でも、断わっておくけれど、あたし、誰も殺そうとか、そんなことは考えちゃいなかったのよ」

「判っているさ。きみはただ、ちょっと彼らに怪我《けが》をして欲しかっただけだった。実際、どのひとの傷も、それほど深いものではなかったしね。そう頻繁《ひんぱん》にあの界隈《かいわい》に出没できなくなるようにしてしまえば、それでよかった。いうまでもなくナンピアくんのことだ。杉本氏を監視して親しくなれるチャンスを狙っていたきみにとって彼は邪魔者だった。だから〝時間牢〟という願ってもない〝トリック〟を得たいま、なんとしてもナンピアくんを刺しておこうと、そう決めた。もちろん彼が怪我をしてくれればそれでいいわけだから、必ずしも刺す必要はない。ただ、A氏の事件と関連づけたほうがなにかと都合がいい、カモフラージュにもなるという判断から、きみは刃物で刺すという手段を選んだ」

真奈は頷《うなず》いた。第三者が見たら、まるで恋人の甘い囁きに聞きほれているのかと錯覚しそうなほど、うっとりと楽しそうに。

「きみとしては、ほんとうは一刻も早く〈エンジェル〉へ飛んでいきたかったんだろう。ところが、僕を〈エンジェル〉に連れてゆく口実に思い当たらなかった。だから先ず、持っていたレシートを咄嗟に利用して、〈ワッコドナルド〉へ僕を連れてゆくことを思いついた」

「我ながら、いい思いつきだったわ。〈ワッコドナルド〉へ行きさえすれば、店内を調べているふりをしながら、あなたに気づかれずに裏口から、すぐに〈エンジェル〉へ行けるんだもの。あの裏口がなかったら、こんなことしなかったかもね」

「きみはすぐに〈エンジェル〉へ行ったわけじゃない。厨房を調べるふりをして、先ず堀井さんを刺した。刺す相手は、この場合、彼女でなければならなかった。〈エンジェル〉へと僕を誘導するための〝バトン〟を託《たく》すのが目的だったわけだからね。言うまでもないことだが、この時点ではまだ、堀井さんのポケットには〈エンジェル〉のマッチは入っていない」

「そのとおりよ。あなたが客席を調べている間に、あたしは〈エンジェル〉へ行ってナンピアを刺し、そしてマッチを持って〈ワッコドナルド〉へ戻ってきた。そして、こっそり堀井さんのポケットに、そのマッチを滑り込ませておいた」

「あとは、何とか口実をつけて、そのマッチを発見し、そして僕を〈エンジェル〉に連れてゆけば、それでいい。そして、きみの企《たくら》みは、実は、ここで終了するはずだったんだ。その証拠に、ナンピアくんは〝バトン〟を何も持っていなかった。それは、きみが、あの時点では犯行をそれ以上重ねるつもりがなかったという証拠に他ならない」

「ありがとう、そこまで判ってくれていて」

「ところが予想外の事態が起きる。〈ワッコドナルド〉にいたボブカットの中年女性の素性《すじよう》を、きみはふいに憶い出した。そういえばあのおばさんは補導員だった……そう思い当たったきみは、これはやばいと焦《あせ》った。もし、あのおばさんがこの界隈を巡回しているとすれば、いずれ自分も補導対象になってしまうかもしれないからだ。そうなると杉本氏のための〝待機〟ができなくなってしまう」

「まさにね。ほんとうに焦ったわ。あのウルトラ・サディストに捕まったら、ひと夏がパアだもん。眼の前が真っ暗になっちゃった」

「ついでに彼女にも怪我をして、しばらく活動できない身体になってもらおう——咄嗟にそう決心したきみは〈エンジェル〉の店の奥を調べるふりをして、もう一度秘密の裏口を使って〈ワッコドナルド〉に戻り、補導員のおばさんを刺した。そして、何喰《く》わぬ顔で〈エンジェル〉に戻ってくる。さて、きみは、ここで少し困った。僕に補導員のおばさんを見つけてもらわなければいけない。あらためていうまでもないことだけれど、きみがいちいち僕を被害者たちのもとへ誘導しなければならなかったのは、そうすることによって、きみの犯行を唯一《ゆいいつ》見抜ける立場にいる僕をミスリードし、一種のアリバイを手に入れるためだった」

「ええ。そうよ。だけど、どうやってあなたをもう一度〈ワッコドナルド〉へ連れていけばいいか、けっこう悩んだわ。ナンピアと補導員のおばさんが親子じゃないか、なんて言い出したのは、ほんと、苦肉の策だった」

「騙《だま》された者の立場から言わせてもらえば、咄嗟の思いつきにしては、あれはなかなか秀逸《しゅういつ》だったと思うよ」

「それはどうも」

「とにかく目的を果たしたわけだ。さて。補導員のおばさんを刺した時点で、きみには、もう犯行を重ねる理由は、ほんとうになくなっていた。したがって、おばさんのポケットに杉本氏の名刺を忍ばせておいたのは、彼を刺すつもりだったからではない。単に彼の部屋をこの機会に覗いておきたいという、純然たる好奇心からだった」

「嬉しいな。その点も、ちゃんと誤解せずに判ってくれてるなんて」

「しかし、きみは、あの名刺も、あの時、たまたま持っていたのかい？」

「うん。バッグに入れたままにしてあったの。いつか役に立つかもしれないと思って」

「ほんとうに役に立ったわけだ。ともかく、そういうわけで、本来ならば杉本氏の部屋を覗いたら、それですべては終わるはずだった。彼だって刺されるようなことはなかっただろう。ところが杉本氏は、たまたまああいう行為に及んでいたため、きみは理性を失ってしまった」

「でも、幻滅したという理由で先生を刺したわけじゃないのよ」

「判ってるさ。きみが彼を刺したのは、さらに犯行を重ねるために利用しただけだ。では、きみはなぜ犯行を続けなくてはならなくなったのか。不可解なリレー事件が続けば、僕が混乱して、謎がますます深まる。その結果〝時間牢〟から出られなくなる、そういう展開を期待したからだ」

「あのまま〝あそこ〟で朽《く》ち果ててやると、あの時は本気で、そう思ってた。いま考えると、お笑い種《ぐさ》だけどね」

「きみは自宅へ戻るといって一旦、僕と別れた。杉本氏以降の犯行は、そうやって独りで自由に動き回って〝バトン〟をいろんな場所から調達し、そして被害者たちを次々に刺してゆくという手順だった。ただ〝バトン〟の中には、たまたま持ち合わせていたものもあったんだろうけれど」

「うん。〈硝子堂〉のレシートとか銀行のATM明細票とかは、バッグの中に入っていた」

「杉本先生を刺し、そしてパンチパーマを刺して戻ってきたきみは、ふと倒れているA氏のことが気になった。もともとはA氏の事件に便乗して犯行を始めたものの、そういえば、このひとは、どうやって刺されたのだろう、と」

「ええ。あの時点では、あたしはA氏だけは刺した覚えはなかった。ということは、もし末さんの言い分がほんとうなら、A氏こそ眼に見えない犯人に刺されたことになる。それがすごく気になって。できればその真相を突き止めたいと思ったのよ。真相が判れば、あなたを混乱させるためのカードになるかもしれないという期待もあったし」

「そしてきみは、A氏がほんとうは刺されていないことに気がついた。その理由は、きみ自身が解説してくれた通りだろう。彼は銀行強盗の一味で、陽動役のために刺されたふりをしていただけだった。偽の血糊を使いそこねたというのも多分、そのとおりだと思う。それを知ったきみは、玩具のナイフを外《はず》して隠し、〈河内商店〉から持ってきた本物のナイフで彼を刺した。そうしておかないと万一、僕がA氏は刺されていないということを知った場合、他の事件と切り離されて考えられる恐れがあると、きみは心配したんだ。その結果、自分の犯行が露顕《ろけん》する恐れもあるからね。その用心のためだった」

「それは、ちょっとちがう。そう解釈してくれるのは買いかぶり。ほんとは単に頭にきてただけ」

「頭にきてた？」

「だって、コイツがこんなふざけた真似《まね》をしなければ、あたしだって変なことを思いつかなかったわけでしょ。堀井嬢やその他のひとたちを刺したりしなかっただろうし、杉本先生に幻滅することもなかった。なによりも先生を刺すこともなかったはず。そう思うと許せなくなったのよ。こんなヤツ、ほんとに刺しちまえ、と」

「しかし、それは逆恨《さかうら》みというものだ」

「判ってるわ――ううん。いまだから、判っていると言えるのね。あの時は、ほんとうに理性を失っていた。だからこそ、それ以降の犯行も続けられたんでしょうけど」

「だろうね。その時きみは〈河内商店〉から、A氏を刺したナイフも合わせて合計八本のナイフを持ち出し、バッグに入れておいた。〈硝子堂〉の老婦人以降の犯行が、すべて現場にある包丁を無視してナイフで行なわれた理由は、ここにあった。ところで、いま説明しているのはすべて、きみが犯人であるという状況証拠だけれど、ほんとうは物的証拠があったんだよね。それに、もっと早く気がついてさえいれば――」

「物的証拠？」

「そう。しかも眼の前にあった」

「そんなものが、眼の前に……？」

「凶器の包丁やナイフさ。刃にまったく血痕が付着していなかっただろ。しかも全員。僕は、時間が停止するのと犯行とが、奇蹟的なくらい完全に同時だったという先入観があったため、それが不可能な出来事だと頭では判っていたのにもかかわらず、あまり深く追及しなかった。でも、ちょっと考えてみれば明らかだったんだ。凶器に血がついていない理由、それはたったひとつしかあり得ない。彼らが刺されたのが〝時間牢〟に入る前ではなく、入った後だったからだ――とね」

「でも、いまさら、こんなことを言っても仕方がないけれど、変よね、なんか」

「なにが？」

「その場で血が全然出なかったことが、よ。だって〝時間牢〟の中で停止しているものに対して、あたしは〝干渉〟できたはずでしょ？　刃物という道具を使って〝干渉〟したんだから、相手の肉体は、その場ですぐにダメージを受けたはずよ。包丁を使えばお刺身が切れると末さんは言ったけれど、あの伝《でん》でいけば、少なくとも刺された直後くらいは、多少の出血があってもおかしくなかったんじゃないか、という気がするのよ。たとえ、その後はすぐに固まるにせよ、ね」

「ああ、そういうことか」

「ま、実際には、見てのとおり、まったく出血しなかったんだから、そういうものなんだ、と納得するしかないわけだけど」

「いや、よく考えてみれば、そんなに変なことではないんだよ。だって刺し傷はできていたんだから。それは〝干渉〟したということだろ。〝干渉〟の力が及ばなくなれば対象は〝停止モード〟に戻るという話をしたじゃないか。要するに、この場合もそれと同じで、〝干渉〟が及ぶのは刺し傷をつくるところまでなんだ。しかし出血はしない。脈なども打っていないんだから、血液だって循環していないはずだろ。〝停止モード〟にあるかぎり、そこからは〝干渉〟外だったということさ」

「でも、少しくらいは、刃の表面に血痕が付着しそうなものだけど」

「液体が付着するというのは、物質現象だろ。〝干渉〟内であれば、多少付着することもあり得ただろうけれど、一旦〝干渉〟外に出てしまうと、それすらもなかった、ということだよ。血液は文字どおり、固まっていたんだと考えなきゃ」

「なるほど。とにかく、血痕の付いていない刃の謎を、もっとよく考えていれば、末さんも、もっと早く真相に辿《たど》り着いていたんでしょうね」

「決定的に変だったのはA氏だ。A氏だけは時間が停止する前に刺されているはずだったのに。体外に出血していないのは、まあいいとしても、刺さっていたナイフまで、まるで血痕が付着していないというのは、どう考えても変だ。もっとも、あの時は混乱していて、その意味にすぐには気がつかなかったけどね。よく考えていれば、彼が実際に刺されたのは時間が停止した後だった、ということが、すぐに判っていただろうに。それに、最初に彼を見つけた時、ナイフの柄をもっとよく観察しておけば、次に見た時、凶器が入れ替わっていることにも、すぐに気がついていただろうし——あ。そういえば、あの時きみは、A氏はほんとうは刺されていなかったんだ、という真相を僕にばらしてしまっただろ。あれは、なぜだったんだ？　もしかして、僕をもっと混乱させるためか？」

「とんでもない。その逆よ。あのころには〝時間牢〟にすっかり嫌気《いやけ》がさしてたから。いい加減にあなたに納得して欲しいと思って。A氏の一件さえきちんと説明すれば、あとのことも、あたしがやったことだとは気づかれずに、なんとなく、なしくずしに納得してくれるんじゃないかな、なんて期待したの。まさか末さんが、ナイフを抜いていたとは思わなかったから」

「なるほど。ともかく、きみはそうやって犯行を重ねていった。多分、銀行員ふたりを刺した直後に、僕が行き合わせたんだと思うけれど」

「そう。もしかして、末さん、あたしがやっていることを知っていて追っかけてきたんじゃないかと、あの時は、ちょっと焦ったな」

「きみは、杉本氏が刺されたことを、僕から聞いて初めて知ったような顔をして、彼のマンションへ向かった。もちろん彼を刺したのはきみで、家へ帰って寝るという口実で僕と別れた後、こっそりマンションへと舞い戻っていたんだね。それはいいんだが、ひとつ判らないことがある」

「僕から知らされたようなふりをして杉本氏のマンションへもう一度向かったきみは、戻ってきた時、彼に刺さっていた凶器のペティナイフを抜いてきたと言ってたね。あれは、ほんとうのことだったのかい？　それとも――」

「ほんとのことよ」

「しかし、どうして、そんなことをする必要があったんだ？」

「あなたが、後からついてきているんじゃないか、と用心したからよ」

「あ、そうか」

「だから、先生の心配をしているふりをして、ほんとうにマンションへ行って見せた。凶器を抜いたのは、なんとなくだけど。それだけの話。結局、末さん、ついてきていなかったし」

「では、もし僕が一緒についていってたら、〈なかがわ屋〉の板前や鮮魚店の主人は、いつ刺すつもりだったんだ？」

「あ、なんだ。最後の四人を刺したのは、あの時だったと思っているの？　そうじゃないのよ。あの四人は、銀行員よりも先に刺してあったの。もちろんA氏よりも後だけど」

「つまり、必ずしも〝バトン〟の順番どおりに刺したわけではない、ということか」

「実際、そんな必要はないでしょ」

「しかし、きみは随分《ずいぶん》大胆に犯行を重ねたものだ。被害者たちのうち、もし、たったひとりでも、きみが刺す前に、僕が目撃していたとしたら――つまりその時点では刺されていなかったと確認していたとしたら、きみの犯行だということは、その場で明らかになっていたんだよ」

「いま思えば、けっこうスリリングなことをしてたのね。矛盾《むじゅん》しているように聞こえるかもしれないけれど、あの時は、自分の犯行を隠そうとしつつ、その一方で、ばれても別にどうってことはないやって気持ちだったの。やっぱり、ちょっとおかしくなってたのね」

「でも僕は、アーケード内を随分うろついたにもかかわらず、最初に見た時には異常はなかったのに次に見たら刺されていた、なんて人物を、ついに発見できなかった。ひとつには、きみの〝悪戯〟が功を奏していたのかもな。男という男がズボンをずり下げられ、女性という女性が顔に墨を塗りたくられていた、あの惨状に気を取られたせいで、つい観察眼がおろそかになったのかも」

「言っておくけれど、あたしはそんなカモフラージュのために、あの〝悪戯〟をして回ったわけじゃないわよ。そこまで計画的だと看做《みな》されるのは、買いかぶりを通り越して、なんだか心外だわ」

「じゃあ、途中で僕がきみの犯行に気がつかなかったのは、ただの偶然か」

「そういうことよ——というわけで、あたしは十三人のひとたちを刺してしまった。今度はあたしが訊きたいんだけれど、新聞報道によると、それは十二人になっている。それはどうして？」

「さっき言ったように、自己申告しなかった人物がいたからさ。その理由は、彼独りだけが、刺された場所が微妙だったから」

「もしかして、杉本先生のこと？」

「ご存じのように彼は、刺された時、ああいう行為に耽《ふけ》っていた。ありていにいえば下半身裸の状態で下腹を刺された。服の上から刺されたわけでないことはすぐ判るから、どういう状況だったのか正直に説明するのは恥ずかしかったんだね」

「でも結局は、病院へ行ったんでしょ？」

「行ったらしい。女に刺された、という言い訳をつけて」

「女に刺された……？」

「きみに刺されたことを知っていた、という意味じゃないよ。つまり、女性とそういう行為に耽っている時に、些細《ささい》なことから喧嘩《けんか》になって、彼女に刺されたと。しかし傷害事件として訴えるつもりはないから、彼女の身元とかは勘弁《かんべん》してくれ、警察にも言わないでくれ――だいたい、そんなふうに説明したらしい」

「でも、あなたはどうして、そんなことを知っているの？」

「実は、その病院の看護婦に、僕の学校の同級生がいてね。お盆の同窓会に出席した際、そのことを喋《しゃべ》りまくっていたらしい。名前は出さないものの、刺された場所が場所なもので、巷《ちまた》では、ぼつぼつ語り種になっている」

「あら。じゃあ、夏休みが終わったら――」

「うん。きみの学校にまで噂《うわさ》が拡《ひろ》がるのは時間の問題かもしれないね」

「それで〝現代のかまいたち〟の被害者の中には数えられなかったのね。ばかね。正直にいえば、よかったのに」

「恥ずかしかったんだよ。同じ噂になるのなら、女性とナニしてたと主張するほうがまだ体面を保てると思ったんじゃないか」

「ああ、カッコわるっ」

「でも、それは彼の責任ではない。何度も言うようだけれど、普通は覗き見されるはずのないものを覗き見されたんだから。彼がカッコ悪いというなら、男はみんなカッコ悪いよ」

「末さんもそうなの？　ああいうことをしていたと知られるくらいなら、まだ女性とナニしてたと思われるほうがいい？」

「できれば、どちらも知られたくないけど――どちらかといえば、女性と一緒にいたと思われるほうが、まだましかな」

「くだらないの。でもまあ、気持ちは判るわ。その時、誰と一緒にいたのかと追及されたら、あたしの名前、出してもいいわよ」

「よしてくれ」

「無理しなくてもいいのよ。嘘をつくのが気がひけるんなら、ほんとに、そういう関係になっちゃってもいいんだし。そだ。今日あたり、どう？」

「あ、あのな」統一郎は呆《あき》れて、「きみは自分の立場が判っているのかっ」

「なんのこと？」

「きみは……きみは僕の能力を悪用したんだぞ。真犯人なんだぞ。悪役なんだぞ」

「だからなに？」真奈は平然と、「別に、ひとを殺したわけじゃないんだし」

「殺すところだった」

「結果的に誰も死んでいないんだから、別にいいじゃん。それとも、なに、あたしに、償《つぐな》いでもしろっていうの？」

「そう言っても、どうせきみは、このひとことで済ませる気だろ——そんなめんどくさいこと、したくない、と」

「あは。末さんて、よく判ってるわね、あたしの本質が。でも、あたしもね、末さんのことなら、よく知ってるよ。当ててみせましょうか。イヤそうな顔してるけど、あたしみたいに性格の悪い女、実はけっこう好みなんでしょ。え？」

統一郎は黙り込んだ。真奈は、にこにこしながら彼の顎を指で撫《な》でる。

「否定しても無駄よ。せっかくのデートでしょ。そんなに、ぶーたれた顔しないの。ほら。笑ってわらって。あ。そうそう。言っとくけど、もう、あたしを〝時間牢〟に巻き込まないでよね。判った？　次は独りで何とかすること」

このオンナは……。

統一郎は心に誓った。この次も絶対に彼女を〝時間牢〟に閉じ込めてやる、と。泣こうが喚《わめ》こうが、しばらく出してやるもんか、と。だが、それは真奈に対する懲罰のつもりなのか、それとも単なる願望充足目的なのか、自分でも区別がつかない。

なんだか、眩暈《めまい》がする。

自分がいま、はたして気持ちいいのか、気持ち悪いのかも判らない。

暑さのせいだと思いたかった……店内は冷房が効《き》いているのだけれど。

解説

評論家　並木士郎《なみきしろう》

この『ナイフが町に降ってくる』は歴然とした推理小説だけれども、時間が止まるという現象が出てくる。時間が停止した世界で、自由に動ける二人の主人公が謎解き推理に駆《か》けまわる。

西澤保彦の推理小説の場合には、そういうSF的な設定はゲームのルールのようなものだから、時間が止まると分子の運動量もゼロになって熱が発生せず空気をはじめすべての物質が絶対零度になるはずで例外的に時間停止を逃れた人物がいてもたちまち全身凍結してしまうだろう、というような理屈をこねてみてもはじまらない。作中人物の台詞《せりふ》にあるように「なぜだか、そういうことになってしまっている」が「そういうものなんだ」と、とりあえず書かれている現象を無条件に受け入れたうえで、さてそこから推理ゲームがはじまるわけである。

もう少しこの作品で起きる現象をくわしくいってみると、

①何らかの疑問にとらわれたとたん、自分を除く世界の時間が止まってしまう「くせ」を持った青年がいる……なぜそうなるのか理由は不明だが、とにかくそうなってしまう。

②疑問が解消されれば世界の時間は元通りに流れだす……逆にいうと、疑問が解消されないかぎり時間はずっと停止したままである。

③例外的に、これまた理由は不明だが、青年のほかにもう一人だけ、世界が停止している間も

自由に動ける人間がアトランダムに選ばれる。

④この二人だけは世界が停止している間も歳をとる。

こういう時間ストップ現象は『ドラえもん』などでもおなじみだから、読者は割合すんなり受け入れられるだろうと思う。変わっているのは、疑問を解消することと再び世界が動きだすことが連動している点で、必然的に、二人は謎を解く探偵の役目をつとめなければならなくなる。なにしろ謎の解決が長引けば長引くほど、二人はそれだけ他の人々より歳をとってしまうのだから。

この作品では、とつぜんナイフで刺された男が目の前に現われた謎がきっかけで時間が止まってしまい、そこでホームズとワトスンならぬ、いささか気弱な青年と元気な女子高生のコンビが、夫婦《めおと》漫才というかラブコメ風にドタバタ探偵を演じることになる。自分だけ動けるのをいいことにエッチないたずらをしてやれという誰もが考える展開もちゃんと出てくるし、ふだん見過ごしているような人々の様子もビデオの一時停止の按配《あんばい》で観察できる反面、見なくていいものまで見てしまったりする。

時間ストップ現象はおなじみだと書いたけれど、時間を止めるという発想は、案外そう古いものとはいえないのかもしれない。というのは、時間停止の発想が浮かぶためには、まず、時間は流れているという認識がなければならないからだ。水の流れがないところにダムを作ろうと考える者はいない。時間を水の流れのようなものとして認識していなければ、それを止めるという発想も出てこないだろう。

もちろん、時間の概念について深く考えをめぐらせた人は大昔から何人もいたけれども、一般的に人々が流れとしての時間を強く意識するようになったのは、ヨーロッパではせいぜい十九世紀ぐらいからではないだろうか。

私たちが時間を（時刻ではなく、時間の流れを）意識するのは、おそらく風景の変化によってだろう。子供のころ遊んでいた野山がいつのまにか切り崩されて新興住宅地になっている。そういう風景を目《ま》の当たりにしたとき、私たちは時間の流れというものを意識する。風景の変化が大きいほど、また、変化のスピードが速いほど、強く頻繁にそれを意識させられる。ヨーロッパの主に都市部でそれを促したのは産業革命だ。新しい機械や技術の導入が、それまでとは比較にならないほど急速に大規模に日常風景の変化をもたらした。昨日まで見馴れていた通りが今日にはなくなって、別の場所に見知らぬ大通りができている。馬車が行き交っていた道が、いつのまにか鉄道になっている。何もなかったところに華やかなオープンカフェが。劇場が。街灯が。海岸が埋め立てられて工場に。工場が排出するガスが夜の街に霧をもたらす。

十九世紀から二十世紀にかけて、このように顕在化しはじめた時間＝速度の概念は、文学の分野では都市風景の急速な変化を目の当たりに体感したボードレールの『パリの憂鬱』から、ひいてはプルーストの『失われた時を求めて』を生み、思想哲学の分野ではベルグソンやフッサールの時間概念の論考、あるいはハイデガーの『存在と時間』を生み、絵画の分野では動きのなかの「瞬間」をとらえるモネやドガの作品を生んだ。そうした様々な分野で同時期的に、時間＝速度は一大関心事となった。もちろんH・G・ウエルズが『タイム・マシン』を書いたのもこの時期だし、そこから無数の時間テーマSFが生み出されていったことはいちいち記すまでもない。

産業革命に促進された日常風景のめまぐるしい変化が、時間の流れという認識を否応なく人々に植えつけた。そして、容赦ない変化の激流をひとときでも止められたらという願いが、時間停止という空想を生みだした。そのように考えても大きくは間違っていないと思う。とすればこの着想の根っこには、日々の変化へのはかない抵抗の気持ち、つまり未来への漠然とした不安感、あるいはそれにともなう過去へのノスタルジーもいくぶんか染みこんでいるといえるのではないだろうか。ジャック・フィニイ（『ゲイルズバーグの春を愛す』など）のようにノスタルジックな時間テーマ小説ばかり書いていたような作家もいるし、映画化されたものしかまだ見ていないがリチャード・マシスン原作の『ある日どこかで』も同じようなムードの作品である。

少し話がそれるが、不況が原因とされるこのごろの日本の停滞状態は、人々に閉塞《へいそく》感をもたらすばかりでは必ずしもなしに、ある種の安堵《あんど》感をもたらしていることも一片の事実としてあるように思う。未来を考えても大してよいことは望めない、それならば、今のままにとどまっていたい。そんな気持ちにとらわれる人は、とりわけバブル期のあわただしい日々になじめなかった類《たぐい》の人々には、少なからずいるだろう。「癒《いや》し」なる流行は、暗い世相への対抗から生まれたというより、むしろ今の停滞状態そのものの別名ではないだろうか。

それはともかく、『ナイフが町に降ってくる』の時間が停止した世界も、どことなくノスタルジックな雰囲気を帯びている。季節は真夏だが、太陽熱の放射が中断されているために（？）さほど蒸《む》し暑くないし、街の騒音もなくなって静かな世界である。まさにぬるま湯に浸っているような、ずっとここにとどまっていたいような気持ちを起こさせる、心地よく孤独で静寂な世界……。

一方で、主人公の二人は謎解きに奔走《ほんそう》する。謎を解くことはこの場合、時間停止世界からの解放を意味するから、それは未来を志向する行動だ。そうして表向きは未来をめざして行動しつつ、心のなかには、今にとどまっていたい気持ちもどこかある。そんな相反する感情が、SFならばありふれているといってもいい設定に、心情的な説得力をあたえている。未来か、現在か、どちらも大事でどちらも捨てられない、どちらか一つなんて選べない、そんな気持ちはおそらく誰にも心当たりがあるだろうからだ。

ところで、推理小説のファンには、時間が止まった世界は案外なじみがあるのではないだろうか。たとえば、エラリー・クイーンの〝国名シリーズ〟の謎解き前に挿入される「読者への挑戦」。ここでいったん本を閉じて、これまでのページの手がかりから真相を推理してみてくださいという、あれだ。

ストップモーション！　さあ手がかりはすべて凍結した状態であなたの目の前にあります、推理の時間はたっぷりあります、あなたが答を出すまで好きなだけ小説世界の進行はストップしたままなのですから……この『ナイフが町に降ってくる』でも、世界が停止した状態を表現して「ストップモーション」の語が使われる。そう、この小説全体がまるごと「読者への挑戦」みたいなものなのです。

しかし気は抜かないように。西澤保彦は推理小説界屈指の縄師である。といってもべつに団鬼六の後継者ということではなく、推理ゲームにおける「縛り」の名手ということなのだが、読者を油断させておいてどんな奇手を繰《く》り出してくるか。これはもう縛りをめぐる作者と読者のひめやかな心理戦なのであって、そういえばストップモーションを英文字で略すとＳＭなのだった。

(この作品『ナイフが町に降ってくる』は、平成十年十一月、
小社ノン・ノベルから新書判で刊行されたものです)

一〇〇字書評

切り取り線

本書の購買動機（新聞名か雑誌名か、あるいは○をつけてください）

＿＿新聞の広告を見て	雑誌の広告を見て	書店で見かけて	知人のすすめで

住所

なまえ

年齢

職業

あなたにお願い

この本をお読みになって、どんな感想をお持ちでしょうか。右の「一〇〇字書評」を私までいただけたらありがたく存じます。今後の企画の参考にさせていただきます。

あなたの「一〇〇字書評」は新聞・雑誌などを通じて紹介させていただくことがあります。そして、その場合は、お礼として、特製図書カードを差しあげます。

右の原稿用紙に書評をお書きのうえ、このページを切りとり、左記へお送りください。電子メールでもけっこうです。

〒101-8701 東京都千代田区神田神保町三-六-五
九段尚学ビル　祥伝社　☎（三二六五）二〇八〇
祥伝社文庫編集長　加藤　淳
bunko@shodensha.co.jp

祥伝社文庫

上質のエンターテインメントを！　珠玉のエスプリを！

祥伝社文庫は創刊15周年を迎える2000年を機に、ここに新たな宣言をいたします。いつの世にも変わらない価値観、つまり「豊かな心」「深い知恵」「大きな楽しみ」に満ちた作品を厳選し、次代を拓く書下ろし作品を大胆に起用し、読者の皆様の心に響く文庫を目指します。どうぞご意見、ご希望を編集部までお寄せくださるよう、お願いいたします。

2000年1月1日　　祥伝社文庫編集部

ナイフが町《まち》に降《ふ》ってくる　長編新本格推理

平成14年3月20日　初版第1刷発行

著者　西《にし》澤《ざわ》保《やす》彦《ひこ》

発行者　渡辺起知夫

発行所　祥《しょう》伝《でん》社《しゃ》
東京都千代田区神田神保町3-6-5
九段尚学ビル　〒101-8701
☎03（3265）2081（販売）
☎03（3265）2080（編集）

印刷所　萩原印刷

製本所　関川製本

万一、落丁・乱丁がありました場合は、お取りかえします。
ISBN4-396-33032-4　C0193
祥伝社のホームページ・http://www.shodensha.co.jp/

祥伝社文庫

小森健太朗　バビロン空中庭園の殺人

世界の七不思議「バビロンの空中庭園」の研究者が墜落死した。しかも犯人は屋上から忽然と消失。

近藤史恵　カナリヤは眠れない

整体師が感じた新妻の底知れぬ暗い影の正体とは？　蔓延する現代病理をミステリアスに描く傑作、誕生！

近藤史恵　茨姫《いばらひめ》はたたかう

ストーカーの影に怯《おび》える梨花子。対人関係に臆病な彼女の心を癒《いや》す、繊細で限りなく優しいミステリー。

柴田よしき　ゆび

東京各地に〝指〟が出現する事件が続発。幻なのかトリックなのか？　やがて指は大量殺人を目論《もくろ》みだした。

柴田よしき　0《ゼロ》

10から0へ。日常に溢れるカウントダウンの数々が、一転、驚天動地の恐怖を生み出す新感覚ホラー！

柴田よしき　R-0《リアル・ゼロ》 Amour《アムール》

「愛」こそ殺戮の動機!?　不可解な三件のバラバラ殺人。さらに頻発する厄災とは？　新展開の三部作開幕！

祥伝社文庫